tascabili

Mara

Carlo F. De Filippis

# Le molliche del commissario

GIUNTI

Questa è un'opera di fantasia. Ogni riferimento a fatti e persone realmente esistiti è puramente casuale.

www.giunti.it


Via Bolognese 165 – 50139 Firenze – Italia
Piazza Virgilio 4 – 20123 Milano – Italia

Prima edizione: luglio 2015
Prima edizione tascabile: gennaio 2017

*«E tua moglie?»*
*«Sempre uguale.»*

G. Simenon, *I fantasmi del cappellaio*

# Lunedì 12 marzo

*17.50 Chiesa della Santissima Trinità*

Il rumore dei passi e il fruscio della veste producevano un'eco soffocata. Quasi un brusio che riverberava dal colonnato fino in fondo, verso l'abside. Vicino a uno degli inginocchiatoi accanto al confessionale una donna pregava.

«... cognovimus, per passionem eius et crucem, ad resurrectionis gloriam perducamur. Per eundem Christum Dominum nostrum. Amen.»

Don Costantino non le badò, era di fretta, sfilò a passo svelto nella penombra, fece un inchino davanti all'altare e sparì dietro al coro.

Nella chiesa tornò un silenzio immobile, appena velato dall'eco dell'altissima volta. Nell'aria stagnava il sentore di frescura umida, di incenso, soltanto un accenno degli odori della mensa nell'edificio confinante. Del resto, a quell'ora cominciava la coda di disgraziati in cerca di un pasto caldo, e i fornelli della cucina giravano al massimo.

La donna strascicò i piedi fino alla cappelletta di San Giovanni Battista, accese una candela, sistemò il velo e si raccolse.

«Pater noster, qui es in caelis, sanctificetur nomen tuum, adveniat regnum tuum.»

Dal lato opposto della navata, oltre il colonnato centrale e le doppie file di inginocchiatoi, si alzò un mormorio sommesso. Proveniva dal secondo confessionale. Per il resto, una pace appena disturbata dai rumori della strada e del cortile dell'oratorio. Un grande, pacifico silenzio spirituale.

Don Riccardo stava chino, sgranava il rosario in ascolto. Non vedeva l'ora di terminare. Non sarebbe toccato a lui quel servizio, ormai non aveva più incarichi da svolgere, ma era tale il desiderio di dare una mano che gli sembrava necessario portare un contributo; i giovani erano tutti indaffarati in attività che lui non era più in grado di gestire: dava solo impiccio a star loro attorno. In chiesa no, poteva ancora essere utile. Ma quell'uomo inginocchiato nel buio mandava una brutta energia. Non era sincero, lo sentiva, c'era qualcosa nel modo di parlare, di guardare dal basso verso l'alto che lo metteva in allarme. Per tutta la confessione si era domandato che cosa portasse nel cuore, lo aveva chiesto a Dio: che cosa era venuto a fare nella casa del Signore quell'uomo con lo sguardo minaccioso? Dio non rispose, anche l'uomo tacque, quasi all'improvviso, tanto che don Riccardo trasalì, non aveva sentito la parte conclusiva.

«Reciterai due Padre Nostro e due Ave Maria. Prometti di non aspettare più tanto a lungo per confessarti» fece il segno della croce verso la grata. «Ego te absolvo a peccatis tuis in nomine Patris et Filii et Spiritus Sancti.» Aspettò che l'uomo si allontanasse e uscì dal confessionale. Sfilò la stola, s'incamminò zoppicante e soprappensiero. Percorse pochi metri quando gli sembrò che un'ombra lo superasse in altezza, come un braccio proteso alle sue spalle. Si voltò, con una mano coprì gli occhi per proteggersi dal bagliore delle candele sull'altare dell'Immacolata. E l'ombra sparì in un gioco di riflessi sulle lenti degli occhiali.

Don Riccardo concentrò lo sguardo su un punto; avrebbe giurato di aver visto un movimento. Spaziò verso destra quando un refolo di vento, quasi una brezza, gli sfiorò i capelli e l'urto andò a infrangersi sul polso, proseguì sulla fronte per passare infine sul cranio come un aratro. Fu una sorpresa enorme, maggiore del dolore che, per il momento, tardava a manifestarsi. Un grande spavento. Solo un grande spavento.

Don Riccardo cadde avvitandosi male, tanto da travolgere l'inginocchiatoio e sbattere la testa sul pavimento, proprio sotto il poggiapiedi.

Il vento maligno si presentò per la seconda volta, soffiò nel buio, colpì la spalla, si infranse contro il legno e cadde sul marmo in un clangore di metallo e vibrazioni. Don Riccardo sentì bestemmiare. Chi era? Perché ce l'aveva con lui? Era davvero sorprendente, tanto che non sembrava possibile; stava sognando un martirio, forse delirava. La vecchiaia fa di questi scherzi a volte.

Tentò di rialzarsi, si voltò su un fianco e sentì la fronte bagnata, gli occhi velati; la chiesa girava, sembrava di stare sulla giostra dei cavallucci con tutto il panorama in movimento. Le colonne, il porticato, la cappella di Maria, tutto ballava davanti agli occhi in un carosello infinito. Gli veniva da vomitare. Sentiva una voce, doveva essere un paio di metri alle sue spalle, gridava ma non capiva le parole, era come se tutto il mondo fosse all'improvviso avvolto in un filtro che deformava luci e suoni.

Don Riccardo distese un braccio per raccogliere la stola ma non riuscì a raggiungerla, incastrato com'era sotto l'inginocchiatoio. Tentò di voltarsi, quando gli parve di sentire una mano afferrargli le caviglie e trascinarlo. Adesso il dolore al polso era lancinante, tanto che non riusciva a poggiare la mano a terra. Ma non poteva restare lì, curvo e passivo. Voleva alzarsi, capire. Raccolse le forze abbastanza da sollevare la testa e guardare in faccia l'incubo.

Invece non vide, e non sentì altro che una nuova ventata passare e abbattersi sulla tempia, forse uno scricchiolio di cartilagini, ma non ci avrebbe giurato.

*17.50 Studio dentistico Castelli*

Vivacqua regolava il respiro a occhi chiusi, metteva a fuoco un'immagine rassicurante e si isolava. Respirava e visualizzava. Un arco di rocce, il mare trasparente, un cielo senza nuvole, una bibita fresca e un avana tra le dita. Funzionava. Sembrava il modo migliore per aggirare l'istinto di scaraventarsi fuori della stanza. Nella destra rigirava un foglio ancora tiepido di stampa. Alle spalle, il tormento sembrava non terminare più. Vivacqua aprì un occhio per controllare la situazione.

«Ancora un po' di pazienza, ci siamo quasi» disse lei.

Il telefono cellulare riprese a vibrare e Vivacqua tentò di allungare la mano verso la tasca interna della giacca.

«Fermo.»

Si bloccò. Sentì che la concentrazione collassava. Tra un attimo avrebbe fatto un salto, si sarebbe voltato appena per impugnare la Beretta e a quel punto...

«Bene. Stia fermo ancora un attimo, abbiamo finito. Adesso puliamo bene e dopo può tornare ai suoi soldatini. Risciacqui.»

«Minchia» biascicò.

«Dottore!»

«Quando ci vuole ci vuole.»

«Suo figlio non dice be'. Si siede tranquillo, mi lascia lavorare in pace senza dire una parola. Non parliamo della grande, Grazia, non mi accorgo neanche di averla. Lei invece è un'autentica peste: "e adesso cosa fa? E quello a cosa serve? Non starà finendo l'anestesia? Abbiamo finito?". Dottor Vivacqua, lei mi fa stancare come tre ore di palestra: sono sfinita.»

«A me lo dice.»

Salvatore Vivacqua. Cinquant'anni, quasi cinquantuno. Nato a Palermo, secondo di cinque figli. Un cubo di un metro e settantacinque per novanta chili, non un filo di pancia. Laurea in giurisprudenza presa lavorando sulle volanti. Commissario di polizia. Capo della Omicidi. Medaglia al valore nel 1999 a Bergamo. Tre lettere di encomio del ministero. L'orecchio sinistro tranciato a metà da una pistolettata. Cicatrice da arma da fuoco al torace. Ferite diverse da arma da taglio. Costole del lato sinistro fratturate a causa di una pallottola di *magnum* contro il giubbotto antiproiettile: vivo perché non toccava a lui. Soprannome Niky Lauda, o Siciliano di merda, o Scassacazzi; per pochissimi Totò. Sposato da ventidue anni con Assunta Bellomo, psicologa dell'età evolutiva part time e casalinga. Padre di Fabrizio e Grazia. Capobranco del setter di casa: Tommy. Nessun hobby. Il questore, dottor Vincenzo Renier, detto il Doge, parlando con il Prefetto aveva descritto Vivacqua dicendo: un uomo atipico che vede le cose per quelle che sono, anziché come dovrebbero essere. E questa era forse la miglior definizione.

«Peggio di una rapina all'ufficio postale.»

«Come dice?»

«Che me ne devo andare, dico». Aprì il telefonino e osservò il display, tre chiamate perse. In quel momento arrivò un messaggio.

«Apra bene.»

«Ma...»

«Lo legge dopo il messaggio. Qui comando io, lei faccia il bravo e tra due minuti se ne va.» La dottoressa Castelli infilò l'aspiratore all'angolo della bocca e iniziò a trafficare per rimuovere il mastice da impronte.

«Per questa sera non ci mangi sopra. Se non ci sono problemi con i calchi, dopodomani mettiamo un provvisorio.»

«E finiamo?»

«Dipendesse da me, oggi stesso. Diciamo un mesetto, anche meno.»

«Va be'. Questo lo posso tenere?» disse mostrando il foglio.

«La radiografia? Ne faccia un quadretto.»

Vivacqua tastò il labbro. Per un momento gli sembrò staccato e penzolante. Un nuovo pigolio del telefonino lo riportò al presente. Un messaggio. Era dell'agente Patanè. Diceva: «Sono sotto, al portone». E siccome non erano quelli gli accordi, doveva essere capitato qualcosa. Qualcosa di importante, perché altrimenti sarebbe dovuto intervenire Santandrea, il suo vice.

«Devo scappare» farfugliò.

«Dottor Vivacqua» lo fermò la dottoressa Castelli. «Non uscirei così» si avvicinò, sganciò il bavaglio e lo baciò su una guancia. «Mi saluti Assunta.»

Vivacqua scese le scale con gli occhi alla radiografia. Una panoramica. Gli sembrò originale vederla stampata su un comune foglio di carta, lui, abituato alle vecchie lastre su celluloide. Aprì il portone e si trovò di fronte il giovane agente.

«Patanè, se mi stai sfrucugliando per niente, ti spedisco alla Celere fino ad agosto.»

«No capo, una cosa seria.»

«E solo io ci sono per le cose serie?»

«Santandrea è sull'omicidio Petrini, dottore.»

*18.30 Chiesa della Santissima Trinità*

Il cielo di metà marzo mandava una luce priva di energia, come se il passaggio alla nuova stagione prevedesse un certo rammarico.

L'ambulanza stazionava davanti all'ingresso, lampeggiante spento, portellone chiuso, infermiere e conducente sul marciapiede con sigaretta tra le dita. Partita conclusa, considerò Vivacqua. Qualcuno aveva scelto di partire dalla stazione più vicina alle porte del paradiso. Patanè infilò la Croma di servizio tra due volanti. Più a sinistra un furgone grigio dal quale due tecnici della Scientifica tiravano fuori valigie e un terzo cominciava la vestizione standard.

L'ispettore Migliorino si avvicinò con le mani nelle tasche posteriori dei jeans.

«Sera capo, scusi, ma il dottor Santandrea ha i suoi casini e ho pensato...»

«Che tanto c'è sempre quel minchione di Vivacqua» completò il commissario. «Cosa abbiamo?»

«Un cadavere ancora caldo, dottore.»

«Che bellezza.»

Vivacqua alzò lo sguardo.

Una chiesa come tante, qualche pretesa di barocco, colonne in marmo scuro, statue di santi, di angeli ingrigiti, frontone, scritte in latino sul timpano, scalinata e maestoso portone intagliato. Doveva essere degli anni Cinquanta o giù di lì. L'edificio principale era piuttosto imponente e diventava notevole, considerando le costruzioni più recenti aggregate alla chiesa vera e propria. I muri esterni verniciati a ripetizione per coprire le scritte: sul lato destro alcune grafie sembravano freschissime. In trasparenza emergeva una stella a cinque punte capovolta, e sotto la scritta «*eva airam*».

Satanisti. O deficienti. O entrambe le cose.

Più avanti un'altra, tanto prepotente da superare la vernice di copertura: «ACAB», diceva. Poliziotti tutti bastardi.

Migliorino si affiancò.

Vivacqua faceva andare la lingua intorno alla gengiva dolorante.

«La vittima è don Riccardo, il prete anziano, il colpevole è scappato.»

«Scappato dici. Strano, di solito ci aspettano.»

L'ispettore non badò all'ironia, ci era abituato.

«Dev'essere successo intorno alle 18.00. Così riferisce don Costantino, il viceparroco.»

«Che altro sappiamo?»

«Oh, dunque. Nessuno ha assistito. Tutti i religiosi erano impegnati in altre questioni. Qui hanno diversi compiti perché danno da mangiare ai poveri e hanno un dormitorio, oltre alle attività solite: catechismo, scout, oratorio e via di seguito.»

«Dormitorio?»

«Sì, l'ho appena detto.»

«Vuoto?»

«Non… cioè, a quest'ora penso di sì, credo.»

«Refettorio?»

«Ah, per ora mi sono limitato alla scena del delitto.»

Vivacqua alzò uno sguardo perplesso per incrociare gli occhi dell'ispettore. Roberto Migliorino, trentotto anni, un metro e novanta per centodieci chili. Buon pugile dilettante in gioventù. Ottimo poliziotto, talvolta distratto.

«E adesso cosa pensi di fare?»

«Okay, faccio venire qualche rinforzo, procediamo con l'appello e tutto il resto.»

Vivacqua salì gli scalini, superò l'ingresso per affacciarsi alla navata centrale. Le luci, le poche disponibili, erano accese sul colonnato di sinistra. I tecnici lavoravano per circoscrivere la zona mentre alcuni agenti tenevano a bada la piccola folla radunata intorno alla sagoma distesa a terra. Vivacqua prese il portico, fiancheggiò le edicole, le cappelle votive e si avvicinò al confessionale. Don Riccardo stava poco oltre.

L'ispettore Carbone vide il superiore, sollevò il mento e disse «Dottore». Scriveva appunti mentre parlava con un prete. Più a lato un capannello di persone piangeva, si abbracciava. Gente variopinta, alcuni con il grembiule di cucina, altri con la faccia da disgraziati, un paio di donne sulla sessantina; un terzetto di giovani di colore, magri e alti come pertiche, muti, con le mani affilate a tappare le labbra. E gente vicino all'altare, sotto il pulpito. In fondo, verso la sacrestia, un va e vieni incessante. Appena oltre il cordone un'anziana singhiozzava, un prete con il clergyman tentava di rincuorarla.

Per terra la stola, sul marmo vetri e sangue.

Orme di scarpa e baffi di rosso ovunque.

E don Riccardo.

Quelli della Scientifica tirarono un cavo e dopo un attimo i riflettori spaccarono la penombra. Luce come in un lunapark. Tutti con le mani sugli occhi.

Don Riccardo disteso sul suo liquido vitale, le gambe secche attorcigliate, un calzino sfilato, la scarpa destra lontana, la veste sollevata, il braccio sinistro schiacciato sotto il corpo, quello destro disteso verso l'alto, la mano pressoché amputata tenuta insieme da un sottilissimo lembo di pelle. La testa.

La testa. Quello che rimaneva era una poltiglia di capelli, cartilagini, pelle scorticata. Una parte del capo quasi scalpato, le stanghette degli occhiali penetrate nella carne, il resto era...

Vivacqua girò intorno alla sagoma nera e si accosciò a pochi centimetri.

Non è facile stare così vicini alla morte e sostenere il confronto. Serve un bagaglio leggero, privo di coinvolgimento emotivo, spoglio di risentimento, di retorica; devi vedere un cadavere, mai un essere umano. Niente puzza di urina, di feci. Niente. L'uomo non c'è più.

A Vivacqua quell'esercizio riusciva malissimo.

Il fotografo della Scientifica sparava a raffica e i flash saettavano sul volto, sull'occhio esploso fuori dall'orbita, sui frammenti di vetro conficcati sul naso e sulle guance. Sul braccio destro quasi monco e sull'avambraccio che appariva fratturato con l'osso che bucava la tonaca.

Vivacqua registrava con gli occhi e sussultò quando un grido lacerò la chiesa. Due agenti corsero qualche metro più avanti, oltre il portico, verso la fila di inginocchiatoi. Una ragazza gridava, le mani sulle orecchie, gli occhi a terra. Gli agenti illuminarono il punto e, tra i piedi della giovane, fecero luce su una sbarra di metallo.

«Non la toccate» gridò uno dei tecnici.

«Il medico legale?» domandò Vivacqua.

«Da un momento all'altro» rispose Carbone.

Vivacqua si rimise in piedi, con una mano tastò la guancia: l'anestetico era agli sgoccioli.

«Serve più luce, meno spettatori e una perquisizione dell'edificio; ce la facciamo prima che scenda la polvere?»

«Comandi...»

Il commissario si avvicinò a uno dei preti. Una figura distinta, il volto appena equino, occhi cerchiati quasi nascosti dagli occhiali sproporzionati. Con le labbra serrate, faceva dei piccoli sì con la testa.

«Mi dispiace darle disturbo in questo momento» disse Vivacqua. «Mi servono alcune informazioni, lei è...?»

Il prete non alzò gli occhi, fece qualche passo di lato, cereo in volto, sembrava impegnato a tenere a bada le vie d'uscita principali: in alto e in basso.

«Parlo con lei. Mi ha sentito?»

Il prete arretrò, prima per gradi, poi iniziò a prendere velocità.

Finché cadde di lato come un albero reciso, prima sulla panca e subito dopo a terra.

«Patanè, vai a chiamare quelli dell'ambulanza.»

*18.30 Villa Capitano*

Loredana andava su e giù, con il busto eretto. Luca era voltato a sinistra verso la porta finestra, la guardava saltare con la coda dell'occhio. Oltre i vetri il terrazzo, in basso il cortile che da quella posizione non poteva vedere e, più avanti, la finestra dell'altro lato della villa. Venti metri in linea d'aria.

Luca Chiesa, quarantasei anni, un metro e ottantotto, biondo, appena brizzolato, fisico da ex atleta ancora in forma. Campione regionale di nuoto, eccellente tennista.

Loredana accelerò e i seni presero un ritmo sincopato. Gemello. Plastico. Op, op, op. Sincronizzato con l'ondeggiare dei capelli e i miagolii che cacciava a ogni rimbalzo.

Era noiosa Loredana. Bella femmina, niente da dire, ma anche nel sesso prevedibile come la tabellina del due. Non aveva fantasia, solo salti: op, op, op. Questa era l'ultima volta che se la portava a casa.

Oltre i vetri il tempo era altrettanto noioso, né bello né brutto. Le giornate si erano allungate e la primavera spingeva: era il momento di fare programmi più interessanti. Sull'altro lato della casa, alla finestra opposta, una sagoma si accostò alle tende: Afdera.

Loredana iniziò a soffiare, i miagolii dicevano che mancava poco al capolinea; Luca ricambiò con tepore e fece qualche gorgoglio discreto. Loredana fremette, iniziò a serpeggiare per affondare i colpi; questa era una parte che svolgeva con impegno quasi professionale e dalla gola usciva un vibrato in falsetto quasi felino. Forse un po' rumoroso.

Ad ogni modo Afdera non avrebbe sentito. Anche se, per la verità, non aveva mai considerato il lato acustico della faccenda. Luca concentrò l'attenzione sulla finestra dall'altro lato del cortile, vide le tende scostarsi e distinse la figura, guardava proprio nella sua direzione. Forse aveva sottovalutato la questione.

Alla prima occasione avrebbe dovuto fare una verifica sulla propagazione del suono.

Magari alzando il volume del televisore. Poi sarebbe andato dall'altra parte ad ascoltare.

Non era una cattiva idea.

Loredana aveva smesso con il colpo di reni per cambiare passo e tornare al galoppo: op, op, op. Adesso era partita la serie di oh. Oooh, oooh. Quasi gli stessi che cacciava quando giocava a tennis: si allungava e *oooh*.

Afdera, dall'altra parte, restava lì, guardava davanti a sé, verso la sua finestra. Era la prima volta. Cioè, la prima che si accorgeva della presenza. Era inquietante. Non tanto per il voyeurismo, quanto per la fissità. A pensarci bene il voyeurismo si poteva escludere per via delle tende: se stai in una camera a luci spente da fuori non si vede nulla, le tende diventano un muro, o qualcosa del genere.

Dubbio.

Anche su questo serviva una verifica.

«Oooh. Luca.»

Osservò la posizione di Loredana e fissò il punto sul materasso: più o meno a metà, appena oltre. Poteva mettere il televisore a volume alto, un cuscino in piedi, le tende chiuse, poi sarebbe andato sull'altro lato a controllare.

Mmm. Non c'era movimento, un oggetto fermo non rende l'idea. Doveva trovare una soluzione migliore.

Si voltò a controllare la finestra. La moglie era ancora lì.

Loredana rabbrividiva e sibilava. Traguardo in vista.

«Ssss, sssssssìììì.»

Loredana si lasciò dondolare piano, allentò le cosce, si chinò per abbracciare l'uomo e restò impalata finché il respiro tornò regolare.

«E tu? Non ti ho sentito, che c'è? Non ti piaccio più? Eri distratto, guardavi in giro, io vorrei vederti felice. Lo sai come la penso: si vive una volta sola, ognuno ha il diritto di essere felice. Le energie dell'universo hanno lavorato per noi, per fonderci in un unico essere, lo capisci? Abbiamo il dovere di accettare questa opportunità.»

«Dici?»

«Prendi oggi, non avevamo appuntamento al circolo eppure ci siamo incontrati. Così è venuto fuori questo splendido momento. Come la chiami questa, casualità?»

«Non lo so Lory, delle volte mi sento inadeguato, sei così bella, giovane, potresti avere ai tuoi piedi chiunque: la verità è che non sono alla tua altezza, ecco.»

«Oh tesoro. Non le devi pensare queste stupidaggini. L'anagrafe è una convenzione, noi dobbiamo essere superiori a certi luoghi comuni.»

«Non lo so piccola, davvero. Mi sembra di rubarti il tempo, e questo mi fa soffrire. Inoltre, conosci la mia situazione, ho dei doveri e...»

«Dovresti domandarti se è giusto sacrificare la vita per un vincolo ormai scaduto. Spesso penso alle condizioni in cui sei costretto, con i pesi che hai sulle spalle: sei un santo. Io non ce la farei. Sei un bell'uomo, conosci i valori veri, non hai problemi di denaro. Tua moglie capirà, devi solo pensarci con il giusto distacco e io...»

«Sei adorabile. Ma è prematuro, credimi. Hai fatto bene a ricordarmi il tuo punto di vista» si voltò per dare un'occhiata e sgusciò fuori dal letto. «È tardissimo. Scusami. Ti dispiace se chiamo un taxi?»

«Credevo di averti tutta la sera per me.»

«Ho dimenticato un impegno. Ho promesso a mio cognato che questa sera avremmo preso certe decisioni piuttosto importanti. Questioni di famiglia. Scusami.»

«Mi prometti che penserai a quel che ti ho detto? Ci tengo, non voglio perderti.»

«Certo, certo. Ti chiamo appena posso.»

*19.10 Chiesa della Santissima Trinità*

Vivacqua entrò nell'appartamentino utilizzato da don Riccardo scortato dagli ispettori Carbone e Migliorino. Don Costantino si era aggregato per la raccolta delle informazioni; era ancora vestito metà da cuoco, metà da prete e stava sulla soglia con il capo chino.

«Don Riccardo viveva qui?»

«Sì.»

Vivacqua assentì.

«Di che cosa si occupava?»

«Di quel che si sentiva di fare. Soprattutto assistenza spirituale.»

Il commissario buttò l'occhio intorno.

Una sistemazione austera, poco più che una cella. Meno di quindici metri quadrati. Una cameretta che dava su un breve corridoio e sul bagno personale.

«In cosa consiste l'assistenza spirituale?»

«Oh, confessioni soprattutto, sostegno alle persone bisognose di conforto, era un buon consigliere, saggio, esperto delle cose della vita.»

«E lo hanno ammazzato.»

Il prete abbassò lo sguardo.

«Non so darmi una spiegazione.»

«Don Riccardo seguiva anche i ragazzi? Gli scout, l'oratorio?»

«No, da molto tempo.»

«Quindi, come passava le giornate?»

«Come le ho detto.»

«Quelle scritte sui muri della chiesa?» alluse Vivacqua.

«Oh, ragazzate.»

«Niente satanisti, stregoni, invasati.»

«Una volta, ai confini dell'oratorio dove adesso ci sono i condomini nuovi, era tutto prato, ma sotto c'era stato un cimitero. Parlo di cinquant'anni fa, anche di più: a quei tempi qualcuno si divertiva di notte a scherzare con lo zolfo, ma adesso non più.»

«Quindi non ci sono ragioni esoteriche secondo lei.»

«Non so cosa dire.»

«Sia più collaborativo, non stiamo accusando nessuno e lei non è sospettato di niente. Vuole spiegarsi meglio, per favore?»

«È che sta arrivando monsignore, preferirei fosse lui a darvi certe informazioni.»

«Certe informazioni. Addirittura.»

«Per indirizzo della curia si preferisce usare i canali istituzionali. Tutto qui.»

Vivacqua fece il giro e tornò al centro della stanza mentre Migliorino gli andava appresso. Non c'era molto da vedere. Sulla parete in fondo una libreria stracolma di volumi e carte impilate alla meglio, un armadio di legno, un tavolo accostato al muro carico di corrispondenza e medicine, il letto a una piazza e due comodini, sopra la testiera un grande pannello di sughero pieno zeppo di fotografie fissate con le puntine. Il letto era quasi perfetto. Vivacqua e Migliorino si scambiarono un'occhiata volante.

«Chi è entrato qua dentro?» domandò Vivacqua.

Don Costantino esitò.

Migliorino aprì uno dei comodini e lanciò una seconda occhiata. Vuoto.

«Penso nessuno. Ad ogni modo non siete autorizzati a perquisire e credo sia meglio...»

«Non si alteri don... Un omicidio non è come nascondere giornaletti con le donnine» si avvicinò al letto, sollevò il materasso, ne cavò una manciata e li gettò a terra.

Don Costantino fece una smorfia di disgusto.

«Porcherie che troviamo nel dormitorio. Don Riccardo li avrà nascosti con l'intenzione di buttarli di persona, per non lasciarli in giro. Ci sono i ragazzi dell'oratorio: sanno essere più furbi e maliziosi degli adulti. Questa è la casa del Signore, noi cerchiamo di offrire un posto pulito, per quanto ci è possibile, i ragazzi ficcano il naso dappertutto, lei capisce.»

«Certo, certo» fece Vivacqua. «Che altro c'era nel comodino?»

«Nessuno ha toccato nulla.»

Vivacqua sorrise.

«Le crescerà il naso don Costantino. Occultare delle prove è reato, come la reticenza, come ostacolare lo svolgimento di un'indagine, la falsa testimonianza e diversi articoli del CP che lei sta facendo a coriandoli.»

«Non so di cosa parla.»

«Del Codice Penale, ne avrà sentito parlare, è un libercolo piuttosto interessante, fitto fitto di cose che non si devono fare.»

Migliorino nel frattempo aveva aperto l'armadio, un mobile traballante all'interno del quale trovò pile di indumenti affastellati, due paia di scarpe, alcuni sandali e due vestiti neri.

«Mi dica qualcosa di don Riccardo: per esempio, usava un computer?»

«No, e che io sappia non possedeva neanche un telefonino. Don Riccardo era un uomo d'altri tempi, sarebbe dovuto andare in pensione da diversi anni, ma questo posto era un pezzo della sua vita, non riusciva a separarsene. Era il più vecchio, quasi la memoria storica della parrocchia.»

«È sempre stato qui?»

«In gioventù è stato molti anni in Sud America, nelle missioni. Tornava in Italia e ripartiva. Era dotato di una grande fede. Ha portato da noi la sua esperienza e sono sue le iniziative per le opere a favore dei bisognosi: il dormitorio, il giornale del quartiere, il refettorio e tante altre proposte umanitarie.»

«Ricorda qualche precedente non risolto, fatti che potrebbero aver dato luogo a una vendetta, magari lontani nel tempo?»

«No.»

«Nemici?»

«Don Riccardo era l'immagine della bontà.»

«E torniamo al punto di partenza: chi ha ucciso un uomo anziano, un missionario, in chiesa addirittura?»

«Un pazzo, non può essere altro.»

«Quindi, escludiamo diverbi, malintesi e consigli mal interpretati. Qualche dissapore con gli ospiti del dormitorio, pasticci nei quali si è trovato coinvolto suo malgrado?»

«A volte capita che tra gli ospiti notturni si accenda un litigio, specie tra europei e africani. Qualche giorno fa uno di loro ha tirato fuori il coltello, ma non è successo niente di più. Noi siamo molto attenti, sappiamo come prenderli.»

«Era presente don Riccardo?»

«Sì, mi pare di sì.»

Carbone prese un appunto.

«Lei dov'era quando è successo l'omicidio?» domandò Vivacqua.

«Ho già detto tutto al suo collaboratore» fece segno verso Migliorino.

«Lo dica anche a me.»

«Terminate le confessioni sono andato a cambiarmi per aiutare in cucina, in chiesa non c'era più nessuno. Ah, no, c'era un'anziana. Pregava. Era nella cappelletta di San Giovanni.»

«Ricorda chi fosse?»

«Non le ho badato. Pensavo ad altro. Anche se…»

«Se?»

«Non lo so, non riesco a mettere a fuoco, sono confuso.»

«Quindi non saprebbe dire il nome, come era vestita.»

Don Costantino si concentrò.

«Dovrei pensarci con calma, adesso non mi viene in mente nulla, mi sento sottosopra.»

«Ci pensi, è importante, potrebbe essere una testimone» Vivacqua iniziò a passeggiare. «Dov'era don Riccardo?»

«Quasi certamente nel confessionale, quello è il suo orario; oppure rientrava da qualche visita a domicilio: don Riccardo talvolta andava a portare conforto in casa. Alcuni fedeli non possono muoversi.»

«Capito. Migliori', fai salire il fotografo, digli che mi serve un lavoro ben fatto.» Poi si avvicinò all'ispettore e sussurrò qualcosa all'orecchio. «Don Costantino, pensa che ci vorrà ancora molto per incontrare monsignore?»

«Provo a chiamarlo.»

Dall'ingresso l'agente Patanè si affacciò.

«Capo, il dottor Pascalis ha finito e se ne andrebbe.»

«Scendo subito.»

Fece per uscire e si voltò.

«Telecamere?»

«All'ingresso del dormitorio e del refettorio» rispose don Costantino.

«Migliori', vai a dare un'occhiata.»

«Sabbenedica dottore Vittorio» salutò Vivacqua.

Il patologo dottor Pascalis strinse la mano al commissario e inclinò la testa.

«Ehi, sbaglio o sei gonfio, dovresti farti vedere da un dentista.»

«Non appena finisco. Cosa mi racconti?»

«Che non vorrei fare tardi, questa sera mia moglie fa le polpette, con il sugo, hai presente? Non superano quelle di Assunta, ma insomma, non si può avere tutto. Tra l'altro, tua moglie le frigge o no?»

«I criminali friggono le polpette. Voi depravati del nord fate ’ste sconcerie. Carne tritata, una ’nticchia di aglio, prezzemolo, pane grattato, uova, e dentro nella salsa.»

«Crude!»

«Crude.»

«Ma si spaccano.»

«No, non si spaccano.»

«Glielo devo dire a mia moglie. Anzi, se mi inviti facciamo una lezione dal vivo, io porto il dolce e l’appetito.»

«Cosa mi sai dire di questo poveraccio?»

«Poco per adesso. Come prima impressione direi che l’aggressore non voleva dargli una lezione. Capisci?»

«Sì e no.»

«Per una lezione gli spacchi le cosce, poi tagli la corda. Qui è diverso.»

«Ah. E come ti è venuta questa illuminazione?»

«Perché, se proprio ti è rimasto qualcosa sullo stomaco, un credito da riscuotere supponiamo, gli dai una botta, una sprangata, e te ne vai, mi segui? Questa sembra più una vendetta. Come dite voi vendetta?»

«Dalle mie parti i vecchi dicono: ’*a scurdata*.»

«Sarebbe?»

«Che una vendetta si serve fredda, quando il debitore non se ne ricorda più, ’*a scurdata*, appunto: quando l’altro se n’è dimenticato.»

«Perfetto! Questa, secondo me, non era una lezione, perché chi ha colpito voleva uccidere, non gli interessava una semplice punizione o un avviso.»

«Per la forza, la cattiveria?»

«Sì, ma soprattutto perché ha colpito dalle tre alle sei volte e almeno due colpi sono mortali.»

«Sicuro?»

«Abbastanza. Lasciami fare un po' di laboratorio, poi ti dico per bene.»

«Ridimmi la faccenda della lezione.»

«A occhio e croce direi che 'sto poveraccio ha preso una prima sprangata più che sufficiente per mandarlo dal suo datore di lavoro all'istante. Ma l'aggressore pensa di averlo preso male; forse il parroco si è riparato, magari ha deviato il colpo. All'omicida sono girati i santissimi, magari è stato riconosciuto, così lo ha coperto di mazzate. Gli ha sfondato il cranio. I segni sul volto e i piccoli tagli arrivano dalla lente degli occhiali come conseguenza del colpo che ha procurato la lesione mortale. Visto l'occhio? La compressione sulla tempia lo ha sparato fuori dalla cavità orbitale come un tappo e...»

Vivacqua fece una smorfia.

«Sei debole di stomaco? Dopo tutti i morti ammazzati che hai visto? Io non sono per i giri di parole. Hai visto il sangue a terra?»

«Non ci ho fatto caso.»

«Spiritoso. Te lo confermeranno quelli della Scientifica: c'è una striscia molto larga sul pavimento. Il corpo è stato trascinato: penso che l'assassino non abbia voluto andarsene senza controllare che fosse effettivamente morto.»

«Lo ha tirato per i piedi?»

«Una cosa del genere.»

«Quindi sarebbe giusto definirla *esecuzione*, non ti pare?»

«È la parola esatta, però non vorrei dire cazzate.»

Vivacqua drizzò le antenne, conosceva quel modo di fare.

«Però?»

«Non escludo una sorpresa.»

«Dimmi.»

«Lasciami lavorare.»

«Un'anticipazione.»

«Sarebbe come friggere le polpette, Totò, una sconceria, cose da depravati del nord.»

«Insulso e fetuso.»

*20.20 Villa Capitano*

Il maxi televisore stava acceso senza volume. Sullo schermo due tennisti scivolavano sulla terra rossa. Luca Chiesa sedeva quasi in punta al divano. Guardò l'orologio: era tardi per andare a cercare compagnia. Prese il cellulare e scorse la rubrica a caccia di una buona idea. Alla peggio poteva andare al Circolo, ma per la verità, la voglia di far nulla era maggiore della somma di tutte le noie. Quindi: a monte.

Alla televisione uno dei tennisti sparò il rovescio sulla rete.

«Giù le gambe, coglione.»

Dall'altra parte del salone la domestica si avvicinò a passo svelto.

«Signor Luca si ferma per la cena?» cinguettò.

«Eugenio?»

«È di sopra dalla signora, scenderà a momenti, ha chiesto di lei.»

«Cosa si mangia?»

Margherita in un attimo descrisse il menù, fece dietrofront e si allontanò.

«Vaffanculo.» Spense il televisore e si avviò verso la sala da pranzo proprio nel momento in cui Tony si avvicinava.

«Signor Luca, se non ha nulla in contrario darei una lavata alla Land Rover. Se deve uscire può prendere l'altra.»

Luca lo allontanò con un gesto.

Tony era il secondo dei domestici fissi, anzi, il primo per anzianità: già il padre faceva il tuttofare per i genitori di Afdera a Venezia.

Margherita Santon invece era un acquisto recente, assunta tre anni prima, quando ancora stavano a Pinerolo; a modo suo era di aspetto gradevole, un po' rotondetta ma interessante, abbastanza alta, portava bene i suoi quarant'anni.

La sala da pranzo era apparecchiata in modo formale, tovaglia, sottopiatto, caraffa per l'acqua, per il vino, portatovaglioli d'argento... Luca trovava nauseante tutta quella teoria da nobiltà decaduta. Si accomodò nel momento in cui il cognato, Eugenio Capitano, entrò con la sua andatura dondolante, l'eterna sigaretta in bocca. Eugenio era il fratello minore di Afdera, trentacinque anni, sopravvissuto alla meningite infantile, tarchiato, con la testa più grossa del normale.

«Daffy ti manda un bacio» disse untuoso.

«Ricambia.»

«Senti Luca, perché non sali, a lei farebbe piacere.»

«Lo farò.»

«Questa sera?»

«Non rompere.»

Margherita entrò con il carrello di servizio; senza dire una parola dispose sul tavolo le portate, versò il vino e quando le sembrò tutto a posto prelevò il vassoio, ci mise due piatti e si mosse verso il piano superiore.

La cena di Afdera.

Sempre lo stesso teatrino, due tre quattro, mille volte al giorno: il devoto Tony o la prosperosa Margherita su e giù dalle scale, pronti a esaudire ogni capriccio.

«Sai, si sta aggravando.»

Luca scansò il piatto.

«Hai qualcosa di interessante da dirmi?»

«Oh, non parliamo mai noi due.»

«Non vedo perché dovremmo. Cos'è quella faccia?» Eugenio

iniziò a torcersi le dita. «Hai l'aria di chi sta per combinarne una. Delle volte mi pento di essere stato generoso. Accade sempre più spesso. E mi vengono in mente immagini negative, definitive, capisci cosa voglio dire?»

«Sì, ma non voglio andare in istituto.»

«Quello che vuoi conta talmente poco che non è misurabile: decido io cosa si deve fare, cosa non si deve fare e se mi sta bene. Che sia chiaro: se mi accorgo di aver commesso degli errori, se non sai mantenere la parola, ci metto un secondo a risolvere il problema, non fartelo ripetere.»

«Ho fatto il bravo. Pensavo che, cioè, Afdera è preoccupata per il futuro. Sai, se succedesse qualcosa, lei è...»

«So cos'è mia moglie.»

«Tua moglie, sì, insomma, mia sorella, pensa che forse tu vorresti tornare libero.»

«Quindi?»

«Lo vorresti?»

«Qual è il punto?»

Tony iniziò ad aggirarsi nella zona e Luca ebbe un gesto di stizza.

«Tony, stiamo parlando, ti dispiace?» fece sgarbato.

«Sei arrabbiato?»

«Mi stai annoiando.»

«Se tu fossi libero, potresti avere le tue cose, la tua intimità, frequentare chi vuoi, portarti a casa chi vuoi senza nasconderti.»

«Continui a non venire al punto, che cosa vuoi?»

«Se Daffy morisse?» sparò d'un fiato.

«Ah, vuoi sapere che fine faresti tu, se ti manderei in un istituto o qualcosa del genere. Sei preoccupato per te» sorrise. «Non c'entra un cazzo Afdera, è a te che brucia il culo.»

Eugenio distolse lo sguardo.

«Accetteresti il divorzio?»

«Ehi Quasimodo, mi credi scemo?»

«Noi potremmo farti una proposta molto interessante.»

«Voi chi?» Luca si alzò minaccioso, «Tu non puoi offrirmi niente che io già non abbia. E ti dico un'altra cosa: domani prenderò informazioni per decidere sul tuo futuro, mi sono stancato di questa situazione» fece schioccare le dita. «Alla prima, ti spedisco a mille chilometri da qui e sparisci da questa casa.»

*21.20 Casa Vivacqua*

Il commissario si voltò nella penombra e fece appena in tempo a scorgere un corpo in avanzamento veloce. Il cervello elaborò velocità, traiettoria, spazio di fuga e concluse che l'impatto era inevitabile. Tommy puntò le anteriori, scivolò per tre metri e spiccò il salto. Slinguazzata acrobatica con colpo di reni e avvitamento finale. Piombò a terra e abbaiò trionfante: missione compiuta, capo branco timbrato, quindi corse a prendere un pupazzo di quelli con il fischietto nella pancia.

Assunta, Grazia e Fabrizio stavano sulla porta della cucina. Ridevano.

Tommy nel frattempo galoppava con il suo trofeo fischiettante.

«E secondo voi fa ridere?»

«Moltissimo: un orso scorbutico e un setter affettuoso, roba da National Geographic papà» rispose Grazia.

«Fatti vedere?» si avvicinò Assunta. «Sai di medicine. Te le hanno suonate questa volta. Proprio bello gonfio. Solo una donna poteva conciarti a questa maniera. La dottoressa Castelli non perdona» sghignazzò. «Ci vorrà del ghiaccio Totò.»

«Ci voleva prima. Adesso serve solo a prendere freddo.»

«Entra, ti mostro una sorpresa, non indovineresti mai chi è venuto a trovarci.»

Vivacqua alzò gli occhi al cielo: di poche cose sentiva bisogno in quel momento, e nell'elenco non figurava un visitatore, dopo dodici ore di lavoro, il dentista e un omicidio.

Tommy si intrufolò in cucina passando tra la foresta di gambe e, quando scorse la figura, abbassò la coda e andò a nascondersi sotto il tavolo. A Tommy le persone scure non piacevano, di solito abbaiava, ma di fronte a quella signora vestita di nero l'istinto canino faceva un passo indietro.

«Signora Rosa, che piacere» salutò Vivacqua. «Questa proprio non me l'aspettavo.»

Rosa Marangio, vedova, minuta, con una pelle di cuoio rugoso che sapeva di mare, di sole, due occhi neri tranquilli e allo stesso tempo penetranti, era la proprietaria della casa al mare che la famiglia del commissario affittava per le vacanze a Porto Badisco, in Salento. Rosa era una persona importante per il commissario, condividevano una forma di comprensione esclusiva, fatta di silenzi, di sguardi e di quel magnetismo che talvolta scatta tra persone che, pur molto diverse, hanno qualcosa di speciale in comune. Si erano conosciuti tre anni prima, in un momento doloroso per Vivacqua che si trovava sull'orlo dell'esaurimento. Rosa era stata la medicina determinante per ritrovare se stesso e non solo. Anche Assunta aveva una considerazione straordinaria per questa donna diventata amica.

«Come state signurìa?»

«Dopo una brutta giornata siete la prima cosa piacevole che mi capita» incrociò lo sguardo della moglie. «A pari merito.» Tommy abbaiò. «Va be', tutti inclusi.»

Rosa abbozzò un sorriso e abbracciò Vivacqua. Due espressioni emotive in un gesto, un record per la discreta compostezza dell'anziana.

«Stavo per andar via. Sono passata per un saluto, e per il piacere di vedervi.»

«Non ci fate compagnia?»

«Mi aspettano i nipoti. Magari un'altra volta» fece per avviarsi.

«Come mai a Torino?»

«Una nipote sta per avere il primo figlio: volevo essere presente, è la prima volta, ho fatto un dispetto all'età e alla pigrizia. Ma non è la sola ragione.»

Assunta fece un'espressione perplessa: «Come siamo misteriosi, signora Rosa».

«No, nessun mistero, devo prendere una cosa importante, molto importante.»

«Quanto vi trattenete?»

«Qualche giorno. Dipende» disse. Sembrava aver fretta di andar via.

Vivacqua assentì.

«Possiamo accompagnarvi?»

«Ringrazio molto. Mi aspettano qua sotto, non disturbatevi.»

«Ci rivediamo vero?» intervenne Assunta.

«Se Dio vuole.»

Grazia, Fabrizio e Tommy accompagnarono la signora Marangio fino alla strada, mentre Assunta sistemava la tavola.

«I ragazzi hanno mangiato, adesso sta a noi. Livia Castelli mi ha telefonato, dice che devi fare attenzione a non masticare e quindi: "porterò un piatto di polpette, che le simili non le avete mai mangiate".»

Vivacqua si voltò quasi di scatto.

«Checcè Totò: è una citazione.»

«Quando Rosa è nei dintorni succedono sempre cose strane: è un caso di telepatia. Ne parlavo poco fa con Vittorio Pascalis. Ho dovuto spiegare a quel nordista come si fanno le polpette con il sugo.»

«A un nordista? Buffo.»

«Epperché sarebbe buffo professoressa?»

«Perché la citazione è dal Manzoni, quindi i nordisti le polpette le conoscono, eccome.»

«Ma non scherziamo.»

«Non scherziamo dottore, dall'Ottocento. Dice l'oste a Renzo: "E che diavolo vi vien voglia di saper tante cose, quando siete sposo, e dovete aver tutt'altro in testa? e con davanti quelle polpette, che farebbero resuscitare un morto?".»

«*Promessi sposi*?»

«*Promessi sposi*.»

«E tu a memoria lo sai?»

«Sissignore. Piuttosto, se hai visto Pascalis c'è scappato il morto. Contami.»

«Regola numero uno: mai il lavoro a casa.»

«Agli ordini commissario. Ti sei giocato le polpette.»

«Assu'!»

# Martedì 13 marzo

*8.30 Squadra Omicidi*

Vivacqua stava alla scrivania, seduto, proteso in avanti con il mento appoggiato sui pugni; davanti al naso la radiografia del dentista sembrava catturare la sua attenzione. Tutta intorno, la squadra al lavoro sui casi scottanti. La riunione di aggiornamento era alla fine. Il commissario odiava chiamarlo *briefing*, per lui l'incontro del mattino era più semplicemente l'avanzamento dei lavori.

Gli ispettori Gargiulo e Calabresi avevano terminato ed erano pronti a lasciare la stanza. Non era partito neanche un cazziatone, la cosa migliore era incassare il silenzio e sparire, prima che girasse il vento.

«Voi potete andare. Veniamo a cose più brucianti. Tanto per cominciare, dottore Santandrea, voscienza vuole spiegare per quale ragione ieri sera era irreperibile e mi ha costretto a correre fino a quella santissima chiesa?»

Sergio Santandrea, commissario, quarantacinque anni, scapolo, un metro e novanta per settantacinque chili, soprannominato Giraffone. Occhialuto, posato, faccia da brava persona, eccellente investigatore da studio, per nulla somigliante all'idea del questurino standard. Laureato in giurisprudenza con specializzazione in criminologia forense. Braccio destro di Vivacqua. Uno dei pochi autorizzati a chiamare il capo per nome.

Santandrea lasciò partire una pacca sulla coscia.

«Se lei non dimenticasse gli appuntamenti con il questore, il sottoscritto non sarebbe costretto a sostituirla; aggiornamento che, tra l'altro, riguardava l'omicidio Petrini.»

«E non mi potevi chiamare al telefono?»

«Tre volte ti ho telefonato. Tre! Controlla se non ti fidi.»

«S'è incazzato il Doge?»

«Ti ha mandato in mona.»

«Transeat.» Vivacqua sventolò la radiografia. «Questioni irrimandabili.»

«Capo, io dovrei andare» intervenne Migliorino.

«Allora dimmi veloce: mi sono sognato tutta la notte quel povero cristo con la testa rotta.»

«Per prima cosa monsignor Acutis ieri sera non si è fatto vedere. Poco fa mi hanno chiamato dalla Curia, dicono che potrebbe ricevere qualcuno di noi questa mattina verso le undici; alle due parte per Roma e sta via alcuni giorni, quindi è meglio prenderlo al volo.»

Vivacqua prese il blocco degli appunti e iniziò a scrivere.

«Vado io. Quella cosa che ti ho detto?»

«Sì, dunque: ho prelevato la pila di corrispondenza che stava sul tavolino, don Costantino ha voluto dare un'occhiata alle lettere e ne ha trattenute alcune.»

«Ecchecaspita Migliori', non potevi aspettare che si togliesse dai piedi?»

«È stato tutto il tempo di piantone, manco una guardia vaticana. Comunque, ha visionato le carte e ha tenuto solo quelle che riguardano la chiesa in senso stretto, dice lui.»

«Maporcaput… Tu le hai viste?»

«No. Il resto è nel mio ufficio, parecchia roba.»

«Hai guardato il contenuto?»

«Solo un'occhiata volante.»

«Dalle a me. Che altro?»

«A parte la spranga usata per l'aggressione, l'ispezione nella chiesa non ha dato frutti. La telecamera esterna che dà sull'ingresso del dormitorio era accesa, ma non è collegata a un registratore. È poco più che un giocattolo, serve solo come videocitofono. Quella del refettorio è rotta.»

«Che bella notizia.»

«La Scientifica sta esaminando tutto il resto; tra l'altro mi stanno aspettando. Abbiamo chiuso dormitorio e refettorio per i rilievi e in mattinata avremo la prima serie di fotografie sul luogo del delitto, le altre le stanno facendo in questo momento.»

«C'è un registro presenze del dormitorio?»

«Sì, ma non si aspetti una cosa tipo grand hotel. Gli ospiti scrivono l'orario di arrivo su una tabella, il proprio nome e mettono una firma. Niente di più.»

«Quindi non rispettano manco le regole elementari della questura e dell'accoglienza. Qualcosa di interessante dall'appartamento del prete?»

«Altri giornaletti. Stavano nell'armadio.»

«Va be'. Testimoni, frequentatori, ospiti del pio albergo?»

«Ci stiamo lavorando.»

Vivacqua continuava a scrivere veloce.

«Che idea ti sei fatto?»

«Se penso ai giornaletti mi viene da pensare a pruriti senili, a molestie o cose del genere, ma non riesco a credere che sia morto per questa ragione; inoltre, non era fuoco vicino alla paglia.»

Vivacqua aggrottò la fronte.

«Ragazzini?»

«Penso di no. Don Riccardo non aveva più incarichi in prima linea, anzi, a sentire gli operativi sembra quasi fosse un impiccio, quindi non ce lo vedo invischiato in faccende di sesso. Se davvero riusciremo a capirci qualcosa, le ragioni devono essere da un'altra parte, magari cose vecchie.»

«Vatti a fare un giro. Questo pomeriggio voglio l'aggiornamento testimonianze e avanzamento indagini.»

L'ispettore fece per uscire.

«Migliori', don Costantino ha detto che c'era una donna anziana in chiesa quando ha terminato le confessioni, mi serve sapere se ricorda chi fosse.»

Santandrea si alzò per avvicinarsi alla finestra.

«Neanche i preti lasciano più in pace» disse il vice. «Come la vedi?»

«Se ci va di culo, il colpevole è qualcuno che ronza intorno alla parrocchia, un clandestino fuori di testa, una vendetta collegata al dormitorio o qualcosa di simile; se siamo di fronte a qualcuno che ha un vecchio conto in sospeso, o un visionario che prende ordini da Satana, sono cazzi. Piuttosto tu, con la faccenda Petrini?»

«Siamo che la signora Jolanda Petrini non l'ha ammazzata nessuno: è morta trattenendo il fiato.»

«Santandrea ti sparo. Poi dico come sono andate le cose e mi assolvono di sicuro.»

Il vice sfilò dei fogli dalla cartellina sotto il braccio e li porse. Vivacqua li posò su una pila di carte.

«Dimmi a voce, facciamo prima.»

«Siamo a un punto morto. Nessun progresso. Il referto del medico legale lo avremo domani e dovrebbe confermare le prime osservazioni: è stata strangolata. La Scientifica sta facendo un secondo sopralluogo nell'appartamento.»

«Tutto qui?» ingollò una caramella e prese il foglio degli appunti. «Ti dispiace riassumere?»

«Petrini Jolanda, nata a Venezia nel '70, musicista, molto ricca a giudicare dalla sistemazione, divorziata, studi a...»

«Salta per favore, vieni a oggi.»

«Oggi è morta.»

«Uuuh, come siamo suscettibili stamattina.»

«Perlamiseria Totò, è tutto sul rapporto, a parte che ci ho messo due ore a scriverlo, ma basta leggerlo.»

«Io le cose le devo vedere mentre parli; visualizzo, se leggo non posso vedere la scena e contemporaneamente prendere appunti, lo sai da dieci anni. Ricomincia.»

In quel momento entrò l'agente Meloni con un plico.

«Che vuoi Melo'?»

«Le fotografie del delitto Petrini, per il dottor Santandrea.»

«Fai arrivare un paio di caffè.»

Santandrea prese il plico e iniziò a fissare le fotografie al pannello sul cavalletto.

«La Petrini è stata uccisa tra le 16.45 e le 17.15 di domenica. Minuto più minuto meno, nella sua casa in corso Galileo Ferraris. Strangolata. Il corpo lo ha trovato il mattino di lunedì la domestica; dice di non aver toccato nulla e ha specificato di essere entrata usando le chiavi personali. La serratura non è stata forzata, quindi la vittima deve aver aperto al visitatore o visitatrice. Al nostro arrivo il corpo era per terra, nel salotto. Sul tavolo c'erano due bicchieri usati, una bottiglia di liquore e il portacenere con diversi mozziconi della marca usata dalla vittima.»

Vivacqua sfilò gli occhiali e puntò lo sguardo sul tabellone.

«Due bicchieri?»

«Sì. Con tanto di impronte su entrambi.»

«Esistono ancora criminali che lasciano tracce?»

«A quanto pare non tutti leggono manuali di criminologia.»

«Se è per questo, basta guardare la televisione. Che altro?»

«Qualche perplessità» disse Santandrea mentre completava il mosaico di fotografie. «Per esempio, non ci sono segni di colluttazione a parte una sedia rovesciata, quella dove sedeva la vittima.»

«Potrebbe essersi rovesciata dopo la morte della donna.»

«In questo caso si potrebbe supporre che la vittima è stata presa di sorpresa, non si aspettava un'aggressione, non si è difesa, non ha tentato di fuggire, e ci è rimasta secca.»

«Quindi, l'uccisione non sembra la conseguenza di una lite.»

«Esatto. I vicini, cioè quelli del piano superiore e inferiore, erano in casa e non hanno sentito rumori sospetti o grida.»

Meloni entrò con i caffè e sgattaiolò fuori. Santandrea si servì e riprese.

«La Petrini non aveva un'occupazione vera e propria; riceveva diverse persone, sia uomini che donne, forse dava lezioni private di musica. Dico forse perché a essere puntigliosi un certo sentore di stranezze ci sarebbe.»

«Mmm. L'appartamento com'è?»

«Abbastanza ordinato, alcuni cassetti sono aperti, il contenuto è rovesciato per terra. Anche gli armadi sono stati perquisiti, come la borsetta della vittima, ma non c'è un'ira di Dio come di solito in questi casi. Non sembra una rapina, direi piuttosto che l'assassino cercava qualcosa, e ci sarebbero almeno due teorie: la prima, è che ha trovato quello che voleva e se n'è andato. L'altra, è che sapeva esattamente cosa fare.»

Vivacqua si strofinò la faccia a piene mani.

«Calma giovanotto, calma. La prima ipotizza che l'assassino vuole a tutti i costi qualcosa molto importante per lui, la vittima rifiuta, lui la uccide poi perquisisce. Ipotesi debole. Starebbe in piedi se ci fosse una lite, cosa che non sembra avvenuta. La seconda sa di simulazione; la scena è stata acconciata per depistarci e questo, se permetti, non lo puoi sostenere con il materiale che hai in mano. Ti concedo l'ipotesi della rapina; se proprio insisti, mi sta bene che l'assassino dia la caccia a qualcosa di specifico, un oggetto o denaro. Anche se traballa tanto da sembrare poco credibile.»

«Non è credibile per niente. La casa è una specie di museo, è grande, piena di oggetti di valore.»

«Va be', allora ci vuole un camion per traslochi, Sergio.»

«È per dire che se hai bisogno di soldi, lì dentro c'è da sistemarsi anche solo con i quadri.»

«Sono ingombranti, e potrebbe darsi che il rapinatore avesse informazioni, giuste o sbagliate, che noi non abbiamo. Per quanto ne sappiamo poteva essere un debitore alla ricerca di un documento, di cambiali. Oppure siamo del tutto fuori strada: l'assassino è la domestica, ha le chiavi, vuole i gioielli, crede di trovare la casa vuota invece si trova faccia a faccia con la proprietaria e la situazione le scappa di mano.»

Santandrea non era convinto.

«Dietro a un quadro c'è la cassaforte e, vuoi saperne una?»

«Spara.»

«È un modello vecchio, robusto ma senza combinazione, si apre con la chiave.»

«Non mi dire che la chiave è in casa.»

«Te lo dico, invece: è nel mazzo posato in cucina.»

Vivacqua allontanò il blocco, si alzò e andò verso la finestra a guardare l'angolo di cielo sopra il tetto della casa di fronte. Era un bel cielo, pulito, azzurro abbastanza da immaginarsi in un posto di mare, o di montagna, a seconda della fantasia. Scosse la testa.

«Non significa una cippa. Tu c'eri durante l'aggressione?»

«Che domanda.»

«Allora non puoi escludere che l'assassino abbia trovato il quadro, la cassaforte e con la chiave giusta abbia aperto e preso quello che cercava.»

«Poi l'ha chiusa e ha rimesso tutto a posto. Dài Salvatore.»

«Zoppica, lo so, ma se guardiamo quello che sta in piedi, noi poliziotti non dovremmo manco esistere. Cosa manca dall'appartamento lo sappiamo?»

«Secondo la domestica c'è tutto. Dice che soldi in giro non ce n'erano mai, la signora era piuttosto attenta.»

«Avete perquisito, no?»

«Certo. Carte, spartiti, auguri, inviti, inaugurazioni, feste. Una vita sociale movimentata. Se vuoi metterlo nel profilo, in un cassetto teneva un fallo, un vibratore, hai presente?»

Vivacqua sorrise.

«Non facciamo una bella figura noi uomini: ci sono in giro più cazzi di gomma che lavastoviglie.»

«Poi, un'altra anomalia: abbiamo trovato tre macchine fotografiche, due con il cavetto per l'autoscatto e c'è anche uno stativo. Una delle stanze è adibita a camera oscura; si direbbe che la Petrini avesse la passione per le foto: in casa ci sono diversi quadretti di lei sul palcoscenico o con altri musicisti, ma non ci sono né album, né ritratti scattati in casa. Secondo te che significa?»

«Che le informazioni non sono sufficienti. Hai altro?»

Santandrea prese il blocco e lo sfogliò.

«Biancheria intima da omicidio, tipo sadomaso, borchie, cinghie, cuoio; nella cassaforte tre libretti d'assegni, carte, estratti conto, una carta di credito estera, non c'erano soldi, chiavi con le etichette di appartamenti sparsi tra Italia ed estero, la chiave di una cassetta di sicurezza.»

«Fidanzati, ammiratori?»

«Stiamo controllando. Il cellulare è pieno di nomi.»

«Eredi?»

«Idem come sopra.»

«Quelli del palazzo?»

«Oggi ne vedo un paio; ad ogni modo 'sta Petrini era un tipo particolare, non parlava, non aveva rapporti con nessuno del palazzo, buongiorno e buonasera, niente di più. La portinaia dice che era molto bella, si faceva gli affari suoi, stava via per lunghi periodi, specialmente d'estate. Sempre il giradischi acceso e un certo via vai di persone, giovani, ma non solo.»

«Torniamo al punto di partenza: chi l'ha ammazzata?»

«Domanda interessante commissario capo, che fa il paio con un'altra bella domanda.»

«Perché l'hanno ammazzata?»

«Esatto: perché?»

«Programmi?»

«Solita routine, domande, indagini, referti definitivi e impronte. Aspettiamo il mandato per aprire la cassetta di sicurezza e diamo un'occhiata al patrimonio.»

«Accorciamo: prendi l'elenco e telefoni a tutti i torinesi: chiedi dov'erano domenica nel pomeriggio, verifica se sono a piombo e se non sanno rispondere li arresti. Procedi.»

«Prefetto incluso?»

«Ovvio.»

«Tu dov'eri domenica pomeriggio?»

«Dormivo. Fuori dalle palle Sergio.» Vivacqua guardò l'orologio e imprecò. «Monsignor Acutis!» Sfilò la giacca dallo schienale della poltrona e si avviò.

È domenica. Il sole alle undici del mattino brucia tutto ciò che incontra: i fiori d'agave, la macchia di lecci e pini marittimi ai confini della proprietà, le mura di tufo e calce bianca della masseria. Il vento del sud spazza la campagna e solleva vortici di polvere. Le cicale friniscono impazzite. Sull'altro lato il mare fa piccole onde nervose; non ci sono barche in acqua. Non c'è ombra, solo la magia della luce vibrante.

Ma loro, tutto questo non lo vedono. Sono piccole, instancabili. Adesso corrono tra i filari di Malvasia, giocano a nascondino, a prendersi, fanno cadere i grappoli. Mangiano l'uva strappandola dalle viti. Si tirano gli acini. La più piccola è scatenata, ha occhi azzurri e verdi che mandano scintille: quando sarà grande farà impazzire gli uomini.

Rosa Marangio sta sulla soglia con la mano a visiera, immobile come un guardiano di pietra. Sorveglia da lontano, quasi che il gioco abbia bisogno di un arbitro discreto. Guarda le bambine a occhi socchiusi: lei sa. Ha la vista lunga.

Sa che la loro amicizia durerà a lungo, che cresceranno, diventeranno donne, mogli, madri, che il tempo passerà, si allontaneranno, ma il legame che le unisce non si scioglierà mai. E lei è parte del legame.

Rosa vorrebbe accecarsi per non guardare oltre, per non vedere il dolore, i dispiaceri che inevitabilmente dovranno affrontare. Non vuole vedere altro che il presente e sorridere della loro felicità.

Ma lei sa.

Adesso si avvicinano come piccole furie e deve mordersi le labbra per fermare le immagini. Per consentire al sipario di scendere come una lastra di piombo. Per impedire al proprio spirito di sentire che cosa il destino riserverà loro. È un'impresa destinata a fallire.

È per questo che un'ombra di tristezza le chiude il cuore.

Le sfilano davanti, una dopo l'altra. È ora di scendere in paese per la messa. La più piccola si ferma davanti a lei, le tira la veste per obbligarla a chinarsi. Vuole un bacio speciale da nonna Rosa.

Lei si avvicina, la stringe tra le braccia, e sente.

Il gelo.

Dentro ai pori, sotto la pelle, nelle ossa.

*11.05 Villa Capitano*

Nel cortile della villa Luca Chiesa faceva retromarcia con la Range Rover per uscire dal garage. Piano, come un principiante al primo giorno di guida. Quando fu all'esterno, osservò la carrozzeria in controluce: lavata e lucidata da cani.

Da una finestra del primo piano Margherita roteava un panno contro il vetro, teneva gli occhi verso il cortile, e mugolava.

«C'è il signor Luca che, no, non ti fermare, non ti fermare. Non ci guarda, continua.»

«Sei matta, se ci becca.»

«Non ti fermare, mi eccita saperlo così vicino, adesso va via, continua.»

Luca tornò nel box, prese una pelle di daino e iniziò a strofinare il cofano.

Dal primo piano Margherita oscillava con la testa avanti e indietro fino a sfiorare il vetro, la gonna alzata sulla schiena mostrava le cosce divaricate, appena piegate sulle ginocchia per assecondare le spinte.

«Santo cielo che meraviglia, non ti fermare.»

«Margherita mi farai morire.»

«Ti do la vita, sciocco. Non ti fermare, guardalo, lo vedi? Questa volta è lui che sta fuori dal giocoooo.»

Luca girò intorno all'auto.

«Margherita basta, ci vede.»

«Ci sono, continua ti prego, più forte, più forte.»

«Se alza gli occhi ci vede.»

Luca imprecò. Tutta la fiancata era macchiata da gocce d'acqua seccate. «Tony!» gridò a gran voce.

«Continua, continua, mi piace vederlo incazzato, dovrebbe piacere anche a te.»

«Tony» chiamò ancora Luca, girò lo sguardo intorno alle vetrate, infine alzò gli occhi. Vide lo straccio sul vetro al primo piano e un'ombra in movimento. «Margherita.»

La donna fece oscillare il corpo e tutto in un movimento ricompose la veste, sistemò il seno nella scollatura e si sollevò.

Uscì sul balcone e accennò un sorriso. «Bisogno signor Luca?»

«Ma dov'eri finita?»

Margherita aprì appena le braccia.

«Mi ha chiamato?»

«Dov'è Tony?»

«Stava mettendo a posto il vino, ha guardato in cantina?»

«Non ho guardato in nessun posto. Dove si è cacciato?»

«Forse in cucina, oppure sarà andato a fare delle commissioni. Doveva passare in farmacia per la signora.»

«Qui ognuno fa che cazzo gli pare» ringhiò. «Eugenio dov'è?»

«Non so signor Luca, forse dalla signora, vuole che vada a cercarlo?»

«Facciamo i conti stasera». Prese il borsone lo cacciò nell'auto e mise in moto.

Margherita rientrò.

Sghignazzò, mise le mani sulla lampo, fece scivolare la veste ai piedi e la scalciò.

«Mai lasciare a metà le cose piacevoli, amore. Dove eravamo rimasti?»

«Sei un demonio.»

*11.05 Arcivescovado*

Vivacqua sfogliava le riviste sul tavolino.

La sala d'attesa di monsignor Acutis sembrava l'anticamera del dentista. Il paragone gli fece venire in mente la dottoressa Castelli come primo pensiero, e come secondo che non sentiva più dolore. Passò la lingua sul molare per conferma quando riconobbe la fotografia sulla copertina di un giornaletto: era la parrocchia della Santissima Trinità. La didascalia parlava delle origini, e Vivacqua trasalì: non era un edificio tanto recente come aveva pensato. Parlava del 1191, ovvero delle prime pietre poste in omaggio a San Solutore, e del 1498 quando la chiesa si attestò come priorato del Sanctum Sepulcrum Puteo Strate. All'interno, articoli sugli scout, le iniziative sociali e qualche fotografia dello staff. Alcune facce le aveva viste, altre no. Don Riccardo non figurava. Questo, per quel che serviva, confermava la marginalità del pover'uomo. Troppo anziano per partecipare a certe attività; perciò niente ragazzini, niente mensa, niente matrimoni, scuola, catechismo e via di seguito. Solo confessioni e presenze sporadiche al dormitorio.

Perché lo hanno ammazzato? Si domandò Vivacqua.

Per molestie? A quell'età?

Storse la bocca.

Per clandestini a caccia di un piatto di lenticchie e una branda per la notte?

Potrebbe.

Per una confessione dai contenuti pericolosi?

Anche questo potrebbe. Ma vai a scoprire che cosa aveva sentito, e soprattutto da chi.

Un prete giovane con un dossier sotto braccio attraversò la saletta in un frusciare di abiti, bussò lievemente e s'introdusse nella stanza del vescovo.

E cosa poteva aver sentito don Riccardo di tanto grave da meritare il silenzio eterno? Un segreto. L'assassino si è liberato la coscienza nel confessionale e poi s'è pentito. Magari non era tutto nel suo, ma ormai il guaio era fatto. Soluzione del problema? Sprangata tra il lusco e il brusco e via a caccia di nuovi guai.

Potrebbe.

A questo punto era ovvio pensare: se un prete riceve una confessione per un crimine grave, un peccato capitale, cosa fa? Si tiene tutto sulla coscienza o ne parla con altri preti? Don Costantino, per esempio, diceva di non saperne nulla.

Vivacqua posò il giornaletto e iniziò a passeggiare con le mani dietro la schiena.

Però, se l'assassino fosse fuori di testa non sarebbe strano che il fatto fosse grave secondo i suoi disturbi e don Riccardo lo avesse assolto senza pensarci più del necessario. Per questo, non aveva messo al corrente nessun altro. In poche parole torniamo al gesto di un folle.

Potrebbe?

Boh.

Un pazzo in chiesa.

Se parli con Dio, stai pregando. Se è Dio che parla con te...

Ti è saltata una valvola!

E uccidi il confessore.

Potrebbe?

Mah.

Il commissario controllò l'orologio e si guardò intorno.

Tende porpora, mobili pesanti, quadri piuttosto scuri con immagini sacre, un grande crocifisso antico, tappeti. Silenzio religioso.

Il prete giovane mise la testa fuori della porta.

«Ancora un attimo di pazienza: monsignor Acutis è impegnato in una telefonata, poi potrà dedicarle giusto un attimo, si scusa ma è in partenza.»

Vivacqua non ebbe il tempo di rispondere che il giovane era sparito.

Ci vollero altri dieci minuti.

«Si accomodi commissario» fece un uomo corpulento, alto, con una capigliatura di riccioli bianchi e grandi occhiali da vista. Indossava il clergyman. L'ufficio era spazioso, arredato con buon gusto. La scrivania di monsignore non aveva un foglio di carta, solo computer e tastiera, in compenso il tavolo d'appoggio era carico di corrispondenza e, alle spalle, un mobile basso era altrettanto ingombro di fascicoli. Sulla parete ritratti di santi a decine, una grande fotografia del papa e un'immagine del datore di lavoro.

«Chiedo scusa» disse. «Non faccio mai aspettare i visitatori, ma certi giorni, sembra che nostro Signore voglia verificare quanta pazienza siamo disponibili a mettere in gioco.» Fece una pausa di circostanza. «Ero al telefono. Con il prefetto. Persona di cultura e sensibilità singolare: un uomo in gamba, ce ne vorrebbero molti di quella pasta.»

Vivacqua lo detestava senza mezzi termini. Non disse be'.

«Si parlava a proposito della settimana prossima: saremo insieme per inaugurare un asilo» concluse soddisfatto.

«Ah.»

«Prima di qualsiasi cosa voglio sottolineare che siamo distrutti. La scomparsa di don Riccardo è stata una batosta. Nessuno di noi si capacita. Increduli. Allibiti, le dico. Ho pensato a lui tutta la notte. Un dispiacere immenso» fece il segno della croce. «Chi può aver compiuto un gesto tanto esecrabile?»

«È per questa ragione che mi trovo qui. Ne avrei fatto a meno, ma siccome non c'era altro modo di avere informazioni sul defunto, lo chiedo a lei: perché lo hanno ucciso?»

«Un pazzo. Di sicuro. Don Riccardo era un uomo retto, disponibile, infaticabile, devoto. Solo un pazzo. Non c'è altra spiegazione.»

«Quindi, lei non è al corrente di minacce o situazioni di pericolo.»

«Cosa intende per pericolo, scusi.»

«Tentativi di aggressione, lettere intimidatorie, provocazioni, dispetti.»

«Qualche malcontento nella zona c'è stato. Niente di grave; non a tutti piace veder circolare extracomunitari sotto casa. La mensa, il dormitorio hanno dato qualche problema. Roba vecchia di cinque, sei anni. Si trattava comunque di singoli individui, minoranze, il quartiere è sempre stato molto comprensivo. Tutto superato.»

Vivacqua assentì.

«Così torniamo all'ipotesi di un pazzo.»

«Questa notte non prendevo sonno e ci pensavo. Non per mettermi nei panni del poliziotto, per carità. Piuttosto per capire, per trovare le fondamenta del perdono: mi domandavo perché, perché proprio don Riccardo.»

«E cosa si rispondeva?»

«Nulla. Se non pensare a una mente malata, al gesto di un folle.»

«Questo però vuol dire che potrebbe succedere ancora. Lei monsignore usava visitare spesso la parrocchia?»

«Non più di altre.»

«La parrocchia, secondo le sue conoscenze, è in armonia, non ci sono situazioni di tensione, contrasti tra religiosi?»

Monsignore piegò la testa di lato. Non gli era piaciuta la domanda.

«Mai. Non so a cosa vuole alludere, anzi, se ha ricevuto impressioni negative vorrei conoscerle e le dico subito che a me risulta tutto il contrario: una parrocchia eccellente, un gruppo affiatato, molto inserito nella collettività.»

«Mi dica, se un prete riceve una confessione delicata, che riguarda fatti gravi, reati molto gravi, come si comporta?»

«Non le devo spiegare il segreto della confessione, credo. Il comportamento del confessore dipende da diversi fattori. Se la confessione riguarda peccati capitali non può concedere l'assoluzione, deve riportare l'accaduto alla gerarchia e con questa concordare il comportamento successivo.»

«Lei ne verrebbe messo a parte?»

«Senza dubbio.»

«E nel caso di don Riccardo le risulta qualcosa del genere?»

«No.»

«Per quanto ne sa, don Riccardo era segnalato per qualche ragione?»

«Credo, dottor Vivacqua, che non ci sia il tempo per entrare nel merito di questi aspetti; forse lei si immagina chissà quali torbidi comportamenti. Le dico che sta guardando nella direzione sbagliata.» Si alzò dalla poltroncina. «Don Riccardo viveva per gli altri, per la comunità, era generoso, impeccabile. Ora, se non le dispiace, devo andare.»

«Deve andare. So che la Curia è molto ben organizzata, meglio dei nostri reparti: mi occorre la scheda personale del defunto. È indispensabile per le indagini.»

«Le farò sapere.»

«Subito,» sorrise «se non le dispiace.»

«Non siamo tenuti. Dovrebbe saperlo.»

«Così, se c'è un pazzo in circolazione, se ammazza un altro prete, la prossima volta me ne da due, di schede.»

«O nessuna.»

«Allora speriamo che non succeda. O, meglio ancora, che non lo venga a sapere la stampa, sa come sono fatti i giornalisti. Speriamo che il pazzo non prenda di mira un clandestino o una coppia di sposi. Pensi se colpisse un ragazzino dell'oratorio, se lo immagina? In quel caso sarà lei a venire da me: in questura.»

Vivacqua risalì in macchina pensieroso.

Un pazzo!

Un pazzo se è lucido non fa molliche. È l'assassino peggiore.

O lo pigli subito perché in quanto fuori di testa sbaglia le mosse, oppure rischi di girare a vuoto per molto tempo, perché mangia e non fa molliche.

Ma una, magari piccola, c'è sempre. Si tratta di avere occhi buoni per trovarla.

*Cu mancia fa muddiche!* Per forza.

Dove hai lasciato le molliche? In chiesa?

Il commissario guidò nel traffico di mezzogiorno con l'idea di tornare alla parrocchia. Abbassò il finestrino e godette nel sentire l'aria di primavera scivolare sulla pelle. Mise fuori il gomito, si lasciò alle spalle via Roma, girò senza meta per sbucare quasi compiaciuto in piazza Vittorio Emanuele, percorse un tratto di via Po e quasi inchiodò quando vide Grazia, la figlia, attraversare la strada nella zona dell'università. Sorrideva e sgambettava veloce, era bellissima. Vivacqua fermò l'Alfa, fece per scendere e vide l'abbraccio, il lungo bacio sulle labbra, il ragazzo scapigliato.

Un rotolar di pietre smosse lo stomaco. Nel momento che impiegò a scendere dall'auto il telefonino squillò. Il display diceva: «Prefettura». Tolse la comunicazione, alzò lo sguardo e lì, dove dovevano esserci i colombi innamorati, non c'era più nessuno.

Trattenne un'imprecazione e tornò a bordo.

*14.30 Condominio Petrini*

Santandrea stava di fronte alla portinaia dello stabile, calmo come un boa dopo pranzo. Mariuccia Rinaudo era in cucina, seduta con le gambe accavallate, torceva un fazzoletto e singhiozzava piano, con la discrezione banale di chi vorrebbe sputare in faccia alla vita.

Vedova di un uomo morto troppo presto per farci un figlio. Quarant'anni per dimostrarne cinquanta, metà dei quali trascorsi a pulire dove sporcano quelli che non hanno bisogno di pulire. Mariuccia che conosceva i proverbi dei poveri, quelli che piove sul bagnato, che la sfortuna ci vede benissimo. Vestita di un dolcevita macchiato, di un grembiule sulla gonna, i capelli lunghi alle spalle, scuri dove non erano grigi.

«Non è che non volevo dire la verità,» disse «ma lei non può capire, di portinaie quasi non ce ne sono più. Anche in questa casa pensano di farne a meno, costano troppo, dicono.»

«Non mi sembrano inquilini in miseria» valutò Santandrea.

«Ah, figuriamoci. Comunque, non so quanto durerà.»

«È per questa ragione che ha mentito? Per non mettersi contro chi le paga lo stipendio?»

Mariuccia fece no con la testa.

«Non sono una bugiarda, solo non volevo dire una cosa per un'altra. Soprattutto sul conto del dottore. È una brava persona, può sembrare sgarbato, ma è solo timidezza. La moglie è una belva, è ricca, acida, lui no.»

«Ricominciamo dall'inizio, per l'ultima volta. Mi parli di domenica.»

«La domenica avrei il turno di riposo, però quando l'ingegnere del primo piano ha ospiti mi chiede di trattenermi; vuole fare bella figura. Di solito mi manda a fare delle commissioni, in pasticceria, dal fioraio, una pulita extra all'ingresso, cose del genere, poi aspetto che arrivino gli ospiti e li accompagno da loro.»

«Quindi al mattino è uscita.»

«Sì, ho comprato dei tulipani, li ho portati sopra e sono scesa. Sotto ho trovato la signora Emma, la moglie del dottor Francia di ritorno dalla messa, il marito posteggiava l'auto nel garage. La signora voleva parlarmi perché secondo lei le scale sono sporche e l'ascensore ha cattivo odore. Ha sempre qualcosa da criticare quella donna. Il marito non arrivava, lei si è stufata e ha preso l'ascensore.

Dopo un attimo è arrivato lui. Io so che quando tarda è perché vuole dirmi qualcosa a quattr'occhi.»

«Quindi, non era la prima volta.»

«No, cioè, non c'è niente di male credo, vuole solo che faccia una gentilezza per lui.»

«Che genere di gentilezza?»

Mariuccia fece un profondo respiro.

«Mi lascia il cane perché lo porti a passeggio. Non devo farmi vedere dalla moglie, tutto qui.»

«Perché?»

«Ha bisogno di star da solo, senza impicci. Cerca solo un po' di tranquillità. Credo che a casa non ci stia bene. Delle volte accende una sigaretta e va ai giardini di fronte, la moglie non vuole che fumi in casa.»

«Anche questa domenica voleva lasciarle il cane?»

«Sì.»

Santandrea rimuginò sulla risposta.

«Poi è andato ai giardini?»

«Penso di sì.»

Santandrea fece no con la testa.

«Non risulta. Lei sa cosa significa mentire alla polizia?»

«Potrebbe… Ultimamente andava, ehm, dalla…»

«È salito dalla signora Petrini?»

«Sì, ma non c'è niente di male, glielo assicuro.»

«Non c'è niente di male quando non ci si nasconde. La signora Petrini era una donna attraente.»

«Oh, certo più della moglie, che è anche più vecchia di lui di un bel po'. Comunque non erano affari miei e rimediavo qualcosa. I soldi non bastano mai.»

«A che ora è venuto il dottor Francia a portarle il cane?»

«Saranno state le tre e mezzo del pomeriggio, forse un po' prima.»

«E quando è venuto a riprenderlo?»

«Non ricordo l'ora precisa.»

Santandrea chiuse il blocco e si alzò di scatto. Lo aveva visto fare a Vivacqua e gli piaceva la mossa, con lui funzionava.

«Posso aiutarla io. La signorina Masini del terzo piano dice che ha visto il dottore salire alle cinque e mezzo.»

«Quella... sempre dietro lo spioncino.»

«Sono pronto a scommettere che al mattino non è venuto solo a chiederle di portare a spasso il cane: il dottor Francia voleva essere sicuro che lei quella domenica sarebbe stata in portineria e, soprattutto, voleva che lei avvisasse la signora Petrini» fece una pausa. «E magari, aveva bisogno di una terza gentilezza.»

«Non ricordo.»

«Davvero? Il dottor Francia non le ha chiesto nient'altro?»

Mariuccia iniziò a far dondolare il piede, non sapeva dove posare lo sguardo.

«Che cosa le ha chiesto il dottor Francia?»

Silenzio.

Santandrea si voltò verso la porta.

«Musso, porta la signora in questura, vediamo se il fosforo che serviamo in cella aiuta la memoria.»

L'agente entrò e si avvicinò alla donna.

«No, per favore, no, mi licenziano. La prego commissario, anche adesso, se mi vedono parlare con voi penseranno che ho fatto qualcosa di male, mi manderanno via: ho bisogno di questo lavoro.»

«Dica la verità una buona volta: il dottor Francia voleva sapere se la signora Petrini aveva altri ospiti, se aspettava qualcuno nel pomeriggio, vero?»

Mariuccia singhiozzava, faceva sì con la testa e non vide, non sentì la signora Francia soffermarsi davanti alla portineria.

«Ho messo nei guai il dottore?» domandò la donna.

Santandrea non rispose.

«Quindi, lei ha portato fuori il cane e ha lasciato la portineria vuota.»

«Non molto a lungo. Forse tre quarti d'ora, dalle quattro più o meno.»

«Dalle quattro» Santandrea iniziò a passeggiare con la sua andatura da giraffone. «Ha visto o incontrato nessuno dal momento in cui è rientrata?»

«Solo il dottore, verso le cinque.»

«Perché non lo ha detto prima?»

La portinaia si coprì il viso con le mani.

«Per non farmi licenziare.»

*18.10 Chiesa della Santissima Trinità*

Vivacqua fece per scendere dall'auto quando sentì pigolare il telefonino. Un messaggio, era di Assunta, sua moglie.

«Non dimenticare quello che ti sei già scordato» diceva.

Il giro di parole poteva essere simpatico, non fosse che conteneva una sentenza e un sollecito. Ovvero, che di sicuro aveva dimenticato una cosa importante e, di conseguenza, che era meglio provvedesse. Pigiò il tasto di chiamata.

«Sarebbe?» domandò.

Dall'altra parte una gran risata.

«Pensi di comprare il vino per stasera o no?»

«Perché dovrei comprare il vino, quando ne teniamo in abbondanza?»

«Hai detto che stasera avresti voluto festeggiare con Santandrea e Antonella, ma vedo che te ne sei dimenticato.»

«Ho tutto in macchina, donna scettica e supponente.»

Attaccò.

«Minchia!»

Il commissario scese dall'auto e percorse via Bardonecchia costeggiando il muro della chiesa. Andò verso l'ingresso del dormitorio e camminò cercando di non pensare a nulla. Quando giunse all'angolo, restò fermo un attimo, poi tornò indietro e riprese senza fretta fino all'angolo successivo. Una passeggiata che aveva il sapore della perdita di tempo, ma in realtà aveva lo scopo di respirare l'aria del posto.

Nell'aria non c'era nulla.

In compenso, un lieve tamburellare alla mascella gli ricordò che aveva dimenticato di prendere la pastiglia. Anzi, due, contando la sera precedente. Fece girare la lingua e finse di non pensarci; salì gli scalini della chiesa, superò l'ingresso e, nella penombra, restò alcuni minuti in fondo, vicino all'acquasantiera. Da quella posizione la vista sui corridoi laterali era impedita dalle robuste colonne della navata principale. Poteva vedere l'altare con il grande Cristo centrale e poco altro. La chiesa era fresca, pressoché vuota, solo all'altezza del confessionale di sinistra un capannello di persone stava raccolto in preghiera, lì dove il gesso della Scientifica segnava la sagoma e il sangue versato da don Riccardo.

Il commissario s'incamminò per avvicinarsi al punto transennato; nel silenzio generale solo l'eco dei suoi passi e del cervello che macinava ragionamenti.

Quando giunse all'altare dell'Immacolata si fermò. Nessuno dei presenti alzò lo sguardo. Tutti maggiorenni da multipli di venti: donne con il velo, uomini a capo chino, riuniti a semicerchio dietro le transenne. Facce da persone semplici con gli occhi umidi.

Il commissario vide comparire l'ispettore Migliorino con don Costantino. Parlavano sottovoce e venivano nella sua direzione.

Fu il parroco a individuarlo per primo, fece un segno e Vivacqua si accodò in direzione di una porta laterale che conduceva all'oratorio: un ampio cortile che dava su uno spiazzo di terra battuta, ghiaia e ciuffi d'erba sopravvissuti alle pallonate del calcio, della pallavolo, del basket. Il piazzale era compreso tra fabbricati costruiti senza badare troppo all'architettura, sapevano di funzionale, di sobrio. La biblioteca al piano superiore della grande sala che fungeva da cinematografo, teatro e auditorium. Più avanti le cucine con il refettorio e infine il dormitorio. Sul lato opposto altri edifici bassi con il porticato e tavoli all'aperto. Tutto pulito, ordinato, con l'atmosfera inconfondibile degli ambienti ecclesiastici.

«Dottore,» esordì Migliorino «questa è appena arrivata per lei, dalla Curia.»

Vivacqua prese la busta e la aprì: conosceva il contenuto.

«Progressi?» domandò.

«Qualcosa. Abbiamo il nome dei due che una decina di giorni fa si sono affrontati con il coltello alla presenza di don Riccardo. Li stiamo cercando. Di uno siamo certi, è senegalese, si chiama Gorée, Lamine Gorée. L'altro lo stiamo verificando, è un albanese che ha già collezionato un paio di fogli di via. All'Immigrazione lo conoscono bene.»

«Che cosa è successo quella sera?»

«Un paio di testimoni dicono che i due erano già venuti alle mani qualche tempo prima per questioni futili e don Riccardo li aveva allontanati entrambi.»

«Qual era il contendere?»

«L'albanese pretendeva dei soldi dall'altro per lasciarlo dormire tranquillo. Il senegalese invece lo accusava di avergli rubato una borsa. Cose da disperati, dottore» spiegò Migliorino.

«Non succedono spesso» s'intromise don Costantino. «La maggior parte è brava gente che vorrebbe solo lavorare, ha lasciato la famiglia nella miseria o addirittura nella guerra: per loro mandare due soldi a casa è vitale. Di solito non sono aggressivi: il problema è l'alcol, specie con quelli dell'Est. Noi non offriamo altro che acqua, ma delle volte nascondono le bottiglie tra gli abiti e, insomma, potete immaginare.»

«L'ultima volta don Riccardo è stato costretto a mandarli via, sono volate parole grosse, l'albanese ha minacciato tutti, aveva un coltello. Non si è più fatto vivo: sappiamo che gira dalle parti della stazione di Porta Nuova» concluse l'ispettore.

Vivacqua aprì la busta e trovò un paio di fogli. Tutta la vita della vittima, in due paginette.

«Mettiti d'accordo con Gargiulo, fai fare una ricerca per scrupolo, mi serve sapere se risultano altri casi di omicidi negli ultimi cinque anni che riguardano preti o ambienti vicini alla chiesa.»

«Zona?»

«Tutta Italia. Hai altro da dirmi?»

«L'ispezione non ha dato frutti.»

«Niente molliche.»

«Come?»

«Parlavo tra me; prosegui.»

«Non abbiamo trovato nulla che riguardi l'omicidio: aspettiamo i risultati del laboratorio sulle impronte della spranga e in chiesa.»

«In chiesa? Tutta? Buonanotte. Lasciami con don Costantino, e tienimi aggiornato.»

Il telefono di Vivacqua squillò: era il numero diretto del questore. Uccello padulo in atterraggio.

«Dottore Renier, a disposizione» rispose cordiale.

«Che piacere sentirla.»

«Piacere mio; dica.»

«Chiamavo per passare il tempo, è periodo di calma, non abbiamo problemi, non ci sono delitti, dirigenti che saltano le riunioni, che chiudono il telefono in faccia al prefetto.»

«È caduta la l...»

«Non m'interrompa Salvatore. Dicevo che ci stiamo annoiando a morte. Ci vorrebbe che qualcuno movimentasse la routine. Pensavo: se pestassimo i piedi a qualcuno, non so, mandassimo a fare in culo il direttore di un giornale, magari investissimo una pensionata sulle strisce, ma non mi convince. Mi domandavo se lei ha un'idea migliore.»

Vivacqua alzò gli occhi al cielo.

«Un vescovo andrebbe bene?»

«Stupendo. Sarebbe perfetto, magari con una bella minaccia di trascinarlo in uno scandalo. Sapevo di poter contare su di lei.»

«Ricevuto.»

«Ricevuto un *casso*! Tra un'ora nel mio ufficio.»

Fine della conversazione.

Don Costantino passeggiava piano, sembrava assorto in pensieri complicati. Giunse sotto il portico nella zona più lontana dell'oratorio e sedette.

«Quando potremo avere la salma?» domandò.

«È presto per dirlo, una decina di giorni almeno.»

«Qui vorremmo tutti abbracciarlo.»

«Capisco. Non le interessa sapere chi è stato, perché?»

«Le faccio io una domanda, se permette: lei si definirebbe un uomo *con* o *contro*?»

«Un poliziotto facilmente le risponderebbe *contro*. Farebbe una lunga lista: contro i soprusi, il crimine, la violenza. E non ci vedrei niente di male. Io non mi sono mai sentito così, preferisco pensare a me stesso come una persona *con*.»

«Allora, se rispondo che non sono *contro* quell'uomo o donna che sia, intendo l'assassino, se dico che non è molto importante perché lo ha fatto, lei può capirmi. Per me conta di più il dolore di una vita rubata e di una vita sprecata.»

«Questo per il vostro codice è sufficiente, per il mio no. Se non ha nulla in contrario mi servirebbero le fotografie appese nella stanza di don Riccardo, naturalmente le restituirei al più presto, può fidarsi.»

«Faccia come crede.»

«Dica, ha pensato a quel particolare che le ho chiesto di ricordare?»

«Su chi era presente in chiesa?» Vivacqua assentì. «Ricordo una donna con il velo vicino a San Giovanni Battista, di questo sono certo, ma non riesco ad associarle un nome.»

«Conosce tutte le pecorelle?»

«Mi lasci usare i limiti della statistica se non accetta la teoria del buon pastore. Non posso dire al cento per cento, ma ci vado molto vicino.»

«Nient'altro?» Vivacqua si massaggiò la guancia. «Ascolti, di solito certi argomenti non li sbandiero ai quattro venti, ma con lei mi sento di fare un'eccezione. Credo che l'assassino fosse in chiesa da diversi minuti, nascosto, che conoscesse il luogo e le abitudini di don Riccardo, orari inclusi. E sono persuaso che su quella spranga non troveremo impronte.»

Don Costantino arretrò con il busto.

«Che cosa vuole dirmi?»

«Credo che abbia capito.»

«No, non ho capito affatto» rispose con durezza il prete.

«Suvvia.»

«Sul portone sono affissi gli orari per la confessione, chiunque può sapere dov'è don Riccardo in determinati momenti. E comunque escludo, con tutte le forze, che sia un fatto interno. Lo escludo.» Si alzò.

«Non la prenda così, è il mio lavoro... io certi lussi non me li posso permettere, non posso escludere nessuno, nemmeno lei; l'assassino potrebbe anche essere un prete o qualcuno che abitualmente frequenta la parrocchia» sventolò la scheda personale di don Riccardo. «In questi fogli secondo lei troverò qualcosa di interessante?»

«La vita di un uomo di chiesa raramente è interessante.»

«Don Riccardo aveva qualche motivo per *meritare* quel che è successo?»

Don Costantino trattenne un sospiro. Impiegò un attimo più del necessario a rispondere.

«Non lo merita nessuno. Comunque, me lo ha già chiesto. La risposta non cambia.» Si voltò per allontanarsi a passo svelto. Fino al cortile. Poi si fermò e tornò indietro.

«La donna, l'anziana in preghiera poco prima che fosse ucciso don Riccardo, pregava in latino.»

«Ed è raro?»

«Sì, oggi sì.»

Il commissario tornò alla propria auto e si guardò nello specchietto. Gonfio. Avrebbe dovuto chiedere un bicchier d'acqua e prendere una pastiglia.

Mise in moto e subito spense.

Prese il foglio.

*Riccardo Mattia Bertani. Nato a Grosseto, seminario, studi in teologia, nominato il...*

Vivacqua percorse le due paginette volando e ricominciò da capo. A metà interruppe e fece sventolare i fogli. Prendere un cazziatone dal questore per quella fesseria era quasi il colmo; poteva tornare alla Curia, chiedere tante scuse e restituire la scheda al vescovo.

*Spedito a Lecce per tre anni, poi a Santa Maria di Leuca, poi missionario a Haiti per cinque, poi tornato e spedito a Torino, poi di nuovo in Sud America altri due anni, di nuovo a Torino.*

Guardò l'orologio: le 17.00.

«Minchia, il questore.»

Dette gas e prese la strada per corso Vinzaglio.

Si fermò quasi inchiodando.

«Maporca… il vino.»

*22.30 Casa Vivacqua*

«Pasta con le vongole e pomodori Pachino, la ricetta me l'hai data» scriveva Antonella, fidanzata del Giraffone. «Poi, sarde a beccafico. Quella dei peperoni aglio e mentuccia l'ho provata, però non mi vengono come i tuoi» digrignò i denti. «Hai presente?»

«Ma i semi li togli?»

«Non mi pare.»

«I peperoni li spelli?»

«Veramente, Assu', ci vuole una pazienza da santi.»

«Quale pazienza, li tiri fuori dal forno e li chiudi in un sacchetto, qualche minuto e si aprono da soli, è facilissimo.»

Assunta si voltò e iniziò a portare in tavola le cassatine.

«Ci vorrebbe un Passito, o uno Zibibbo bello fresco, vero Totò? Ma non ci crederete, oggi i negozi di Torino non ne tenevano nemmeno un bicchiere, ma tutta la città proprio.»

«Sono meravigliato pure io. I casi della vita» rispose Vivacqua, impegnato a mandare occhiate in tralice alla figlia Grazia e tenere sulla sedia, tra le gambe, Tommy, che quando sentiva odore di dolciumi pretendeva di stare a tavola.

«I casi della vita, eh?» sorrise Assunta.

«Piuttosto, 'sto mostro per forza qui deve stare?» protestò Vivacqua. Tommy si sentì chiamato in causa e lanciò una slinguazzata a tradimento che fece ridere tutti.

«Vuole solo te. Non sta in braccio a nessuno. È un amore da cani» disse Grazia.

Il commissario sparò l'ennesima occhiataccia che la moglie intercettò.

«Checcè Totò.»

«Ce l'ha con me per oggi» sospirò Grazia.

Tutti si concentrarono su Vivacqua.

«E certo, siccome sono impazzito, non ci sono ragioni.»

«Ti ho visto, non credere, se non fossi andato via, te lo avrei presentato.»

«Chi, Alessandro?» intervenne Assunta.

«Sì.»

«E perché ti sei arrabbiato?» domandò.

Sergio, Antonella e Tommy si godevano la scenetta, voltavano la testa di qua e di là come in una partita di tennis.

«Chiedilo a tua figlia.»

«Per un bacio.»

«Uuuh, Totò, come sei vecchio, anzi: antico. Perché ai tuoi tempi non andavi a baciare le fimmine?»

«Non per strada.»

*«Nun c'è sabbatu sinza suli, nun c'è fimmina sinza amuri»* sentenziò Assunta.

«Le sapete tutte voi due.»

Tommy uggiolò. Detestava i battibecchi.

«Pensa se Fabrizio tornasse a casa come si usa oggi, con un braccio tatuato: un bel teschio nero sull'avambraccio» fece Antonella.

«Glielo tolgo con il ferro da stiro.»

Tutti scoppiarono a ridere.

Vivacqua cercava un cavatappi e girava con gli occhi sulla tavola.

«Amore antico: ce l'hai sotto il naso» ridacchiò Assunta.

«Le cose più evidenti a volte sembrano invisibili.»

Brindisi, auguri di buon compleanno, il coro per Antonella, baci.

I due uomini sul terrazzo.

Serata agli sgoccioli.

«Il Doge?» domandò Santandrea.

«Hai presente quando non ti guarda in faccia, parla in dialetto, sfoglia i libri sulla Repubblica di Venezia?»

«Eccome: tre Renier alla guida del Maggior Consiglio, il Bucintoro...»

«Oggi ce l'aveva con Manin: era un culattone infingardo, Napoleone un ciuccio in politica e visione prospettica, tanto che a Waterloo quattro gocce d'acqua gliel'hanno messa nel culo a lui e ai cannoni che si era portato. Una pippa di quasi due ore.»

«Alla fine?» domandò Santandrea.

«Le solite: lei deve smettere di stare sulle volanti, deve guidare la squadra non le auto, il concetto della delega, due delitti sui giornali e il prefetto sotto pressione, smetta di strapazzare chiunque le capiti davanti.»

«Cioè?»

«Ho dato una scrollata al vescovo.»

«Monsignor Acutis?»

«Quel cornuto si è lamentato con il prefetto. Invece voi con la Petrini?»

«Qualche progresso, piccolo. Ho una pista, domattina te ne parlo meglio. Tu?»

«Nella merda. Qualche spiraglio puzzolente di perdita di tempo» aspirò dal toscano. «Due casi senza movente, senza indiziati, negli stessi giorni. Come la chiami questa?»

«Sfiga, sennò con un giro di parole, alla tua maniera: la vita è come la camicetta di un neonato: corta e piena di merda!»

«Bravo. Ti nomino questore totale mondiale. A vita.»

Vivacqua spense l'abatjour e Assunta andò a incollarsi alla schiena del marito.

«Bella serata no?» Disse lei.

«Sì.»

«Uhh, come siamo ermetici. Stai pensando al lavoro? Alla tua amatissima squadra?»

«No, niente lavoro. È stata una bella serata. Sergio e Antonella erano contenti. Hai sempre la migliore cucina del quartiere.»

«Del quartiere?»

«E volevi tutta Torino?» Assunta sogghignò. «Piuttosto, potevamo invitare la signora Marangio, no?»

Assunta si sollevò.

«Stavo per dirti che l'ho cercata al telefono stamattina e non c'era. Nel pomeriggio ha chiamato lei, ha ringraziato ma si sentiva stanca.»

«Quella ha la forza di tutti noi messi insieme. Non ha voluto, è fatta così.»

«Ha chiesto di te.»

Vivacqua si voltò.

«Di me?»

«Non avesse la sua età potrei essere gelosa. C'è una cosa speciale tra voi due, si sente, come una corrente, un magnetismo.»

«Che cosa voleva te l'ha detto?»

«No.»

Vivacqua restò in silenzio per un momento.

«Ti ricordi la frase di ieri?»

«Santo cielo, quale frase?»

«Che deve prendere una cosa, importante.»

«È vero; anzi, ha specificato: *molto importante*. Perché ti riguarda?»

«Non lo so.»

# Mercoledì 14 marzo

*2.15 Villa Capitano*

Di notte il cortile era illuminato da un unico faro sopra il garage. Le vetrate tutto intorno erano al buio e anche ai piani superiori nessuna luce.

Luca terminò la manovra in retromarcia fino al muretto, dove urtò. Ruppe il fanalino posteriore. Sterzò nel miagolio della lamiera e strisciò il paraurti fino alla fiancata. Spense il motore e sbatté la portiera contro la parete. Troppo vicino al muro.

A spallate cercò di allargare il varco ma non c'era verso.

Una luce si accese al piano superiore. Un'altra sul lato dei domestici.

Luca riaccese il motore, la Rover vibrò al massimo dei giri, poi ancora stridio di lamiere e bestemmie; avanzò un metro quindi spense e cadde fuori dall'abitacolo.

Il cognato fece scorrere la vetrata, si avvicinò in vestaglia con il suo incedere dondolante, si chinò proprio mentre Luca tentava di sollevarsi malfermo.

«Quasimodo togliti dai coglioni.»

Eugenio tentò di metterlo in piedi alzandolo dalle ascelle. L'altro si voltò e fece partire un ceffone di rovescio che andò quasi a vuoto.

«Ti sto aiutando» disse il cognato.

Un'altra luce si accese al piano superiore.

Luca tornò eretto, alzò lo sguardo e nel controluce della finestra illuminata vide la carrozzella e la moglie.

«Con me non riuscirete» gridò.

«Sei ubriaco» ridacchiò Eugenio.

Luca si voltò, mise a segno un destro che stese il cognato, ma non soddisfatto avanzò minaccioso per colpirlo ancora. Tony, che nel frattempo era sceso a rotta di collo, si frappose e bloccò Luca.

Per un secondo tornò il silenzio, Eugenio tamponava il sangue che usciva dallo zigomo, Luca era chino sulla siepe dei grandi vasi e vomitava l'anima. Dal piano superiore si aprì una finestra e Margherita restò a guardare, come per fare l'inventario. Nessuna preoccupazione negli occhi, solo una smorfia, leggera. Tony alzò lo sguardo, fece un cenno; per un momento sembrò indeciso sul da farsi, poi aiutò Eugenio a rientrare.

*9.00 Squadra Omicidi*

Il dottor Alberto Francia spezzò la sigaretta nel portacenere e tornò ad allungarsi sulla sedia. Portava un abito in grisaglia da mezza stagione di ottima fattura, la camicia azzurra in tono con gli occhi, una cravatta di panno antracite e scarpe inglesi allacciate. L'ispettore Gargiulo, che da buon napoletano se ne intendeva, calcolava che soldo più soldo meno aveva addosso cinquemila euro di vestiti.

«Senta,» disse Francia «non so cosa si aspetta di sentire, ma è un'ora che mi fa le stesse domande e le do le stesse risposte: non ho ucciso quella donna. Se credete di farmi confessare per stanchezza andiamo avanti, ma io non c'entro niente.»

«Questo è solo l'inizio: non s'illuda. Abbiamo molti punti da chiarire: lei è l'ultima persona che ha visto la signora Petrini.»

«No. L'assassino è quello che l'ha vista per ultimo, non facciamo giochi di parole.»

«Resta il fatto che lei non è sincero e…»

La porta della saletta si aprì, entrarono Vivacqua e Santandrea, entrambi con un caffè in mano. Vivacqua fece il giro del tavolo, si accomodò accanto al dottor Francia e Santandrea si mise di fronte.

«Non sono per niente d'accordo» disse Vivacqua rivolto a Santandrea, quindi si girò a osservare il dottore. «Ti fai incantare dalle apparenze. Lo sbattiamo dentro qualche giorno e poi a mente fresca ne riparliamo.»

Francia si drizzò sulla sedia.

Vivacqua lo fulminò con lo sguardo. «Si metta a sedere.»

«Salvatore, sei tu che dai le carte, facciamo come vuoi: secondo me questo è un signore, non si mette nei guai per questioni così banali: ha troppo da perdere. Secondo te uno che vive in una casa come quella, di proprietà…»

«Proprietà una coppola di minchia. La moglie è proprietaria, lui non ha manco i soldi per la tintoria.»

«Scherzi? Uno come il dottor Francia è capace di guadagnare più di te e di me messi insieme.»

«Questo fa il dermatologo: pomate e tinture. Duemilaseicento euro Sergio. Non fai manco il pieno alla Maserati.»

«Ha una Porsche.»

Gargiulo passò un foglio a Vivacqua.

«Le ha tutt'e due. Pensa quando paga il bollo, se quel mese deve cambiare i tergicristalli ha bisogno di un prestito.»

Santandrea prese il foglio.

«Mi sa che deve pagare la moglie: le macchine sono intestate a lei. E questo lo rende innocente per definizione. Chi è quel fesso che fa le valigie e se ne torna a vivere in camera e cucina con le rate della Punto da pagare?»

Francia si agitava sulla sedia.

«Non hai la mente criminale, lasciatelo dire. Se il dottor Francia facesse cornuta la moglie per portarsi a letto la portinaia che, con tutto il rispetto, non sembra miss Italia, potrei fare uno sforzo, ma la Petrini era una gran fimminazza» fece girare il caffè nella tazzina e la scolò. «Il dottore qui presente si è innamorato: è un delitto passionale, non c'entrano i soldi.»

«Eppure, sai che questa Jolanda aveva un salvadanaio niente male? Proprietaria dell'appartamento dove viveva, poi uno a Montecarlo, un altro a Sestriere, villa a Santa Maria di Leuca a picco sul mare, guarda, c'è anche la foto. So cosa stai pensando, che il nostro dottore era davanti all'albergo della Posta, pronto per il cambio dei cavalli: via quello stanco e dentro quello fresco.»

«Voglio il mio avvocato» biascicò Francia.

«Lo avrà, lo avrà» rispose Vivacqua. «Hai capito perché è lui l'assassino?» soggiunse per Santandrea. «Io dico che è salito dalla Petrini e l'amicizia si è rovinata.»

Il vice scosse la testa.

«Come fai a dirlo: andavano d'amore e d'accordo, avevano appena avuto un rapporto completo.»

Francia si alzò stizzito.

«State esagerando, mi renderete conto di queste insinuazioni.»

«Stiamo aspettando il referto con la conferma: lei è medico, dovrebbe sapere che in questi casi si eseguono sempre degli esami. Non stia in piedi, mi fa venire il torcicollo.»

«Salvatore non hai risposto.»

«Penso alla fregatura. Il nostro amico è pronto al salto della quaglia, non è un passo da prendere alla leggera: dove la trovi al giorno d'oggi un'altra mogliettina di buon carattere, sensibile, amorevole. Non è mica facile!»

«Chi ti ha raccontato 'ste fesserie Totò? La signora Emanuela Patrito in Francia, detta Emma, moglie del qui presente, è una donna che si fa rispettare; senza offesa,» si rivolse al dottore «una comandona: Alberto fai questo, Alberto fai quello, prendimi dall'estetista, non pisciare in piedi, scendi il cane, in casa non si fuma. Tanto che il dottore ogni tanto si scogliona e alza la voce. La signorina che abita di fronte li sentiva bisticciare, quasi tutte le sere.»

«Allora era più furbo se ammazzava la moglie» disse voltandosi di un quarto. «Dottore, lei è incensurato, potrà spiegare che ha perso la testa, che è stato un momento di follia e, se confessa, si spalancano i cancelli dei benefici di legge, cosa ne pensa?»

Francia fece un applauso.

«Bella scenetta. Il poliziotto buono e quello cattivo. Davvero originale. Adesso vorrei finirla e andarmene: non sono stato io» disse Francia.

«E neppure il fidanzato, il maestro Giardini; dirigeva a Bologna davanti a tutta l'orchestra e trecento persone. Dov'era tra le 15.00 e le 18.00 di domenica, dottor Francia?»

«Ero...»

Passò un tempo che sembrò interminabile.

«Vuole confermare la dichiarazione?» suggerì il commissario.

«Jolanda aveva molti corteggiatori, alcuni andavano a trovarla. A lei piaceva darsi delle arie da donna fatale, adorava le fotografie, essere ammirata. Diceva di avere ai suoi piedi tutti i migliori musicisti e gli allievi del conservatorio. Jolanda era una donna con una personalità multipla: poteva essere scostante, fredda, spregiudicata, infantile certe volte, o distratta, ma in un attimo si trasformava e diventava speciale.»

«E lei era geloso, la voleva per sé, ne era innamorato.»

Francia prese uno sguardo sognante.

«No, ero stupito. Affascinato, era come osservare un camaleonte. Quella sua imprevedibilità la rendeva unica. Ne ero attratto e non solo fisicamente. Delle volte parlavamo, oppure la guardavo mentre si esercitava con la viola, oppure ascoltavamo musica e non ci si sfiorava nemmeno. Altre volte... Non ho mai conosciuto una donna così.»

Vivacqua e Santandrea si scambiarono un'occhiata.

«Cosa intende dire?»

«Una donna che poteva far perdere la testa a chiunque.»

«Sua moglie sapeva?» Si inserì Santandrea.

«Mia moglie?» Tacque, come per cercare le parole adatte. «Mia moglie è una donna mediocre, arida, materialista. Ha un concetto proprietario di tutto ciò che la circonda, compreso il sottoscritto. Sul campanello di casa ha voluto mettere prima il suo nome.»

«Che umiliazione insopportabile» sogghignò Vivacqua. «Risponda alla domanda: sua moglie sapeva?»

«Non abbiamo mai affrontato il discorso: credo che sapesse. A lei andava bene: meno seccature, meno doveri, purché restasse un segreto.»

«Da quanto andava avanti?»

«Un anno circa.»

«Perché ha ucciso Jolanda Petrini?» domandò Vivacqua.

Francia tornò presente.

«Vi sbagliate. Quando sono uscito, saranno state le quattro e un quarto, era viva. È arrivato qualcun altro dopo di me. Inoltre, le vostre scenette non rispecchiano affatto la realtà. Non potete dimostrare niente.»

«Sa qual è il problema dottor Francia? Che è lei a non poter dimostrare niente. Adesso se vuole può chiamare il suo avvocato, ne scelga uno bravo.»

Fuori dalla stanzetta Vivacqua e Santandrea si incamminarono verso i rispettivi uffici.

«Chiama il magistrato per la conferma dell'arresto» disse Vivacqua.

«È colpevole secondo te?»

«Ci sono buone possibilità; metti sottosopra le amicizie della Petrini, i frequentatori, il fidanzato, tutto. Girala come un guanto.»

«Siamo già al lavoro. Hai pensato che forse Francia se la portava a letto e basta?»

«Può darsi, ma se capitasse a me, se fossi innocente, andrei io stesso dalla polizia con il mio avvocato, non aspetterei di essere prelevato.»

«Forse lo abbiamo preso in contropiede; ha molto da perdere se la moglie lo sbatte fuori. Hai pensato che probabilmente stava tentando di ricomporre il guaio?»

«Ricomporre? Il dentifricio non rientra nel tubetto. Cosa vuoi ricomporre? Quello che poteva fare un innocente non lo ha fatto, e lo rende perfetto come probabile assassino.»

«Non lo so. Però non sarebbe strano che i due avessero un'ordinaria storia di sesso, un'amicizia. Si divertivano: lui finge di portar fuori il cane, lo molla alla portinaia, gli ficca dieci euro per stare zitta, sale e si fa una sveltina, niente di più.»

«Sai come finiscono certe amicizie da letto?»

«Con il divorzio?»

«Con l'autopsia.»

*9.05 Villa Capitano*

Luca stava nello studiolo a porte chiuse, seduto alla scrivania con un foglietto, una matita, e si sforzava di capire il linguaggio del dottor Canali. Nella testa la vodka faceva le bolle.

Sarebbe stato meglio rimandare l'incontro. Oppure chiedere la presenza di Loredana che di certe questioni se ne intendeva, visto che era commercialista. Ma non poteva, per troppi motivi.

Filiberto Canali andava avanti con i tecnicismi, la voce quasi infantile e i modi del contabile.

Al piano terreno la voce metallica usciva dal ricevitore con un riverbero.

«Cosa ha detto?» domandò Eugenio.

Il campanello del portone squillò.

«Shhh.»

«... quindi, stabilire una data di incontro con la relativa documentazione è il punto di partenza. Naturalmente prima la documentazione, lei capisce, dovrei studiarla e ci vuole una certa calma. Può mandarmela con un domestico» disse Canali.

«Sì. Però un orientamento, un consiglio per i primi passi, in parole povere.»

Canali scosse la testa.

«L'esportazione di capitali ha i suoi rischi: personalmente gliela sconsiglio, almeno per le vie che lei immagina. Non so chi le ha dato il suggerimento, ma di certo ha sottovalutato i pericoli. Torno a dire: cominciamo con l'inventario dei cespiti, la valutazione del patrimonio, le eventuali plusvalenze e...»

«Che bastardo. Io a quello gli spezzerei il collo.»

«Shhh.»

Il campanello del portone squillò per la seconda volta.

«Okay» disse Luca. «Ma con l'eredità?»

«Lei deve essere molto stanco: è quello che stavo dicendo, il trattamento fiscale non è aggirabile; mi dia la dichiarazione dei redditi, le faccio un esempio al volo.»

«Magari in un secondo momento, nel suo studio. Consideri questo incontro come una presa di conoscenza. Comunque, lei mi assicura che il mio progetto è possibile.»

«Ma certo, tutto è possibile. Si tratta di fare una pianificazione, non è difficile. Bisogna farla bene, accertare i costi inevitabili e lasciare agli specialisti il loro compito.»

Luca avrebbe voluto sollevarlo di peso, scrollarlo come un albero di cachi e scaraventarlo giù dalle scale.

«Provo a riassumere» ribatté asciutto. «Potrò disporre dei beni e togliermi dai coglioni tutti 'sti parassiti, è così?»

«A suo cognato dovrà garantire una sistemazione idonea, in luogo non dissimile dalle condizioni alle quali è abituato.»

«Per sempre?»

«Per sempre.»

«E se fallissi, cioè, se la vita mi dicesse male?»

«Capisco le preoccupazioni, le fanno onore, ma dovrebbe saperlo: ci sono le opportune cautele. Si deve costituire un fondo dal quale ogni mese...»

«Vuole mandarmi via» disse Eugenio.

Il campanello del portone squillò per la terza volta.

«Ma non vai ad aprire?»

«Stai zitto, cazzo.»

«Okay, okay, il resto?» soggiunse Luca.

«Ai dipendenti il trattamento di fine rapporto e le voci di retribuzione collegate, non vedo altri ostacoli, se quello che mi ha anticipato corrisponde alle carte. Resta comunque un discreto azzardo nella sua idea, voglio che sia chiaro. Ad ogni modo sono scelte che deve fare lei, io mi limito a indicarle le strade; sarà lei a prendere le decisioni, informato delle opportunità e dei limiti» completò Canali.

«Intende dire che potrei incorrere in qualche sanzione, a un divieto o cose del genere?»

«Nella prima fase, finché non si presenta davanti a un notaio, no.»

«Allora me ne sbatto» tolse i piedi dalla scrivania, infilò le scarpe e si mise in piedi. «Bene dottore, lei è un uomo prezioso.»

«Vogliamo prendere un appuntamento? Diciamo...»

«Mi farò vivo io. Voglio pensarci su. Lei capisce.»

«Credevo avesse premura.»

«Oh, non così tanta da perderci la testa. La saluto, conosce la strada per l'uscita? Aspetti: Margherita?» gridò. «La faccio accompagnare.»

«Spegni, spegni.»

*10.30 Ufficio del commissario capo*

«Nel mio ufficio, subito» brontolò Vivacqua al telefono. Davanti al naso la panoramica dentale a colori.

Migliorino entrò con un fascio di carte che posò sul tavolo di appoggio.

Il commissario alzò un sopracciglio.

«Morirò con una fotocopia nello stomaco. Che hai da sbadigliare?»

«Ho fatto un giro stanotte per beccare l'albanese. Il senegalese lo abbiamo pizzicato. Se vuole assistere all'interrogatorio cominciamo nel pomeriggio.»

«Vedremo.»

«L'altro, l'albanese, lo stiamo ancora cercando. Nella zona dove bazzica abitualmente non lo vedono da un paio di giorni.»

«Segnalalo all'Interpol.»

«Già fatto. Per la ricerca sui preti ammazzati ho passato l'incarico a Gargiulo: ci sta lavorando.»

Vivacqua terminò di prendere appunti e mise le mani giunte sotto il mento.

«Cosa hai lasciato?» fece segno verso la nuova pila di carte.

«Documentazione di don Riccardo: era nella sua stanzetta.»

«Cosa ne pensi?»

«Cartaccia. Per il resto, è come avevo detto: non ce lo vedo il vecchio don Riccardo immischiato in questioni sospette. Con Carbone abbiamo sentito i parrocchiani e viene fuori un soggetto che sarebbe più in gamba di Marlon Brando, se avesse finto tutta la vita. La questione delle riviste porno non merita approfondimenti. Se proprio vogliamo mettere in gioco quel genere di casini, deve essere storia molto vecchia e andarla a ripescare è difficilissimo.»

«Non parla nessuno» commentò Vivacqua.

«Nessuno. Può anche voler dire che non c'è niente da pescare e quindi perdiamo del tempo. La tesi del pazzo è la più attendibile.»

«È anche la più comoda, Migliori'; ce ne laviamo le mani perché di pazzi è pieno il mondo e beccarli è complicato.»

«Comunque, io e Carbone ci siamo messi a ricostruire la scena con quelli della Scientifica.»

«E cosa viene fuori si può sapere o pensi di mandarmi una lettera?»

«Viene che l'assassino non deve aver impiegato più di tre minuti a colpire, trascinare la vittima, controllare il risultato delle sprangate e uscire di volata. In quei tre minuti è successo tutto. Quello che sfugge è il culo che ha avuto l'assassino, perché dai controlli fatti non risulta ci fossero auto posteggiate davanti alla chiesa.»

«Non può lasciare la macchina in quella via, ho verificato, gli autobus non ci passano, neppure un pazzo lascerebbe l'auto in quelle condizioni se deve ammazzare un cristo: il piano fallisce prima di cominciare.»

«È quel che abbiamo pensato. La fortuna sta nel fatto che nessuno lo ha visto uscire.»

«Minchia che deficienti,» scattò in piedi Vivacqua «che poliziotti da fotoromanzo. Anche quest'anno il premio vanvera-investigazioni non ce lo fotte nessuno.»

«Come dottore?»

«Le molliche, erano dove dovevano essere, bastava guardare sotto il naso. Bravo Migliori', adesso fatti un giro.»

«Non ci ho capito niente. Me la vuole spiegare?»

«Arrivaci da solo, è facilissimo» si voltò, impugnò il telefono e fece il numero. La voce grassa da fumatore del dottor Pascalis rispose.

«Dimmi Salvatore.»

«Ti faccio fare tre chili di polpette, anzi cinque, nella salsa. Te lo immagini? Una cofana! Tu però non mi puoi tenere sulle spine fino al giorno del giudizio! Vitto', dimmi qualcosa.»

«Ho appena iniziato.»

«Me le mangio tutte io. A costo di un ricovero. Poi vengo sotto casa tua a sirene spiegate con tutta la squadra, alle tre del mattino, con il megafono, sveglio tutta la provincia.»

«Non ne saresti capace.»

«Poi salgo e ti scendo in manette. Non potrai più tornare a vivere lì, tua moglie farà le carte: uno sputtanamento interregionale, dovrai prendere casa in Toscana e tutte le mattine ti devi fare quattrocento chilometri per andare al lavoro. Capito?»

Pascalis rise per un paio di minuti.

«Devo correggermi: il colpo mortale deve essere il terzo, o il quarto.»

«Terzo o quarto, va bene, poi?»

«Be', non è morto per la sprangata.»

Silenzio.

«Ah no?»

«No.»

Silenzio.

«Minchia Vittorio, sembra che mi stai facendo un film, come va a finire? Com'è morto 'sto poveraccio?»

«Direi con un colpo successivo, e con un'altra arma.»

«Ah!» Vivacqua alzò lo sguardo come per visualizzare la ricostruzione. «Vuoi dire un altro corpo contundente?»

«Senza dubbio.»

«E perché, santa miseria?»

«Questo è mestiere tuo caro commissario, io posso solo dirti quello che vedo, l'arma che ha ucciso non è la spranga.»

«Lo hai già detto: cos'è stato?»

«Un oggetto a superficie liscia, arrotondata, un tubolare.»

«Una mazza da baseball?»

«Potrebbe, sì.»

«Sicuro?»

«In termini da profani: ho esaminato la spranga, è un manufatto di ottanta centimetri a sezione triangolare, come certe vecchie leve che si usavano per stendere i panni. Corrisponde con la parziale amputazione della mano e con i danni alla parte superiore della calotta cranica; infatti in quella zona le abrasioni riscontrate sono compatibili con la sezione triangolare e non credo abbiano provocato il decesso. Il colpo alla tempia, invece, è certamente mortale e ha prodotto lo sfondamento delle ossa parietali. Il trauma ha provocato la fuoriuscita del...»

«Capito, capito.»

«Fuori la cofana.»

«Scherzavo Vitto', cinque chili ti farebbero schiattare, poi, ti pare che venivo sotto casa tua a fare casino, per chi mi hai preso?»

«Le polpette!»

«Sabbenedica voscienza.»

Meloni entrò armeggiando con un grosso pannello, Patanè seguiva a rinforzo di seconda linea. I due fecero lo slalom tra sedie e lavagna per posare l'oggetto. Vivacqua smise di prendere appunti e li guardò da sopra gli occhiali; l'espressione diceva più di molte parole.

«Capo, non s'incazzi, non è un'idea nostra» lo anticipò Patanè.

«Come fate a non azzeccarne una? Ho chiesto le fotografie, non tutta la stanza di don Riccardo.»

«Sì, ma don Costantino ha detto che preferiva conservare gli oggetti senza manometterli: è una richiesta specifica; ha detto anche che lo vuole indietro così com'è.»

Vivacqua si limitò ad aprire le braccia.

«Sistematelo qui, voglio averlo davanti agli occhi.»

I due agenti trafficarono per appoggiare il pannello in equilibrio sulla sedia di fronte alla scrivania, lo rialzarono, lo girarono; infine, soddisfatti, ammirarono il risultato come davanti a un'opera d'arte.

«Fuori dalle palle.»

Il commissario accantonò gli appunti e iniziò a studiare la raccolta. Il pannello rivestito di sughero sarà stato di un metro e mezzo per lato, aveva una cornice in legno senza pretese ed era tappezzato di cartoline, fotografie, disegni infantili, biglietti aerei: tutto fissato con le puntine da disegno. Una collezione che il vecchio prete aveva accumulato in tanti anni di servizio. Una vita riassunta per immagini. Le fotografie erano, con le cartoline, la categoria più rappresentata: alcune in bianco e nero seppiate dall'invecchiamento, altre più recenti. Vivacqua osservò l'insieme senza soffermarsi su nulla, poi iniziò a scegliere tra le più vecchie.

Un paio dovevano essere degli anni quaranta: ritraevano un giovanotto dalla faccia pulita, magro, con i capelli a spazzola e un'espressione seria. Una sapeva di fine seminario, la stessa faccia compita insieme ad altri giovani preti.

Vivacqua ne staccò alcune dal tabellone e le guardò sotto la lente di ingrandimento. Appartenevano al periodo di Lecce, come diceva la didascalia sul retro; una di queste era di Santa Maria di Leuca: don Riccardo stava davanti alla chiesa, tutto intorno un gruppo di ragazze con i genitori, sole a picco e un angolo di mare. Il commissario rimise le puntine e un po' per volta le esaminò tutte: sposi, neonati al battesimo, anziani sorridenti, luoghi soleggiati e lontani. Non c'era nulla che facesse scattare una scintilla deduttiva, induttiva ipotetica o iperbolica.

«Non c'è un beneamato...» si trattenne.

Con le cartoline fu molto più sbrigativo; pellegrinaggi, ricordi da Santiago di Compostela, Lourdes, Gerusalemme, auguri e abbracci da mille luoghi, soprattutto dal Sud America.

Il commissario controllò gli appunti e assentì: salvo qualche deviazione, quello era il percorso che il pastore aveva fatto in cerca del suo gregge.

Cercò di ricordare che cosa si aspettasse di trovare e fece una smorfia quando inquadrò la pila di carta sul lato più alto del tavolino: le carte prese da Migliorino nella stanza di don Riccardo. Prese il plico e sfogliò indolente partecipazioni, lettere, inviti a quintali per celebrare messe agli alpini, ai profughi, cartoncini per battesimi e nozze d'argento, addirittura per feste di compleanno: ne scorse qualcuna, quindi fece un fascio e lo rimise nella scatola.

L'ispettore Migliorino entrò in quel momento.

«Trovato qualcosa?»

«Siamo di fronte a uno screanzato: neanche due righe di minaccia.»

«Gliel'ho detto, è un pazzo.»

«Perché uno?»

«Dice che è una donna?»

«Pessima domanda ispettore, anzi, disastrosa. Dimmi veloce.»

«Di là abbiamo finito con il senegalese, vuole concludere lei?»

«Vale la pena?»

«È un poveraccio, lavora per dieci euro al giorno quando lo chiamano a scaricare cassette di pesce. Vive con altri disgraziati in una fabbrica abbandonata; quando non ce la fa più cerca un letto in parrocchia e...»

«Vieni al punto.»

«Non mi pare uno da guai. Si è trovato a discutere con quell'altro che è un vero pezzo di merda. L'albanese voleva soldi per lasciarlo tranquillo, questo glieli ha dati una volta per ingenuità, e l'altro ha cominciato a pretenderli ogni volta che lo incrociava.»

«Secondo lui l'albanese potrebbe aver spaccato la testa a don Riccardo?»

«Dice di sì.»

«Come vuoi procedere?»

«Questa sera facciamo un altro giretto di verifica.»

«Bravo. Chi interroga i testimoni?»

«Carbone, sono due giorni che ci lavora.»

«Amuninni picciotti!»

Vivacqua restò solo con i suoi pensieri, liberò la scrivania dai fogli residui e sotto la coltre riemerse la panoramica dentale fatta dalla Castelli; non aveva notato in precedenza la numerazione e per un momento restò a guardare le sottolineature sul premolare superiore sinistro e sul molare, ovvero i numeri 2.4 e 2.5. Su quei denti era intervenuta la dottoressa. Continuò a far girare gli occhi sul foglio, ma i pensieri cominciarono a viaggiare sulle frasi del patologo e sulle molliche rimaste troppo tempo in attesa di un investigatore. Adesso si erano incontrati. Restava il problema di trovare chi: chi le aveva lasciate?

Il commissario aprì un cassetto, prese le forbici e iniziò a tagliare il foglio degli appunti. Questo era il metodo che aveva battezzato *ad capocchiam*. Ovvero il passo precedente alla tentazione di buttare tutto per aria. Consisteva nel distribuire sul tavolo i frammenti dei risultati investigativi e accostarli in modo casuale. Funzionava di rado, aveva il sapore ambiguo del pendolino, ma talvolta dava risultati sorprendenti. Iniziò con *Donna anziana che prega in latino* e lo sistemò al centro della scrivania; proseguì con *Vittima morta vicino al confessionale* e affiancò il ritaglio.

Prima congettura...

*10.40 Casa Giardini*

Contrada delle Ghiacciaie, piazza Emanuele Filiberto, una delle bomboniere di metà Settecento, attaccata a piazza della Repubblica; neanche un tiro di schioppo da Palazzo reale. Zona storica del Quadrilatero romano.

Visti dalla finestra, gli edifici sembravano dolci di marzapane. Case patrizie dove la corte dei Savoia aveva preso dimora per stare vicina al sole. Un incanto del quale Santandrea non si curava affatto; passeggiava avanti e indietro nel salotto del maestro Stefano Giardini. Parlava al telefono con l'ispettore Gargiulo.

«Digli che la stanno portando troppo per le lunghe.»

«Sì, ma l'operatore telefonico ha ricevuto questa mattina l'ordine del magistrato, dottore, non potevano procedere prima» tentò di scusarsi Gargiulo.

«Scommetti che se chiama il questore si muovono all'istante? È un caso di omicidio porca puttana. Poi, non dicevi che ti eri fatto degli amici in quel giro?»

«Sì, ma mica sono sempre disponibili per certi lavoretti, che tra l'altro sono pure rischiosi; qua tutti teniamo famiglia.»

«Lascia stare Longanesi. Alla fine 'sti tabulati quando arrivano?»

«Forse domani. Invece per le impronte, pare che ci siano problemi.»

«Ti pareva. Che genere di problemi?»

«Mi informo.»

Il vice commissario chiuse il telefono e s'incamminò per tornare nello studio dove il maestro attendeva di essere ascoltato.

La casa era grande e sembrava occupata in ogni centimetro da un oggetto o una decorazione: tende e mantovane alle finestre, quadri, arazzi, fotografie sulle pareti non occupate da librerie, una profusione di tappeti che non lasciava una fessura libera sul pavimento. L'arredamento era altrettanto pesante, carico di mobili antichi, di busti e piccole sculture; almeno nei gusti, la Petrini e il suo fidanzato avevano idee simili. Il maestro Giardini era nello studio: una camera ampia nella quale troneggiavano il pianoforte, un'arpa, altri strumenti appoggiati ai rispettivi leggii, più oltre, sulla destra, la scrivania e un vistoso impianto stereo. Giardini stava seduto su uno sgabello, con le cuffie in testa, premeva i tasti di un registratore a bobine e con la mano libera sembrava dirigere; quando terminò di armeggiare la stanza si riempì di Mozart.

*Non più andrai farfallone amoroso,*
*notte e giorno d'intorno girando;*
*delle belle turbando il riposo*
*Narcisetto, Adoncino d'amor.*
*Non più avrai questi bei pennacchini,*
*quel cappello leggero e galante,*
*quella chioma, quell'aria brillante,*
*quel vermiglio donnesco color...*

Il maestro tese l'orecchio e scosse la testa. Si voltò, scrisse un appunto e fermò il nastro.

«*Le nozze di Figaro*?» domandò Santandrea.

«Un lamento di gatti castrati; inascoltabile. Sono piuttosto occupato, come vede; immagino che la sua presenza riguardi Jolanda.»

«Esatto» Santandrea lo esaminò: lo aveva visto nelle fotografie, ma dal vivo sembrava diverso, più basso e molto meno affascinante, se così si poteva descrivere un uomo vagamente dannunziano, di circa un metro e settanta, calvo, con un pizzo luciferino e gli occhi nerissimi scavati nel viso.

«Credevo che la mia più che documentata estraneità ai fatti bastasse a tenermi lontano dalle seccature.»

«Solo due chiacchiere, non ci vorrà molto.»

«Non ne vedo la ragione, tuttavia temo sia inevitabile, non è vero? Che cosa vuole sapere?»

«Lei era fidanzato con la signora Petrini?»

Giardini fece una grassa risata.

«Non sentivo quest'espressione dai tempi del ginnasio: roba da banlieue. *Très décadent.* Ad ogni modo no. Diciamo che ci univano passioni e affinità. Massì, anche un certo sentimento. Per la musica soprattutto.»

«Quindi, come si dovrebbe considerare la vostra frequentazione?»

«Le categorie sono materiale per antropologi; scelga lei: amici, compagni, coppia in senso lato, non saprei. Se ci pensa bene scoprirà che il linguaggio formale conta poco. Ci si vedeva, talvolta da lei, oppure qui, da me; si passava del tempo insieme. Jolanda suonava in modo divino, peccato soffrisse di panico, sarebbe stata una concertista di livello internazionale. Un talento sprecato. Non gliel'ho mai perdonato.»

«Niente progetti per il futuro, famiglia, convivenza.»

Ancora gran risata.

«Molto spiritoso, dico davvero, anche romantico se vogliamo: figli, pannolini, la spesa al sabato, domenica dalla suocera» sogghignò. «Comunque, lei è un poliziotto e non credo sia venuto per fare conversazione. Cosa vuole sapere con precisione: se mi dispiace, se ho qualche idea su possibili assassini, cose del genere?»

«Direi che se cominciamo dall'inizio semplifichiamo il lavoro» Santandrea aprì il plico e sparpagliò il contenuto sul tavolo. «Potremmo iniziare da qui.»

Giardini guardò le fotografie. Con una mano separava le immagini, con l'altra stirava il pizzetto. Di tanto in tanto ne prendeva una e ridacchiava compiaciuto.

«Alla Polizia di Stato interessano i vizi privati?» domandò.

«In genere no, se non diventano reato.»

«Adulti consenzienti tra le proprie mura. Non vedo reati, lei?»

«Chi le ha scattate?»

«Un po' io, un po' Jolanda, amici comuni» Giardini ne osservò alcune da vicino.

«Ha notato qualcosa?»

«Mmm. Carine. Dove le ha trovate? Alcune non le conosco e non mi riguardano. Sono state scattate da Jolanda, cioè con l'autoscatto, o da qualcuno che la frequentava, direi; nella casa di Montecarlo e a Torino.»

Santandrea inclinò il capo.

«Cos'è? Disapprovazione?» fece Giardini. «O biasimo. Sta per darmi una lezione di etica? Vuole sapere se il piacere precede il dolore o viceversa? È curioso? Che cosa vuole?»

«Lei era a conoscenza dei rapporti intimi che la signora intratteneva con altre persone.»

Nuova risata.

«Gelosia! Adesso capisco. È questo che vuole sapere. Le dirò: è lei che non ha capito niente; la gelosia comporta la sottomissione a regole che né io, né Jolanda abbiamo mai condiviso. Noi non siamo per quel genere di sovrastrutture perlopiù confessionali. La fedeltà, l'esclusiva, la monogamia. Anzi, siamo convinti che facciano parte di un modello artificiale tipico del falso progresso; e questo, credo concluda la spiegazione. Oppure mi sta chiedendo se qualcuno era abbastanza convenzionale da non sopportare la situazione, e per questo ha ucciso?»

«Avrei usato altri termini, ma è questo il punto.»

Giardini prese dal tavolo un quadernone, un foglio, e iniziò a copiare.

«Ecco, ne faccia quello che serve al suo lavoro. È l'elenco delle persone alle quali può rivolgersi.»

Santandrea scorse la lista. Otto nomi. A prima vista coppie.

«Che cos'è?»

«Quello che stava per chiedere: il nome dei presunti gelosi, almeno quelli di cui sono a conoscenza.»

«Cos'è? Un club, un'associazione...» Santandrea cercava le parole.

«Di perversi, abominevoli reietti» rise. «È solo quello che è: un gruppo di amici con lo stesso punto di vista. Abbiamo finito?» si voltò e premette un tasto del registratore.

*Tra guerrieri, poffar Bacco!*
*Gran mustacchi, stretto sacco.*
*Schioppo in spalla, sciabola al fianco,*
*collo dritto, muso franco...*

Santandrea si avvicinò all'impianto e premette lo stop.

«Non abbiamo finito. La Petrini frequentava altre persone?»

«Questo credo sia mestiere suo, non state facendo delle indagini?»

«Chi ha ucciso Jolanda Petrini?»

«Non lo so. Non io.»

«Aveva ricevuto minacce?»

Giardini sbuffò.

«Non lo so. Non me ne ha mai parlato.»

«Perché è stata uccisa?»

«Ma come faccio a rispondere a una domanda del genere. Non

lo so; perché la gente è malata, per soldi, per invidia. Uno studente pazzo, un coinquilino fuori di testa.»

«Un coinquilino?»

«Sì, quello del terzo piano che faceva le bave. Chiedete a lui.»

«Mi parli di questo signore.»

«L'ho appena fatto: chiedete a lui e facciamola finita.»

«Ricorda il nome?»

«No» si voltò e spinse il tasto play.

*Un gran casco, o un gran turbante,*
*molto onor, poco contante!*
*Ed invece del fandango,*
*una marcia per il fango...*

Santandrea premette lo stop.

«Ci pensi» insisté il vicecommissario.

«Un medico; le ho detto che non ricordo il nome.»

«Francia?»

«Non mi dice niente.»

«Alberto Francia?»

«Oooh, Alberto: è quello il nome. Jolanda ci ha giocato per un po', poi lo trovava noioso, forse lo ha scaricato, oppure ha continuato perché era fatta così: ci giocava come fa un gatto con la mosca. Chiedete a lui.»

«La signora Petrini le aveva parlato di questo medico?»

«Un paio di volte, per ridere più che altro. All'inizio lo trovava divertente, lo stereotipo del maschio italiano: ordinario, affettato, ignorante. Diceva che era un bell'uomo, intriso di quella banalità grottesca che la faceva sorridere: il bel vestito, la macchina sportiva. Diceva che in dosi da collirio si poteva anche prenderlo in simpatia; si era quasi affezionata.»

«E lo ha lasciato?»

«Jolanda non era il genere di donna che un poliziotto può capire. Senza offesa. Una donna che non lascia e non prende, non ha il senso del possesso: fa quello che le pare. E non pensi che usasse le persone, la sua mente era molto più raffinata.»

«Si spieghi meglio.»

«Le avevo detto che non può capire.»

«Già, noi esseri comuni. Quando è stata l'ultima volta che l'ha vista?»

«Prima di partire per Bologna. Una quindicina di giorni fa.»

«Vi siete sentiti per telefono? Per caso avete parlato di qualcuno che la signora aspettava?»

«Oddio che noia. Ci siamo sentiti più di una volta. L'ultima il sabato precedente, o domenica mattina, credo, e non mi ha detto niente di interessante per lei, chiaro?»

Santandrea raccolse il plico, premette il tasto play, e fece per andarsene.

*Per montagne, per valloni,*
*con le nevi e i sollioni.*
*Al concerto di tromboni...*

«Se escono quelle foto vi denuncio.»

Santandrea non si voltò.

*11.50 Villa Capitano*

La dottoressa Biavati percorreva il corridoio con Luca qualche passo indietro. Una posizione perfetta per prendere in considerazione un invito a cena.

«Da questo lato abbiamo alcune delle camere da letto padronali. Quattro per l'esattezza.»

Il vantaggio del tubino è che nell'allungo i muscoli delle natiche distendono la coscia, mettono in risalto la scolpitura del posteriore e il profilo dei fianchi. Luca controllò per l'ennesima volta, valutò la caviglia e concluse che non ne valeva la pena. Molto meglio Laura, che inoltre aveva dalla sua un decolleté più stuzzicante.

«Questa...» aprì una porta «... è un esempio. Le altre sono abbastanza simili.»

La donna si affacciò, osservò con modi professionali e assentì.

«I domestici stanno sul lato opposto.»

«Quando avete ristrutturato?» domandò la dottoressa Biavati.

«Dodici mesi fa, giorno più giorno meno.»

«Peccato venderla, è molto bella. I mobili li porterà via immagino.»

«Sono in vendita.»

«Pacchetto completo?»

«Preferirei.»

«Mmm, è un'offerta insolita per una casa di queste dimensioni. Ha già fatto una stima del valore?»

«Pensavo di chiedere la sua opinione» Luca svoltò e prese le scale. «Sopra abbiamo il solaio, una quarantina di metri, non credo sia fondamentale visitarlo. Piuttosto, sono ansioso di conoscere la sua valutazione e qualche idea sui tempi.»

Margherita li incrociò con un vassoio in mano. Luca la fulminò con lo sguardo.

«Ha fretta di vendere signor Chiesa?»

«Diciamo che ho altri progetti e vorrei avere le mani libere.»

«Una proprietà di questo valore ha bisogno di tempo. Il mercato è molto selettivo, si deve lanciare l'offerta come se vendere fosse l'ultimo dei suoi pensieri, mi capisce? Se il compratore intuisce l'urgenza, l'immobile perde subito un buon dieci per cento.»

«Ma secondo la sua esperienza?»

Eugenio si avvicinò.

«Non c'è un tempo; mi sono capitate situazioni simili per le quali sono occorsi più di sei mesi, altre volte ne bastano un paio. Dipende. Bisogna veicolare la proposta alle persone giuste, e noi ne abbiamo molte in archivio.» La dottoressa Biavati fece oscillare la chioma. «Dipende anche da lei» concluse.

«Eugenio fai preparare il caffè, poi vai a bagnare i fiori.»

«Ma, io...»

Luca lo fece voltare senza complimenti e lo allontanò.

I due si avviarono verso il salotto, nel punto più tranquillo, dove le vetrate danno sulle siepi e sul cortile interno.

«Dicevo che i tempi dipendono da diverse variabili. Per esempio, vendere il pacchetto completo, inclusi i mobili, è una complicazione che può richiedere parecchio, inoltre esclude le aziende, che non saprebbero cosa farsene.»

Margherita posò il vassoio con il servizio di tazzine, indugiò come per controllare il risultato e fece dietrofront.

«Lei consiglia di vendere i mobili a parte; per me è una seccatura.»

La dottoressa Biavati accavallò le gambe, lasciò che il tubino salisse a piacimento e non rispose.

«Mi dica del valore» riprese Luca.

«Senza mobili e senza fretta, direi tre.»

«Solo?»

«Non so quanto avete speso per acquistarla, ma tre milioni sono comunque una cifra adeguata in questo momento.»

«Speravo di più.»

«Vedremo. Proviamo a partire con la prima offerta e sondiamo il mercato.»

Margherita attraversò il salone con la caffettiera, si chinò e inizio a servire. Luca lanciò la seconda occhiataccia, finché la domestica se ne andò.

La dottoressa Biavati si servì, fece girare lo sguardo sulla grande sala e assentì.

«Con un pizzico di fortuna, una casa in questa zona potremmo farla fuori in tre mesi. Non faccia partire il cronometro, la prego, ma credo che faremo prima di quanto possa immaginare». Infilò gli occhiali, pescò dei fogli dalla borsa, la penna e sfoderò il miglior sorriso del repertorio.

Margherita si ripresentò.

«Desidera altro signor Luca?»

«Ti chiamo se ho bisogno» disse sbrigativo.

La dottoressa Biavati stese i fogli sul tavolino.

«Mi pare che ci siano tutti i requisiti per fare un ottimo lavoro. Ho con me il modulo d'incarico, mi servono un paio di firme, signor Chiesa.»

Rosa Marangio riposava sul divano. Gli occhi chiusi, un sorriso lieve scolpito come una fessura tra le labbra rugose. Le mani giunte, il rosario intrappolato tra le dita ossute. Il sorriso scomparve non appena il pensiero cambiò destinazione. Fu come il passaggio da un cielo sereno alle tenebre della tempesta.

«È troppo tardi.»

Sentì il gelo solidificarsi nelle vene, pervadere ogni cellula e ghiacciare il sistema vitale.

Dovette unire le forze per cancellare il buio, prese dalla memoria uno dei giorni felici e lasciò che il ricordo agisse come una medicina.

La compagnia è riunita al gran completo sotto il porticato, nel punto in cui l'aria di mare incrocia il respiro della pineta e alza un refolo di sollievo. A tavola nessuno ha fatto complimenti. Hanno bevuto e mangiato come lupi. A Rosa fa molto piacere. Cinque famiglie, gli amici, bambini, bambinaie, autisti, c'è anche l'equipaggio della barca per festeggiare il ferragosto, come sempre. Come sarà per molti anni.

Rosa e le sue comari iniziano a sparecchiare. Il pranzo è alla fine, i bambini sono nel tavolo separato, battono le mani in attesa del dolce: nove marmocchi, tre maschietti e sei femminucce scatenate. Aspettavano da tanto questa occasione; inoltre, nel pomeriggio il padrone di casa, il commendator Altiero, li porterà in barca: sono euforici, per alcuni di loro è una novità. Dal molo di Otranto faranno la costa fino a Leuca, poi Gallipoli, trascorreranno la serata e indietro verso casa. Rosa è invitata, ma non andrà, il suo posto non è quello: deve tornare a Porto Badisco per badare ai suoi figli.

Al tavolo dei ragazzi è improvvisamente cessato il frastuono. A Rosa basta quella variazione per accennare un sorriso: Daffy e la rossa confabulano, stanno per farne una delle loro.

Afdera sta un po' in disparte, ha messo il cappello di uno dei marinai e sembra Gian Burrasca. La rossa le sta accanto, armeggia sotto la tovaglia. Questione di un attimo.

Afdera si alza, fa il giro del tavolo e mette il berretto da marinaio sulla testa di Gianpiero, il più piccolo: è dall'inizio del pranzo che cerca di rubare quel cappello.

Afdera fa un sacco di cerimonie mentre la rossa è diventata paonazza.

Gianpiero smette di ridere all'improvviso, si alza di scatto, cerca di fuggire, corre in cerchio, inizia a gridare finché il cappello cade e la lucertola gli passa sul viso, cade nella maglietta e cerca una via d'uscita tra le urla e le risa di tutti.

Duffy e la rossa in castigo.

Rosa distese le labbra e tornò a sorridere. Anni felici. Indimenticabili. Ricordi da condividere con una visita di cortesia: una sorpresa.

*12.50 Villa Capitano*

Eugenio stava seduto in cucina, tastava il gonfiore sullo zigomo e faceva piccole smorfie di dolore.

«Togli quelle mani sudice» rimproverò Margherita.

«È gonfio.»

«Ringrazia tuo cognato; comunque non morirai per quel taglietto.»

Tony sbirciò dalla finestra che dava sul cortile. «Non dovremmo stare tutti qua.»

«Non tornerà fino a stanotte. Se n'è andato con quella tipa» ribatté Margherita.

«E se non lo vediamo entrare e sale da Afdera?» piagnucolò Eugenio.

«Smettila di fare l'uccellaccio del malaugurio e cerchiamo di non fare altre cazzate.»

«Io lo aspetterei al buio e lo metterei sotto con la macchina.»

Tony lanciò un'occhiata a Margherita e scosse la testa.

«Tu è meglio che stai zitto e lasci fare noi» replicò Tony.

La donna andò verso i fornelli e regolò la fiamma. «Tra dieci minuti a tavola.»

Tony andava avanti e indietro, con un occhio sull'ingresso della villa. «Che cosa si sono detti?»

«Non sono riuscita a sentire molto. Il bastardo mi allontana ogni volta che sono nei dintorni.»

«Le ha mostrato la casa» commentò Eugenio. «Mi manda via» prese a far scrocchiare le dita.

«E a noi non pensi?» sbottò Margherita. «Vuoi vederci in mezzo a una strada? Se non ci siamo io e Tony, come te la cavi? Pensa alla vita che farai in un istituto, da solo.»

«Gli parlo, glielo chiedo per favore. Dico che ho bisogno di voi, che mi lasci in pace.»

«Dio santissimo, ma ti rendi conto di quello che dici? Non si fermerà, mettitelo in quella testona bacata: vende tutto, fa il pieno e sparisce.»

«Non ancora. Non lo può fare» sentenziò Tony.

«E se avesse capito?» soffiò Margherita.

Per un attimo nella stanza calò il silenzio.

«Non credo. Sta muovendo gli ultimi passi, ma non può mollare tutto, non ancora. Che cosa hai sentito?» riprese Tony.

«Quando erano sulle scale la donna ha chiesto se aveva fretta di vendere.»

«È un'agente immobiliare, è chiaro. E lui cosa ha risposto?»

«Ha detto che ha altri progetti e vuole avere le mani libere.»

Eugenio riprese a frignare.

«Poi?» sollecitò Tony.

«Non ho sentito per un bel pezzo.»

«Quando mi sono avvicinato io, parlavano di due mesi» disse Eugenio.

«Stavano trattando la casa, questo è sicuro, perché quando ho portato i caffè lei ha sparato una cifra: tre milioni». Margherita spense il fuoco e scolò la pasta. «A tavola.»

«Ah, stavo per dimenticare: la donna ha messo un foglio sul tavolo.»

«E lui?»

«Non so cosa ha fatto.»

Tony restò impalato, pensieroso. «Siamo agli sgoccioli.»

«Sono giorni che lo diciamo. Ci sta scappando di mano, bisogna ammetterlo. Troppi contrattempi» commentò Margherita.

«A proposito: è tornata la vecchia?»
«Sì. Non si rassegna.»
«Che cosa le hai detto?»
«Niente. Non ho aperto. Vedrai che tornerà.»
«Speriamo di no.»
«Se torna?»
«Troveremo una soluzione.»

Eugenio iniziò a mangiare svogliato, gli occhi luccicanti di lacrime. Tony fece un segno a Margherita e uscì.

«Andrà tutto bene, vieni qui, vieni da me, ci pensiamo io e Tony» fece Margherita. «Devi solo restare buono, e le cose si metteranno a posto, vedrai.»

*20.45 Ufficio del commissario capo*

La stanza era in penombra, dalla finestra sulla strada non entrava che un barlume di luce. La lampada sulla scrivania puntava verso sinistra. Vivacqua stava in piedi a braccia conserte e guardava il tabellone: da un lato le fotografie dell'omicidio in chiesa, dall'altro quelle scattate in casa Petrini. Per quanto si concentrasse l'idea vincente non arrivava. Anche il gioco furfante di comporre in modo casuale le evidenze non aveva prodotto che nuove domande, i ritagli galleggiavano sconsolati sul tavolo.

Un'idea sulla meccanica dell'uccisione di don Riccardo si stava formando, per quel che serviva. Tutto il resto dormiva della grossa, come un gatto acciambellato sul divano.

Il commissario si avvicinò alla scrivania, prese l'ascellare, tolse la giacca dalla poltroncina e restò impalato. Odiava quella fase delle indagini, quando tutte le strade portano a sospettare di non aver saputo capire le mosse dell'antagonista. Quando è necessario tirare una riga e accettare le regole della caccia: chi fugge ha molte più vie di chi insegue e, se si è allontanato abbastanza, la proporzione diventa insostenibile.

Infilò la giacca, prese la panoramica dentale e fece per spegnere la luce quando entrarono Migliorino e l'agente Patanè.

«Mi era sembrato di vedere la luce» disse Patanè con il solito tono guascone. «Dottore, questa l'hanno lasciata di sotto, è per lei, dice che è riservata personale» l'agente gli passò una busta.

Vivacqua la aprì e lasciò andare un sorriso.

«Se ne vedono sempre meno di queste minchiate» voltò il foglio e lo mostrò per un attimo. Era un collage di lettere ritagliate e incollate.

Prese dal cassetto una cartellina di plastica e con cura fece scivolare il foglio all'interno.

«*Don Costantino la sa lunga. Anche il vescovo. Chiedete perché don Ignazio ha perso la tonaca*» lesse ad alta voce. «Abbiamo un prete senza vestiti?» domandò a Migliorino.

«E questo don Ignazio da dove esce?»

«Migliori', non sta bene rispondere con una domanda. Domani andiamo a cercare la tonaca di questo Ignazio.»

«Capo, noi facciamo un giretto per beccare l'albanese.»

«Chi siete?»

«Io, Patanè e Calabresi.»

«Non fatemi uscire di casa per qualche porcheria. Mani a posto, specialmente tu» disse rivolto a Patanè.

«Io, capo?»

### *23.45 Albergo L'Abatjour*

L'albergo stava nella zona precollinare, a metà strada tra il centro e il vertice. Molto verde, ville nascoste da siepi, vista dall'alto con Mole Antonelliana a portata di sguardo. L'Abatjour era di lusso negli anni sessanta. Ci andavano i figli di papà con la nave scuola, imprenditori odorosi di officina, rappresentanti di successo con le mogli degli imprenditori. Un tempo, nell'atrio c'era una vasca in mosaico azzurro con i pesci rossi. Le camere, tappezzate di specchi, avevano il terrazzino privato chiuso da spalliere a prova di curioso. Alcune stanze avevano il letto rotondo con materasso ad acqua e il frigobar con la radio. Adesso faceva quasi tenerezza; anche a guardarlo con benevolenza era un albergo démodé per coppie clandestine.

Nella camera al secondo piano una bottiglia di champagne rovesciata nel secchiello e un'altra quasi vuota sul comodino.

«Più forte, ti prego Luca, ti prego.»

Luca la sistemò per bene sulle ginocchia e fece partire il ceffone a mano piena.

Laura sussultava, irrigidiva le natiche come in attesa della puntura, poi si rilassava.

«Conti-nua, conti-inua» bofonchiò mordendosi le labbra. Soffocami, con una mano, soffocami.»

Luca prese Laura per i capelli e le rovesciò la testa abbastanza da scoprirle la gola, quindi con la sinistra la strinse.

«Sei fanta-a-astico. Fantassss» boccheggiò.

«Se non fossi la testa di cazzo che sei, ti porterei in capo al mondo» disse con fatica. «Ti userei come un giocattolo fino a romperti, e poi cercherei di aggiustarti. Forse. Non ne sono sicura.»

Luca non le dette peso, si voltò e accese due sigarette.

«Dove mi porteresti?»

Laura aspirò una gran boccata.

«Dove mi va. Posti di mare soprattutto. Cipro, magari: sesso, sole e mare. Voglio fare lo stampo sulla sabbia.»

«Te lo puoi permettere?»

«Questo non è un problema tuo. Tu piuttosto?»

«Non subito.»

«Paura della mogliettina?»

«Sta morendo.» Laura si voltò a guardarlo. «Non potrei adesso, dovrei divorziare, ci smenerei troppa grana.»

«Che maritino sensibile» si sollevò e schioccò un bacio sulle labbra. «Sennò ci verresti con me? Voglio dire, stiamo cazzeggiando o fai sul serio?»

«Un po' di tutt'e due.»

«È lei che ha i soldi?»

«Questi non sono fatti tuoi, bella gnocca.»

«Naaa. Non ti credo. Tu sei il tipico stronzo: non dici mai la verità, quando non sai cosa dire fai l'evasivo. Sentiamo, se fossi libero che faresti?»

«Non lo so. L'idea è di smettere questo genere di vita. Mi piacerebbe cancellare tutto e ricominciare dall'inizio» con la mano tagliò l'aria. «Via tutto.»

Laura si sollevò su un gomito e lo fissò.

«Del tipo donna fissa, fedeltà, famiglia eccetera?»

«Detta così fa venire il sonno. Ma non sei andata lontano.»

«Ommioddio. Sei un grandissimo figlio di... Sii sincero, guardami negli occhi, stai dicendo queste cose per far colpo su di me?»

«Fai tu.»

«Allora ci sei riuscito.» Dette un'occhiata all'orologio. «Stai aspettando la mia autorizzazione?» disse Laura.

«Per cosa?»

«Non devi per forza fare il superuomo con me. Anzi, detesto le recite: se devi tornare da tua moglie non mi offendo, non sono una ragazzina.»

«E tu?»

«So cavarmela da sola, è uno dei vantaggi di essere donna.»

«Posso dirti che lo champagne ti fa acida?»

«L'hai appena fatto. E comunque non è vero. Vestiti.»

Luca si voltò per guardarla.

«Non devi per forza fare la superdonna con me. Se mi chiedi di restare posso farlo. È uno dei vantaggi di essere adulto.»

Laura lo fissò e dopo un momento scoppiò a ridere.

«Okay, pari e patta. Devi andare?»

«No. Non devo, me ne vado se voglio» passò un braccio sotto il corpo di Laura e l'attirò a sé. «Ritira gli artigli per un attimo.»

«Perché hai portato quei dépliant?»

«Per farteli vedere, che domanda.»

Laura sfogliò i cataloghi per soffermarsi su quelli balneari.

«Caraibi, Mar Rosso, ancora Caraibi, Oceano Indiano. Bello. Tutto bello. Perché li hai portati?»

«Te l'ho detto, per farteli vedere, per scegliere.»

«Io e te?» mise su un broncio sospettoso. «Un collaudo, una prova su strada prima di versare l'anticipo per l'acquisto» sogghignò. Luca percepì aria di bufera ma non fece in tempo a parlare. «Non ti fidi dell'usato?» completò Laura.

«Stai cercando la lite senza ragione.»

«È così, vero?»

«Era solo un'idea: qualche giorno di vacanza insieme. Sarebbe anche un modo per stare vicini e vedere come va: magari dopo due giorni ci tiriamo le valige, oppure funziona e allora...»

Laura scolò il bicchiere e lo guardò con diffidenza.

«Parla chiaro, che cosa vuoi da me?»

«Cazzo che palle! Mi arrendo.» Luca si girò alla ricerca dei boxer, li infilò, raccolse la camicia e si indirizzò verso il bagno. «Ritiro tutto. Torno a casa.»

«Hai una moglie moribonda, non sei libero di fare ciò che vuoi. Racconti che vendi tutto, poi dici che non hai firmato il contratto con l'agente immobiliare. Sei tu che devi fare chiarezza.»

Il cellulare di Luca emise un pigolio: un messaggio. Laura afferrò il telefono.

Sul display comparve il nome di Loredana.

«*Devo aspettare ancora molto, amore?*» diceva.

«Che grandissimo bastardo.»

Il telefonino volò oltre il letto per sbattere contro la porta del bagno.

# Giovedì 15 marzo

*1.10 Quartiere San Salvario*

Migliorino e Patanè camminavano affiancati, Calabresi un po' indietro. Svoltarono dalla stazione di Porta Nuova per entrare nelle vie interne. Zona San Salvario, guai a ogni passo: puttane mezze nude con le pupille spalancate, neri grossi come alberi, clandestini fermi davanti ai portoni a controllare gli accessi. In giro non c'era molto movimento per essere giovedì.

L'ispettore Roberto Migliorino teneva il profilo di chi conosce la segnaletica del pericolo. Nessuno sguardo diretto, pistola ben coperta dal giubbotto, atteggiamento sicuro, ma pacifico.

Un informatore, un tossico che si faceva chiamare «Beauty», aveva spifferato il nome di un club di lap dance sotto il controllo di gente dell'Est, il People, in via Goito. Adesso era il locale di punta per certi traffici e quello, secondo lui, era il posto giusto per beccare l'albanese. Valeva la pena fare un controllo: il quarto, poi tutti a dormire.

Svoltarono in via San Pio V, e tutto il casino che non si era visto fino a quel momento apparve a cinquanta metri: gente ovunque. Il People poco più avanti: l'insegna di mille spot che disegnavano coniglietta, topless, cocktail con gli ombrellini. All'esterno, un gruppo nutrito stava davanti all'ingresso dove stazionavano due buttafuori.

Migliorino si fermò per ristabilire la formazione.

«Minchia, Roberto» disse Calabresi. «Appena sentono l'odore questi ci mangiano.»

Patanè sorrise spavaldo.

«Quindi?» domandò Migliorino.

«Fai tu, io chiamerei un paio di volanti.»

«Magari a sirene accese.»

«Perché no. Stiamo di guardia e fermiamo tutti quelli che cercano di svignarsela. Qui se gira storto sono cazzi: c'è troppa marmaglia.»

«Non possiamo organizzare una retata su due piedi. Diamo un'occhiata e ce ne andiamo. Entriamo io e te. Patanè sta fuori in caso di emergenza. Qualsiasi cosa succeda niente armi, capito?»

Migliorino e Calabresi davanti.

Patanè in coda a cinque metri.

A mano a mano che si avvicinavano la musica si faceva solida di vibrazioni e bassi da rivoltare lo stomaco; nell'aria profumo di hashish.

Migliorino attraversò la folla e quando fu davanti ai buttafuori fece un sorriso innocuo, tentò di entrare, ma i due si chiusero come corazzieri.

Migliorino attese che il collega si avvicinasse e mostrò il tesserino.

«Solo una birra, amico, niente di ufficiale» disse l'ispettore.

«Fai altri dieci metri e c'è tutta la birra che vuoi.»

«Lo so, ma la voglio bere qui.» Migliorino continuò a sorridere. Il buttafuori fece segno all'altro che sparì all'interno. «Amico, se non mi fai entrare la questione diventa ufficiale, sai cosa vuol dire?»

Fu il turno del buttafuori mostrare i denti.

«Che questa notte te la ricorderai per un pezzo.»

Migliorino lo guardò come per prendergli le misure. Dall'accento doveva essere ucraino, non particolarmente alto, e neppure palestrato, aveva una corporatura tozza, con il collo della stessa circonferenza della testa e braccia nodose. Portava i capelli corti sulla sommità e quasi a zero per il resto del cranio. Un brillante come orecchino e un dente d'oro. Indossava una t-shirt nera su jeans neri e scarpe di tipo antinfortunistico. Niente armi in vista. Un duro.

Il secondo buttafuori non arrivava e da dietro cominciavano a rumoreggiare.

«Ascolta, conto fino a cinque, poi faccio venire mezza questura qua davanti.» Impugnò il telefonino. «Decidi tu.»

«Questo è un circolo privato, siamo in regola e chi non è socio non può entrare. Niente di personale» fece l'ucraino.

«Faccio la tessera.»

«Bravo. Adesso l'amministrazione è chiusa. Vieni domani mattina, verso le undici, passi a trovarci e con calma fai il tuo dovere, la prima consumazione è gratis.»

Patanè ridusse le distanze a una decina di metri, avrebbe pagato per essere in prima linea. Non riusciva a capire le ragioni dell'attesa. Vedeva la gente ondeggiare davanti all'ingresso e la testa di Migliorino svettare su tutti. Qualcosa si stava complicando; mise la mano alla cintura dietro la schiena e controllò la fondina. La Beretta era al suo posto.

Nel frattempo arrivò il secondo buttafuori, disse due parole all'orecchio dell'altro e si fecero da parte entrambi.

«Una birra e te ne vai. Cinque minuti, poi vengo a prenderti» sibilò l'ucraino.

«Due birre, siamo in due.» Migliorino e Calabresi non attesero oltre, entrarono senza gentilezza urtando i due che furono costretti a spostarsi.

All'interno la musica spaccava le orecchie. Buio, laser in rotazione, odore di spezie, puzza di sudore e folla dappertutto. Verso sinistra un bancone lunghissimo con cameriere in topless; a destra la cabina del disc jockey avvolta dal fumo che usciva da un tubo. Migliorino si voltò per controllare la presenza di Calabresi che era rimasto un po' distanziato; si fermò e quando lo individuò fece segno verso il bancone. Il locale era più grande di quanto si percepisse dall'esterno.

Ci saranno state cinquecento persone. Difficile trovare l'albanese, che adesso aveva nome e cognome: Alexy Rabovis, un tipetto che stava scalando le classifiche della criminalità in cerca del proprio angolo di paradiso.

A piccoli passi Migliorino si avvicinò al bancone. La vista da quella posizione non era granché e dovette spostarsi verso il fondo per farsi una mappa mentale. Più avanti i servizi, a sinistra dietro il bancone alti separé che non permettevano sguardi curiosi, un buttafuori di colore davanti all'accesso del privé. Se Rabovis fosse stato in quella zona potevano scordarsi di beccarlo. Ancora più a destra un altro buttafuori a difesa di non si capiva cosa: stava a braccia conserte davanti a una tenda nera, probabilmente l'accesso agli uffici o qualcosa di simile. L'ispettore alzò gli occhi e nel riflesso dei laser percepì la balconata del piano superiore tutta chiusa da vetri. Quindi, considerò, la tenda porta al primo piano. Tutti i punti chiave sorvegliati: un'organizzazione da professionisti.

Al centro della sala l'occhio di bue puntava sul palo e sulla ballerina che volteggiava, lucida di olio. Tutto intorno spettatori, uomini soprattutto, e donne dall'aria inequivocabile. La musica si interruppe e partirono gli applausi, i fischi. Un attimo di silenzio poi i tuoni di un temporale spaccarono i timpani. Buio totale. Laser azzurri a saette. Migliorino mise la mano sulla Beretta quando sentì la pressione della folla chiuderlo e quasi spostarlo. Si voltò in cerca del collega e non vide nulla.

La musica riprese. Un faro puntò verso l'alto per inquadrare una gabbia che scendeva e sussultava. Il telefono di Migliorino iniziò a vibrare.

La gabbia toccò terra e all'interno una donna travestita da pantera digrignava i denti, intorno al collo un finto boa che la donna sembrava voler uccidere a morsi.

Calabresi non si vedeva.

Le luci iniziarono a roteare a velocità folle, davano la nausea. Iniziò un tamtam tribale e la donna si raccolse a terra, chiusa nel travestimento. I tamburi accelerarono e la pelliccia volò verso il soffitto. Migliorino riuscì a prendere il telefono e vide la chiamata, era Patanè. Chiuse, tanto non sarebbe riuscito a comunicare in quell'inferno. I tuoni e la pioggia si fecero insopportabili. Ai lati Migliorino percepì la stretta, alzò lo sguardo e capì: un sandwich. Si voltò per cercare Calabresi ma in mezzo alla folla e alle luci stroboscopiche non riuscì a localizzarlo.

Due, tre armadi lo avevano circondato. Il primo pensiero fu che le cose stavano prendendo una piega che non erano in grado di gestire: aveva ragione Calabresi. Poi si tranquillizzò: non conveniva a nessuno di loro far saltare il banco e incastrare due poliziotti.

Migliorino tentò di incrociare lo sguardo con uno dei gorilla per mostrare che non avrebbe fatto resistenza, l'altro sorrise beffardo, picchettò sull'orologio e fece segno che doveva uscire. Fine del giretto.

Le luci iniziarono un gioco sincopato, acceso-spento; tutti guardavano la gabbia, battevano le mani a tempo coi movimenti della pantera che si dimenava tra le sbarre avvolta dal fumo artificiale. Il cellulare riprese a vibrare. Migliorino pensava a Calabresi quando gli sembrò di riconoscerlo sul lato sinistro, verso le toilette. Era ora di mettere in gioco i chilogrammi che si portava appresso. Ruotò appena e andò a sinistra. I guardiani cercavano di contrastarlo, ma tra la folla e il casino l'ispettore fece valere la sua volontà. Aprì la porta e sgusciò all'interno della toilette, i tre, sempre appiccicati, lo guardavano come un vitello che rifiuta di imboccare il corridoio finale.

Il bagno era grande, un ambiente di piastrelle scure, faretti sulla fila di lavandini a sinistra, poi un corridoio ben illuminato che dava sui pisciatoi a destra e le cabine a sinistra; in fondo, a una dozzina di metri, una porta di metallo. Un tale vestito come un dirigente di banca scannucciava polvere da uno specchietto; sembrava un cliente. Più avanti uno dei buttafuori che stava all'ingresso e un altro uomo spingevano Calabresi che diceva «sono un poliziotto, sono un poliziotto» senza ottenere alcuna considerazione.

Uno dei gorilla ripeteva: «Non hanno la tessera, sono entrati a scrocco.»

Calabresi tentò di replicare e prese un ceffone.

«Stai fermo» ordinò Migliorino. Poi vide, quasi tra i piedi, grosse macchie di sangue che serpeggiavano verso i cessi.

Quello che sembrava un dirigente disse qualcosa nella sua lingua e tutti risero.

Il sangue era recente, le gocce ancora oleose e fresche. Migliorino tentò di avvicinarsi all'origine delle tracce, sapeva dove portavano e chi era il proprietario. Alle spalle arrivò una spinta sulla schiena, tanto violenta che lo fece avanzare di qualche metro.

Il dirigente rise e ordinò qualcosa.

«Ce ne andiamo. Tranquilli, tutto chiarito. Ringraziamo dell'ospitalità, vero collega?»

Calabresi era spalle al muro, da un angolo della bocca colava sangue.

«In questo Paese non usate la buona educazione?» disse il tipo elegante. «Se viene detto no, è no. Quando volete venire, chiedete per favore e vi diamo appuntamento. Questa è educazione.»

Arrivò una nuova spinta. Migliorino restò calmo, alzò appena le mani e avanzò quel tanto che basta da affacciarsi dove terminavano le gocce.

«Se volete parlare con qualcuno chiedete per favore. Se invece date retta a cattive informazioni, qualcuno diventa nervoso» fece segno verso la cabina. «False informazioni.»

All'interno della toilette, rannicchiato su un fianco, pesto e sanguinolento, versava Beauty. L'informatore.

«È amico vostro?» domandò il tipo, mentre gli altri sghignazzavano.

Migliorino si avvicinò a Beauty e tentò di sollevarlo, alle spalle partì un calcione che lo colpì al fianco. Imprecazioni in slavo. Una mano si allungò per costringere la testa di Migliorino nel water. L'ispettore finse di assecondare la spinta mentre l'altro tirava lo scarico, si voltò appena e fece partire una gomitata che prese il gorilla alla bocca dello stomaco. Un altro balordo inchiodò Calabresi che stava estraendo l'arma. Migliorino si voltò e iniziò a menare. Forte, come fanno i pugili, con quell'apparente lentezza, quella danza leggiadra che sorprende, quando l'altro sembra appena sfiorato e invece va per terra. Il buttafuori ucraino si avvicinò, prese un diretto d'incontro tra naso e gengive e si accartocciò. Il tipo che stava al lavandino iniziò a gridare. In un attimo il bagno diventò un mulinello di braccia e urla. Un altro dei gorilla si parò di fronte a Migliorino, fece saettare la mano e la striscia di sangue si aprì sulla camicia. In un attimo Calabresi fu messo a terra, preso a calci, Migliorino sotto assedio. Il tipo che dava ordini tirò fuori il revolver.

«Fermi» gridò Patanè. Impugnava la Beretta a due mani e sventagliava l'ambiente da un lato all'altro.

Per un attimo calò il silenzio.

«Su le mani.»

Migliorino si sollevò, il taglio sulla camicia non era un graffio, adesso usciva sangue in quantità. Calabresi si mise in ginocchio.

«Viaaaaaa!» gridò Migliorino a Patanè.

Patanè percepì il soffio della porta alle spalle, la musica rombare per un attimo, poi nient'altro.

La lama entrò tutta nella carne.

*3.50 Casa Vivacqua*

Terzo squillo.

Vivacqua dormiva pesante. Tanto che Assunta dovette scuoterlo. Per un momento pensò che fosse il solito scrollone: stava russando.

Poi tutto insieme sentì lo squillo del telefono, aprì gli occhi e vide la sveglia: quasi le quattro.

Cazzi acidi.

Sollevò la cornetta.

«Sì.»

«Carbone.»

Silenzio.

Un lungo silenzio.

Se Carbone non parlava erano guai. Grossi.

«Le ho mandato una macchina. Sarà da lei tra cinque minuti.»

Niente scusi, abbia pazienza, niente cerimonie.

«Che succede Carbone?»

«È meglio se vede di persona.»

«Carbone se mi stai facendo impressionare a cazzo ti tolgo la pelle» socchiuse gli occhi, come per sperare che fosse una stronzata. Assunta si era sollevata su un gomito, luce accesa, sguardo impaurito.

«I ragazzi?» domandò. Assunta chiamava così quelli della squadra: i ragazzi, come figli. Tutti erano passati dalla sua cucina molte volte, specie i più giovani, quelli che avevano i genitori lontani.

«La aspetto dottore.»

«Un attimo Carbone, un attimo: dimmi cosa è successo, si è fatto male qualcuno dei nostri? Migliorino?»

«Migliorino e Calabresi all'ospedale, feriti. Patanè...»

«Patanè?»

Assunta chiuse gli occhi. Patanè era il più giovane, aveva un'adorazione per suo marito.

«Non so se ce la farà» chiuse la telefonata.

«Carbone!» urlò Vivacqua.

*4.30 Club People*

Vivacqua scese dall'Alfa Romeo di fronte all'ingresso del locale. Poco più avanti, dietro, di lato, dappertutto lampeggianti accesi, dei carabinieri, delle volanti, dei cellulari, delle ambulanze. Cordoni di sicurezza. Agenti assonnati. Divise e camici bianchi. Il commissario entrò come un carro armato. All'interno il locale era illuminato a giorno, sembrava lo stadio dopo un concerto dei Rolling Stones. Sul lato del bancone erano allineate spogliarelliste ed entraîneuse: un ispettore raccoglieva le generalità prima di spedirle in questura. In fondo, nei pressi della tenda nera, un viavai di agenti che salivano e scendevano. Sul lato destro, nella zona dei divanetti, altri arrestati, perlopiù uomini, ammanettati, anche loro pronti per essere impacchettati.

Vivacqua fece girare lo sguardo e intravide Carbone nella zona dei servizi. Era insieme al commissario Massaglia della Mobile.

Quando Vivacqua si avvicinò, Carbone si mise a disposizione.

«Cos'è tutto 'sto casino?» disse con la calma apparente che l'ispettore conosceva bene.

«I nostri sono entrati per dare un'occhiata, avevano una segnalazione. Li hanno messi in mezzo, si sono difesi come hanno potuto.»

«Dove sono?»

«Alle Molinette.»

«Chi c'è con loro?»

«Gargiulo, e dovrebbe essere arrivato il dottor Santandrea.»

«Patanè?»

Carbone strinse le labbra.

«Ha preso una coltellata, alle spalle.»

Vivacqua lasciò partire una gran manata sulla coscia.

«Com'è messo?»

«Male, molto male. Non ha ripreso i sensi.»

«Sappiamo chi è stato?»

«Migliorino e Calabresi hanno dato indicazioni precise. Dovremmo averli presi tutti. Forse un paio sono riusciti a scappare mischiati nella folla, ma abbiamo indicazioni chiare, li stiamo cercando. Il commissario Massaglia ha mandato la sua squadra in appoggio, stanno controllando i domicili e approntando i blocchi con il supporto dell'Arma.»

«Com'è successo?»

Carbone si mosse verso la toilette degli uomini e ricostruì l'accaduto.

«Quindi non c'è stata sparatoria» commentò alla fine Vivacqua.

«Neanche un colpo. Quello che è peggio è che noi, dopo la telefonata di emergenza di Patanè, siamo arrivati in cinque minuti. Cinque minuti e cambiava tutta la faccenda.»

«Epperchecazzo Patanè è entrato, non poteva aspettarvi fuori?»

Carbone allargò le braccia.

«Quindi, non solo ci portiamo a casa le ferite, ma pure il cazziatone per aver trasgredito le più elementari procedure di sicurezza. Ma come vi vengono certe idee, dico io.»

«Se Patanè non interveniva, Migliorino e Calabresi se la vedevano nera, capo.»

«Questa la puoi raccontare al prefetto, non a mmia, picciotto» fece due passi, avanti e indietro alcune volte. «Come stanno?»

«Calabresi non si reggeva in piedi. Migliorino ha uno squarcio sul torace: ha preso una brutta rasoiata. In compenso ha rotto denti e naso a tre gorilla.»

«Altro?»

«Se l'è vista nera anche l'informatore, è in ospedale conciato da buttare.»

«Chi è?»

«Beauty.»

«Il tossico? E che ci faceva qui?»

«Non lo sappiamo per adesso; lo dobbiamo interrogare.»

«L'albanese?»

«Niente.»

Vivacqua alzò gli occhi al soffitto. «Don Riccardo!» ringhiò. Si voltò e riprese con Carbone: «Vado alle Molinette, tu tieni gli occhi aperti, in caso di guai mi chiami.»

*5.50 Villa Capitano*

Il fumo sale in volute dense. Non è ancora abbastanza alto da formare una colonna e superare il margine della collina. Tra poco sarà visibile anche da lontano. Più in basso, verso il torrente, giù dove la conca raggiunge il fondo per risalire verso il costone opposto, le fiamme crepitano e mordono le pareti di legno. Ogni tanto piccoli scoppi si allargano in fontane di scintille e sembra una festa, come una danza di lucciole e folletti del bosco. Solo l'odore acre misto a vapori dolciastri dice che non c'è allegria.

Adesso la brezza del tardo pomeriggio rinforza, crea un vortice e l'aria inizia a vibrare di calore, le fiamme ondeggiano indecise se arrendersi o affrettare la danza.

La facciata verso l'ingresso perde pezzi, le prime travi si spezzano.

Da lontano lo spettacolo è sembrato a lungo sterile, come se il fuoco non potesse avere ragione del fabbricato, invece, in poco tempo l'accelerazione è stata fatale: come se all'improvviso la resistenza avesse ceduto di schianto.

Un fischio, come un breve allarme, poi il boato devastante, assurdo nel silenzio del bosco.

Le bombole di gas sono esplose.

Bene.

Milioni di frammenti sfondano il tetto, volteggiano verso il cielo e si allargano per decine di metri. Impossibile distinguerne la provenienza, impossibile dire se appartenevano a un mobile, una poltrona, una finestra. La porta è stata sbalzata fuori, lo spostamento d'aria ha frustato gli alberi vicini.

Non c'è motivo di restare. È tempo di andar via e completare la commedia, ancora un dettaglio prima che cali il sipario, ma…

… ma.

Le gambe.

Non rispondono, non accettano ordini. Piantate come pali nel terreno mentre una lingua di fuoco avanza veloce; è un torrentello di lava che si insinua nelle pieghe del terreno, asseconda le asperità, si tuffa fino a scomparire e poi riemerge, prende velocità: non impiegherà molto a raggiungerlo. Bisogna fuggire. Non c'è un secondo da perdere.

Le gambe.

Non si muovono.

Il torrente schiuma di bolle e fiamme liquide, l'erba sfrigola, il calore è soffocante.

Vorrebbe buttarsi per terra, trascinarsi sui gomiti per allontanarsi, per fuggire, ma non è possibile, il corpo non risponde, ogni segnale di movimento combatte contro l'immobilità e non succede nulla, solo un ridicolo sussultare di gesti incompiuti.

Adesso il calore è insopportabile, i piedi sono ormai dentro il fiume di lava, il dolore è così acuto da sembrare irreale. È questione di un attimo e lui stesso sarà parte del torrente, sciolto tra bolle e lacrime incandescenti.

E urla. Con tutto il fiato. Finché la camera non echeggia di terrore.

Luca era scattato in avanti, sul letto, ansimava; con gli occhi cercava le fiamme. Non riconosceva il luogo, avrebbe voluto chiamare il nome di Laura, invece dalle labbra uscì il suo stesso nome: «Luca» disse con la voce impastata. «Dio mio, Luca.»

Gli occhi non cessavano di percorrere la stanza, e presto capì, il tempo di riconoscere la finestra sul lato opposto della villa e percepire la sagoma. Una donna, immobile sulla sedia a rotelle: Afdera.

Sembrava sorridere.

«Siate maledetti.»

*10.50 Squadra Omicidi*

La porta del commissario capo era chiusa. Nei corridoi e negli uffici l'aria era carica di tensione. Facce scure, nervi a fior di pelle. Nessuno alla macchina del caffè, sigarette spente, centralino e telefoni roventi di chiamate dei giornalisti.

Dagli uffici della questura erano filtrate indiscrezioni preoccupanti: parlavano di indagini interne a carico dell'Investigativa, di Vivacqua sotto accusa, di denunce pesanti a carico dei colleghi feriti. Gli avvocati del People si erano mossi come avvoltoi; girava voce che avessero fornito un video nel quale erano inquadrati Migliorino e Calabresi al momento dell'ingresso nel club con immagini eloquenti. C'era anche la denuncia di un certo Mauro Bello, detto Beauty, difeso dagli avvocati del club, che affermava di essere stato aggredito dai tre poliziotti nel corso di un precedente incontro la sera stessa. Bello sosteneva di essere stato picchiato e di essersi rifugiato dai suoi conoscenti al People per essere condotto in ospedale. Diceva che i tre poliziotti lo avevano seguito ed era scattata la rissa nel locale perché i suoi amici si erano rifiutati di consegnarlo. C'erano molti testimoni. Inoltre, Migliorino e Calabresi avevano usato le maniere forti per prendere Beauty prima che fosse condotto in ospedale, allo scopo di evitare la denuncia; così avevano pestato il personale di sicurezza del club. Infine, l'agente Patanè aveva minacciato con le armi gli addetti che tentavano di fuggire per sottrarsi alla sparatoria e, nel parapiglia, era volata una coltellata per legittima difesa.

Giravano voci sulla sospensione dal servizio dei colleghi.

Gargiulo era rientrato dalle Molinette affranto: tutto in un colpo era tornato l'incubo di quando la coltellata l'aveva presa lui, dieci anni prima, in un ufficio postale: una settimana tra la vita e la morte, più due mesi di convalescenza. Non si era mai ripreso del tutto.

Vivacqua stava a occhi chiusi, con i piedi sulla scrivania, senza giacca, l'ascellare buttata sul tavolino del telefono; le maniche della camicia arrotolate sui gomiti, un fazzoletto di carta aperto sulla faccia.

Santandrea dall'altra parte del tavolo stava seduto per un attimo, poi si alzava, andava alla finestra, sacramentava sottovoce e tornava a sedersi.

«Se ti alzi ancora una volta ti sparo» bofonchiò il commissario.

«Ma che bella idea, anzi, perché non mettiamo una fila di lattine e facciamo un po' di tirassegno in ufficio, cinque colpi a testa. Così, per vedere se alla fine chiamano la neuro e ci portano tutt'e due al trattamento psichiatrico obbligatorio.»

«Calmati.»

«Ma come fai a non tirare un cristo, a non pigliare a calci in culo un coglione di avvocato che s'inventa una versione dei fatti completamente rovesciata. E quell'altro infame di Beauty?»

«Non aveva scelta.»

«Totò, hai deciso di far rincoglionire anche me?»

«Beauty si è fottuto con le sue mani. Prima ha dato a Migliorino la dritta, poi è andato a dire a quelli del People che stava arrivando la polizia, magari ha pure chiesto soldi, o una dose. Questi non se la sono bevuta e gliel'hanno data, la dose.»

«Sì, di schiaffoni.»

«A questo punto per restare vivo aveva una sola possibilità: accettare la proposta degli avvocati e denunciare i nostri.» Tolse il fazzoletto dalla faccia e si ricompose.

«Il Doge è stato pure ad ascoltare. E il prefetto? Indagine interna, provvedimenti disciplinari, lo hai sentito, c'eri anche tu.»

«Balle.»

«Ma come fai a essere così calmo?»

«Non sono per niente calmo. Abbiamo due casi aperti e tre collaboratori in meno, uno grave. Un picciotto di ventisette anni che non si sa come ne esce, se ne esce. E per quanto mi riguarda, siamo almeno in due a pregare che se la cavi: io e il buttafuori che l'ha accoltellato alle spalle, perché se gira male vado a prendere questo figlio di grandissima buttana e ti garantisco che quel giorno termina la mia carriera di poliziotto» disse con un tono talmente pacato che Santandrea sentì il sangue gelare. «Non sono calmo: voglio chiudere questa storia e riportare a casa i ragazzi con le scuse ufficiali di tutti i paraculi, prefetto in testa, dovessi mettere il creapopoli sulla brace. Spero che con la Petrini tu sia a buon punto: mi serve una mano sull'omicidio di don Riccardo.»

Il telefono squillò.

Vivacqua prese la linea.

«Esposito: ti ho detto niente chiamate, sei sordo?»

«È il prefetto.»

«Digli che sono al bar per il torneo di scala quaranta.» Attaccò. «Facciamo il punto» proseguì rivolto al vice.

«Per adesso l'indagine su don Riccardo resta a noi. Massaglia e qualcun altro della Mobile si occuperanno del People: interrogatori, testimonianze, rilievi eccetera, noi non ci mettiamo le mani fino a ispezione conclusa. Non ti fa girare le palle?»

«Vai avanti.» Vivacqua prese a trafficare con lo scatolone della corrispondenza di don Riccardo: tirava fuori un biglietto e lo posava per prenderne un altro.

«La ricerca dell'albanese resta nel nostro campo in quanto soggetto indiziato per l'omicidio. Secondo me, il bastardo è tornato al suo paese per raffreddare le chiappe. Migliorino lo hanno ricucito, se non lo sospendono resta fuori gioco per una decina di giorni; stesso discorso per Calabresi; di Patanè sai tutto. Restano in avanzamento i guai soliti, più il caso Petrini e don Riccardo; mi hai seguito?»

«Due siamesi!»

Meloni entrò in punta di piedi per lasciare una busta a Vivacqua e una a Santandrea.

«Che roba è?»

«Dal laboratorio, dottore.»

Santandrea riprese.

«Veniamo alla Petrini. Mi hai detto di girarla sottosopra. Vuoi il quadretto?»

«Un assaggio: se vedi che chiudo gli occhi passa ad altro.»

«Viene da una famiglia veneta, è rimasta orfana molto giovane; i genitori sono morti in un incidente aereo durante un volo privato in Libia. È figlia unica, eredita i beni di famiglia, decisamente notevoli, e cresce nei collegi più costosi d'Europa, in Austria e in

Svizzera. Si è occupato di lei il tutore del Tribunale dei minori di Venezia. Studia musica, si diploma al conservatorio di Salisburgo. Debutta come concertista all'età di quattordici anni per smettere prima dei venti. Pare soffrisse di panico...»

Vivacqua, che non aveva smesso di trafficare nella corrispondenza di don Riccardo, alzò lo sguardo e fece il segno della forbice.

«Okay, tagliamo. Divorziata da dieci anni, vive di rendita, dà lezioni di viola ad altissimo livello e spesso non si fa pagare. Trascorre lunghi periodi nelle sue case, specie a Montecarlo. Nasconde un vizietto. Dai un'occhiata, le abbiamo trovate nella cassetta di sicurezza in banca.»

Santandrea sparpagliò le fotografie sulla scrivania.

«Alla faccia del vizietto» esclamò Vivacqua. Ne guardò alcune da vicino. «Cos'è, un'esibizionista, feticista, scambista?»

«Un bel mix di tutto quello che hai detto. Il tipo che ho definito fidanzato, ovvero il maestro Giardini, è forse il compagno di giochi preferito, ma ce ne sono altri che frequenta con una certa regolarità. Tra questi, a Torino, c'è una coppia: lui è un soggetto abbastanza particolare, si chiama Claudio Tagliavento, fa il notaio. Nelle fotografie della Petrini è il più presente.» Santandrea spulciò nel plico. «È questo con le borchie e i piercing. Non ti dico quanto è diverso di persona in abiti borghesi. Sposato con Vittoria Sale, anche lei professionista. Ho fatto al notaio le stesse domande che a Giardini, e per poco non gli viene un colpo.»

«La moglie l'hai vista?»

«È questa con la mascherina.» Santandrea la prese dalle fotografie. «Abbastanza ordinaria, se confrontata con la Petrini. Comunque non era in casa: è a un congresso da sabato scorso, a Monaco. Ovvero, non era in Italia all'epoca dell'omicidio. E lui non ha alibi. Dice di essere andato allo studio domenica per sbrigare del lavoro arretrato.»

«Non lo ha visto nessuno? Un portinaio, un vicino, un cane morto?»

«Nessuno. E sai dove ha lo studio?»

«Come faccio a saperlo?»

«Due portoni più avanti della nostra Jolanda Petrini.»

Vivacqua si grattò la testa.

«Risulta passato dall'amica il giorno fatidico?»

«Devo controllare.»

«Sei in un bosco. Non puoi dimostrare una fava, caro Sergio. Va bene, la vittima si divertiva un mondo a mosca cieca con pochi vestiti addosso. Non è un reato. Aveva amici con una morale equivalente e tutti insieme giocavano con la macchina fotografica a mostrare quanto sono scemi: anche questo non sarebbe un reato. Vieni al punto.»

«Il punto è che il nostro dottor Alberto Francia è solo un giocattolo occasionale.»

Vivacqua mise da parte biglietti e bigliettini per scrivere un paio di appunti.

«Si dà il caso che il nostro dottor Francia sia l'unico presente nei minuti dell'uccisione. Lo abbiamo accertato. Quindi, le congetture sui molti amanti te le puoi ficcare tra le tombe etrusche e il monte Fumaiolo, caro vicecommissario. A meno che tu non riesca a dimostrare che una o più persone sono entrate nell'appartamento subito dopo l'uscita del beneamato dottor Francia. Volevi dire altro?»

«Ho dei dubbi.»

«Fatteli passare.» Vivacqua aprì il plico appena arrivato dal laboratorio. Esami eseguiti sulla sbarra trovata in chiesa. Il commissario percorse con la testa il dattiloscritto senza badare ai tecnicismi per giungere all'esito: Riscontro negativo. Nessuna impronta rilevata. «Come immaginavo. Questo caso mi farà incazzare moltissimo, lo sento.»

«Almeno tu l'esito lo hai ricevuto. Io sto ancora aspettando. Qui c'è solo il referto autoptico.»

«Cosa dice?»

Santandrea scorse rapidamente il rapporto.

«Più o meno quello che sapevamo: niente lesioni da aggressione, nessuna ferita da difesa, nessuna traccia sotto le unghie e avanti fino alle cause della morte: osso ioide spezzato. Tracce di rapporto sessuale completo e consensuale, ora del decesso confermata. Analisi del DNA a seguire» piegò i fogli e li rimise nella busta.

Vivacqua pensò al referto, scrisse una nota e dopo un po' scosse la testa.

«Ci sarebbe qualche domanda in sospeso» disse.

«Per esempio?»

«Be', considerati i gusti della signora, tra le cause della morte si potrebbe pensare a certe pratiche, hai presente?»

«Sapevo che ci saresti arrivato» fece un breve applauso.

«Un po' di rispetto giovanotto.»

«Si chiama asfissiofilia.»

«Chiamala come vuoi, parlo del soffocamento.»

«E magari hai pensato che forse le cose non sono andate come sembra» insinuò Santandrea.

«Magari. Ma bisognerebbe immaginare che l'assassino, dopo l'atto sessuale, abbia rivestito la donna, l'abbia trasportata, cosa che non mi pare sia...» Vivacqua riconobbe all'istante la stupidaggine; si dette uno schiaffo sulla fronte, e Santandrea ridacchiò. «Chi ha detto che per fare certe cose bisogna essere senza vestiti e in camera da letto?»

«Mi sa che siamo troppo convenzionali per entrare nella parte. Ad ogni modo le analisi sull'abbigliamento per ora non le abbiamo; se l'idea è buona qualche traccia deve esserci. E adesso capisci i miei dubbi.»

«Sì, ma non scagionano Francia. In fondo, se l'atto si è consumato alla svelta, il soffocamento potrebbe persino avvalorare le accuse: il dottore ha poco tempo, la moglie lo aspetta, la portinaia anche, deve riprendersi il cane. Fanno una cosa veloce, a lei piacciono certe pratiche, lui l'asseconda, le mette le mani alla gola, ma nel marasma calcola male la forza e... la uccide. O qualcosa del genere.»

«Non mi hai tolto il dubbio. Quello se la faceva e basta; forse a lei l'idea di una certa normalità ogni tanto piaceva, le faceva apprezzare le trasgressioni con il club degli smutandati.»

«Resta il fatto che il teatro del delitto ha moltissime probabilità di essere una messa in scena: la rapina è falsa. Quindi, due sono le cose: o non abbiamo capito una cippa, o la questione non si risolve con la logica lineare. C'è qualcosa che sfugge. Non avevamo certi bicchieri con impronte e compagnia bella?» domandò Vivacqua.

«Pare che ci sia qualche difficoltà.»

Vivacqua premette il tasto del centralino.

«Passami la Scientifica, qualcuno del laboratorio» si massaggiò il volto e riprese: «I tabulati?».

«Entro questa sera.»

«Con comodo, non abbiamo fretta. Mi servi libero, finisci questa storia e passa sul caso don Riccardo, anzi, raddoppiamo la formazione; io e te completiamo la storia Petrini, poi, sempre io e te sull'altro caso.»

«Agli ordini.»

«Voglio vedere la casa.»

«Hai le fotografie» fece segno verso il tabellone.

«Devo stare lì dentro.»

Squillò il telefono.

«Dottore, il responsabile non è in sede, le passo Baseggio.»

«Baseggio, non so se hai saputo che siamo una 'nticchia nervosetti: ti chiamo nella speranza di toglierti dalla lista dei cornuti. Domanda facile facile: perché non abbiamo il rapporto sulle impronte dell'omicidio Petrini?»

«Salve Vivacqua. Non le avete perché abbiamo riscontrato degli errori. In questo momento stiamo procedendo con nuove operazioni.»

«Con nuove? Come minchia parli? Che significa nuove operazioni?»

«Facciamo un nuovo prelievo.»

«In altre parole avete fatto casino: complimenti vivissimi. Sei ufficialmente nella lista dei cornuti. Voglio i rapporti domani e, già che ci siete, l'analisi sulla lettera anonima.»

«Non credo che…»

«Vengo a prenderli personalmente» attaccò per tornare al centralino: «Dov'è Carbone?».

«A quest'ora dovrebbe essere in quella chiesa di via Bardonecchia. Lo devo chiamare?»

«Lascia stare» prese la giacca. «Vieni con me» disse a Santandrea.

«Dove andiamo?»

«In cerca di molliche e di un prete che ha perso la tonaca.»

*12.30 Chiesa della Santissima Trinità*

Vivacqua e Santandrea salirono gli scalini a passo spedito ed entrarono in chiesa. Durante il percorso il commissario aveva sentito Carbone che diceva di avere piccole novità e li aspettava nel cortile della parrocchia.

Santandrea si avvicinò all'acquasantiera, fece il segno della croce e con il suo passo da giraffone raggiunse il capo. Era la prima volta che metteva piede in quella chiesa; si guardava intorno spaesato, alla ricerca delle informazioni che Vivacqua aveva riassunto in macchina. Quando arrivarono nei pressi dell'inginocchiatoio un agente fece loro un cenno e li accompagnò, prima nel cortile, poi verso la biblioteca che ormai Carbone usava come ufficio indagini.

Quando arrivarono, l'ispettore smise di scrivere e presentò le due persone in attesa di essere ascoltate.

«Questi sono Liliana Cancellieri e Umberto Mastrogiacomo» disse Carbone. «Per favore, volete ripetere la vostra testimonianza?»

I due si guardarono imbarazzati; lei poteva avere settant'anni, pesanti occhiali da vista, una quantità di maglie una sull'altra, gonna scura sdrucita, nella mano teneva un rosario e il velo. Lui, più o meno della stessa età, portava un giaccone nero e sembrava averci dormito dentro gli ultimi sei mesi.

«Io non dovevo fare la confessione,» esordì la donna «sono rimasta fuori, davanti al portone ad aspettare la mia amica Silvia che è sempre in ritardo» mise le mani una nell'altra e si zittì.

«Cosa è successo dopo?» cercò di aiutarla Carbone.

«Io e Silvia diamo una mano in cucina. Siccome non arrivava, ho pensato che forse per una volta era stata puntuale, allora sono entrata per controllare e ho visto don Riccardo: era per terra tra il confessionale e le panche. C'era molto sangue; mi sono spaventata e sono andata a chiedere aiuto. Tutto qui.»

Vivacqua lasciò andare un'occhiata verso l'ispettore.

«Ripeta ciò che ha detto a me, non abbia timore, il dottore vuole sentire se può esserci utile a capire come sono andate le cose.»

«Posso dirlo io» intervenne l'uomo.

«Sono uscita per venire in cortile,» riprese la donna «ma non c'era nessuno. Allora sono rientrata e ho trovato Umberto.»

«Sì, sono stato il primo,» spiegò l'uomo con fierezza «quando sono arrivato don Riccardo era solo. Per terra. Non si muoveva. Secondo me era morto da un po'.»

«Che ora poteva essere» domandò Vivacqua alla donna.

«Le sei. Quasi.»

«Quasi. Come fa a ricordarlo?»

«Perché l'appuntamento con Silvia era per le sei, come al solito, e il campanile non aveva ancora battuto l'ora.»

Vivacqua si rivolse all'uomo.

«Perché è entrato in chiesa in quel momento, che cosa doveva fare?»

«Niente. Sono in pensione, non ho orari. Sarei andato a casa; potrei uscire dall'oratorio, ma faccio prima se passo dal portone della chiesa.»

«Che cosa avete fatto dopo?»

«Io mi sono allontanata. Mi faceva impressione tutto quel sangue, ma non credevo lo avessero ammazzato: don Riccardo era una così brava persona, lo conoscevo da tanti anni. Pensavo fosse caduto, che si fosse sentito male. Non si è mai vista una cosa del genere in chiesa.»

«Io invece ho capito subito» fece l'uomo. «Ho una certa pratica di ferite, ho lavorato sulle ambulanze: si capisce se uno è caduto. Secondo me è stato un drogato, ne girano qui intorno.»

«Avete visto qualcuno che fuggiva o che cercava di nascondersi?» domandò Vivacqua.

I due si guardarono inespressivi.

«Va bene, non importa, pensateci ancora se vi riesce. Carbone, com'è che queste cose escono solo adesso?»

L'ispettore aprì le braccia.

«Sto facendo un secondo giro» si giustificò.

«Bravo, bel sistema. Poi facciamo i conti noi due. Sai niente di un certo don Ignazio? Un prete che ha perso la tonaca» disse Vivacqua.

«Don Ignazio? E chi non lo conosceva» s'intromise la donna.

«Era qui in parrocchia con… ma è stato un bel po' di anni fa, prima che succedesse la storia con… lo sapete no?»

«Certo che sappiamo. Carbone, trovami don Costantino. Subito» si voltò. «Diceva di don Ignazio, signora?»

«Stefano?»

«Ciao Claudio, cosa mi dici?»

«Ti devi essere rincoglionito. Che cazzo sei andato a raccontare a quel poliziotto?»

«Quale pol…»

«Quel Santandrea, il commissario. È venuto a casa mia, ha fatto un mucchio di domande su Jolanda, su me e mia moglie, su certe fotografie. Cosa cazzo sei andato a dire, perché non mi hai avvertito?»

«Non sono andato a dire proprio niente; si è presentato qui, ha preteso delle risposte, a me non va di raccontar balle alla polizia; poi, magari hanno messo i telefoni sotto controllo, mi beccano che faccio il tuo numero e chissà cosa pensano. Io faccio il direttore d'orchestra, non sono un gangster, voglio avere la mia vita e nessuna seccatura: inoltre, non ho niente di cui aver paura, come te, no?»

«Ma perché spiattellare i fatti nostri, dargli i nostri nomi, come ti è venuto in mente?»

«Oh, senti, mi stava addosso, mi è sembrata la soluzione migliore.»

«Sei un coglione.»

«Perché te la prendi così?» Il maestro Giardini tacque per un momento, finché, quasi senza pensarci, disse: «Tu in questa storia non c'entri niente, vero?». Il silenzio durò abbastanza da insospettire il maestro. «Sei stato tu?» Silenzio gelido. «Passami Vicky.»

«Non c'è.»

«Te lo chiedo per l'ultima volta: sei stato tu?»

«Vaffanculo.»

*15.20 Chiesa della Santissima Trinità*

La sala della biblioteca prendeva il sole dalle finestre sul lato interno. Un cono di luce primaverile illuminava metà della stanza con tale intensità che il resto sembrava sprofondato in una voragine. Non si vedevano le scaffalature nascoste dall'ombra e neppure il grande tavolo di lettura in fondo, circondato da sedie scompagnate. Vivacqua stava alla scrivania e prendeva appunti, Santandrea di fronte, Carbone sembrava montare di guardia alla porta. Don Costantino si sentì come davanti al tribunale d'Inquisizione. Portava jeans scuri e una felpa giovanile con il cappuccio. Sul volto l'espressione più autentica dell'insofferenza.

«La vostra presenza in questi ambienti è diventata opprimente, spero che abbiate terminato; inoltre, vorrei sapere quando potremo riprendere le nostre normali attività, se non vi dispiace.»

«Dipende anche da lei» disse Vivacqua senza alzare la testa.

«Bene. Allora da domani apriamo mensa e dormitorio» si girò e fece per uscire.

«Quando avremo terminato potrà disporre a piacimento di tutte le sue strutture, per il momento non la posso autorizzare. Se crede di ottenere di più, si rivolga al vescovo. Vuole dare un'occhiata a questa lettera?»

Don Costantino prese la fotocopia, la guardò con fastidio dal dritto e dal rovescio poi lesse.

«Il mondo è pieno di gente con problemi psicologici. Per questo la presenza della Chiesa è indispensabile» lasciò veleggiare il foglio sulla scrivania.

Vivacqua assentì.

«Problemi psicologici, dice. Danno un gran lavoro anche a noi.»

«Ho da fare, c'è altro?»

«Chi è don Ignazio?»

«Ah, credo che Liliana vi abbia già messo al corrente con i particolari più stuzzicanti. L'ho vista uscire.»

«Vorrei sentire la sua versione.»

«Io credo che non ce ne sia bisogno. Lei insiste su questioni che non hanno ragione di essere approfondite: la morte di don Riccardo non ha nessuna relazione con don Ignazio. È sufficiente?»

«Perché non me ne ha parlato?»

«Perché non c'è alcuna relazione tra i due fatti.»

«Mi sta dicendo che don Ignazio, dopo aver minacciato don Riccardo, dopo essere stato espulso e aver perso la tonaca, non aveva alcuna intenzione di rivalsa?»

«Intanto è una storia di sette anni fa, e poi le manca un particolare» prescisò don Costantino quasi compiaciuto. «Liliana non può averglielo raccontato: don Ignazio ha schiaffeggiato il povero don Riccardo. E, per la precisione, ha lasciato la tonaca di sua iniziativa: non c'è stata alcuna espulsione.»

«Mi dica qualcosa di più.»

«Sarebbero pettegolezzi; lei è una persona intelligente, non saprebbe che farsene. Ignazio adesso è un uomo sposato, ha un figlio, lavora in un centro per tossicodipendenti e vive lontano da qui. Felice.»

«Clericus clericum non decimat: il prete non prende decime dal prete» ribatté Santandrea con asprezza. «Secondo lei questa lettera chi l'ha scritta?»

Don Costantino sembrò accusare il colpo.

«Non lo so, ma anche se non sono un poliziotto, di certo chiunque l'abbia fatto adesso sarà pentito.»

«Sembra che sappia di chi stiamo parlando» commentò Vivacqua.

«Pace e bene» si voltò e uscì.

«Un tipetto eh?» commentò Santandrea.

«Ai limiti dell'omertà. Carbone, rintraccia questo don Ignazio e verifica se ha un alibi.»

Il telefono di Vivacqua squillò, sul display comparve il nome dell'ispettore Migliorino. Non si erano ancora parlati dal momento dell'aggressione.

«Migliori', porca di quella… Quando ti vedo ti… ti… prima guarisci, poi facc…»

«Dottore.»

«Che c'è?» domandò sospettoso.

«Qui c'è sua moglie.»

Vivacqua sentì formicolare le labbra.

«Qui dove?»

«In ospedale.»

Silenzio.

«Patanè?»

Santandrea e Carbone capirono al volo.

«È in arresto cardiaco. Non reagisce. Volevo che lo sapesse da uno di noi.»

«Maporcadiquella…»

Vivacqua guidava, al suo fianco Assunta, dietro Santandrea. Finestrini alzati, in auto il silenzio era interrotto dal rombo dell'Alfa e dai singhiozzi di Assunta. La radio di bordo, al minimo, mandava gorgoglii digitali e voci che sembravano provenire dalla centrale dei taxi.

Vivacqua distese una mano e tentò di stringere quella della moglie, che si ritrasse.

«Non ha una compagna, non ha figli, i genitori sono lontani: manco i cani muoiono così.»

Il commissario sbirciò nel retrovisore e incrociò lo sguardo del vice. Sapevano entrambi cosa stava per dire Assunta, e nessuno dei due aveva buone ragioni da mettere sul tavolo. Meglio tacere.

«Migliorino scannato come un vitello, Calabresi con le costole rotte, preso a calci manco fosse uno straccio, e quel povero ragazzo... ma che vita volete fare, che vita ci fate fare Totò.»

La questione era vecchia e allo stesso tempo recente. Tutto era iniziato tre anni prima, quando una società di *cacciatori di teste* aveva preso contatti per assumere Vivacqua come capo della sicurezza di una grande banca. Un'offerta prestigiosa da tutti i punti di vista, rispedita al mittente con la scusa che la sede di lavoro era Milano. Troppo disagio per la famiglia, diceva Salvatore, senza contare che era un'occupazione da passacarte. Assunta, invece, trovava positivo proprio quell'aspetto, però la figlia Grazia voleva restare a Torino e anche il figlio maschio, Fabrizio, non voleva lasciare gli amici e la squadra di nuoto. Tutto a monte, fino a dicembre scorso, quando i *cacciatori* avevano rinnovato la proposta aumentando di molto l'offerta. C'erano belle novità: tanto per cominciare la banca aveva unificato i servizi e allargato il territorio a tutta l'area europea, quindi Vivacqua dietro una scrivania ci sarebbe stato meno di quanto pensava; per la maggior parte del tempo avrebbe potuto usare la sede di Torino e, quando la figlia avesse finito gli studi, sarebbe stato disponibile un posto di lavoro in una società collegata.

Grazia voleva fare il magistrato.

Tutto a farsi fottere.

Assunta ne aveva fatto una malattia. Ogni occasione era buona per rinfacciargli quella decisione.

«Assu', siamo poliziotti, è il nostro lavoro.»

«È un mestiere schifoso. Che sarebbe già abbastanza se riguardasse solo voi, invece si allarga come olio rancido: coinvolge chiunque vi sta intorno e lo infetta di paura, di pensieri malati. Basta una telefonata quando non te l'aspetti, la sirena di un'ambulanza che passa veloce, un telegiornale; ma voi non ci pensate neppure. Vi ficcate nei guai senza...»

«Stai esagerando. Pensiamo sempre a quel che facciamo. Siamo prudenti.»

Santandrea fece una smorfia perplessa che Assunta non vide.

«*Ca certo*, prudenti! Credi che non lo sappia che siete sotto inchiesta?» Doppia occhiata triangolare: Vivacqua retrovisore Santandrea, andata e ritorno. «È inutile che vi guardate, certe cose si sanno.»

«È un proforma, tanto per soddisfare la politica. Drammatizzi, come sempre.»

Assunta lasciò partire un pugno, talmente ridicolo che Vivacqua non tentò neanche di parare.

«Certe volte non so che ti farei.»

«Uuuuh, come siamo *nirbusi*. Che poi è vivo! Parli come se fosse da seppellire 'sto ragazzo» si toccò le palle.

«Non serve il gesto apotropaico» fece Assunta.

«Apo...?»

«Hai capito benissimo. Il punto è che non serve fare gli scongiuri, e tu sei un padre di famiglia, oltre che marito. Dovresti capire, anzi, avresti dovuto accettare quel lavoro e assumere Santandrea; ve ne andavate in banca, ben pagati, e tutti stavamo tranquilli. Questa te la dovevo proprio dire!»

«Mi domandavo quanto avresti resistito ancora.»

«Vedrai che si rimette» intervenne Santandrea. «Patanè è un torello. Tra una settimana torna a fare lo spavaldo sulla volante. Vedrai.»

*18.45 Villa Capitano*

Margherita scese dal letto e andò verso la finestra. Si guardò intorno come per valutare il peso di ciò che stava facendo. Una forma di contabilità primordiale: quanto mi costa, che cosa ne ricavo, quando incasserò i guadagni. Ragioneria di base. Dalle suore aveva imparato che i grandi risultati sono il frutto dello spirito di sacrificio, della dedizione, del darsi con amore.

«Darsi.»

Ridacchiò.

Suor Teresa aveva un sacco di aforismi sul sacrificio, in greco, in latino, in italiano. Diceva sempre che è la sola vera grande manifestazione divina. Chissà, si domandò Margherita, se il suo sacrificio avrebbe ricevuto la benedizione di quella vipera di suor Teresa.

Osservò l'edificio e non poté fare a meno di stimarne il valore; non era pratica di certe questioni, ma doveva essere una bella somma: tre milioni aveva detto l'agente immobiliare.

Fece i conti sulle dita. Aveva quarant'anni, poteva sperare in altri quaranta. Il che voleva dire settantacinque mila euro l'anno; più di 6250 euro al mese, senza contare gli interessi. Ma queste erano solo le briciole, il grosso era molto più cospicuo. Tony le aveva mostrato certi documenti nello studio di Luca e diceva che, senza contare il fondo riservato a Eugenio, la famiglia poteva contare su almeno dieci volte quel valore in soli immobili, al netto delle rendite.

Suor Teresa avrebbe detto che la vita non concede a nessuno la felicità attraverso il denaro. Avrebbe detto che la felicità è nella fede.

Amen.

«Maggy?»

«Non mi chiamare Maggy, odio quel nome, te l'ho detto mille volte.»

«Scusa. Ogni tanto me ne dimentico; anche a me dà fastidio quando mi chiamano Quasimodo. Sarà così anche dopo? Quando tutto sarà finito?»

Margherita tornò verso il letto e si mise a cavallo, sulle cosce di Eugenio.

«Sarà anche meglio. Molto dipende da te, dovresti saperlo.»

«Da me?»

«Hai dimenticato tutto?» puntò l'indice.

«Ho dimenticato? No, cioè, tanto ci sei tu che mi ricordi le cose.»

«È facile, bello mio: io sono la tua schiava e padrona segreta. Segreta. Non lo deve sapere nessuno, è una confidenza tra noi e non si può raccontare. Capito? Ma arriverà il momento in cui dovrai dire al giudice quello che vuoi per il tuo futuro. Che cosa vuoi?»

«Te. Voglio te, e nessun altro.»

Margherita si sollevò di scatto. Fece partire un ceffone che si stampò sulla guancia di Eugenio.

«Sono molto arrabbiata. Me ne vado. Ti lascio qui a marcire da solo. Sei un ingrato.»

Eugenio si alzò goffamente e la trattenne per un braccio.

«Scusa, scusa. Volevo dire te, e Tony.»

«E che altro?»

«E mi sposerai.»

Margherita scoppiò a ridere. Quella sarebbe stata la soluzione di tutti i problemi. Ma fu stupita di sentirselo chiedere.

«Anche questo sarà il nostro segreto.»

«Venderemo questa casa e andremo via? Non mi piace stare qui.»

«Se non lo farà prima tuo cognato.»

«Non può, me lo deve chiedere.»

«Non ne sono sicura.»

«E porteremo Daffy in un posto dove guarirà.»

Margherita spalancò gli occhi.

*19.50 Condominio Petrini*

Vivacqua e Santandrea bussarono con discrezione alla guardiola della custode. La luce all'interno era accesa. Mariuccia Rinaudo aprì. Aveva gli occhi cerchiati e gonfi come chi non dorme a sufficienza. Portava gli stessi dolcevita e grembiule dell'incontro precedente; i capelli scendevano a fili disordinati su un viso amareggiato. Per un momento restò piantata sulla soglia a braccia conserte, poi con una mano sistemò la pettinatura e si fece da parte.

«Stavo riordinando, poi devo uscire per una commissione» disse con asprezza.

«Solo pochi minuti.»

Santandrea prese dal taschino una fotografia, coprì alla meglio le parti indecenti e la mostrò. La custode non si degnò di osservare. Vivacqua seguiva con tepore, perlopiù impegnato a guardare l'appartamento.

«Conosce questa persona?» domandò Santandrea.

La donna sbirciò di malavoglia.

«Non mi pare.»

«Signora, sia gentile» sbuffò Vivacqua. «Siamo in piedi da questa mattina all'alba, non abbiamo mangiato e siamo piuttosto nervosi. Metta un po' di attenzione per favore, noi ci togliamo dai piedi e lei evita dispiaceri più gravi.»

«Ah! Oltre a perdere il posto di lavoro a causa vostra, posso anche avere più dispiaceri. E che cosa mi fate, mi mettete in galera? Mi picchiate? Prego, accomodatevi. Tanto, peggio di così non può andare.»

«È stata licenziata?» domandò Santandrea.

«Ufficialmente il condominio non vuole più spendere soldi per la portineria. In realtà sono diventata scomoda, mi mandano via.»

«Riguarda l'omicidio Petrini?»

La custode abbassò la testa, sembrava cercare le parole. Sfilò un fazzoletto dalla manica e si soffiò il naso.

«La moglie del dottor Francia ha fatto il diavolo a quattro. Dopo l'arresto del marito si è sparsa la voce sulla relazione che avevano il dottore e la signora Jolanda. La signora Francia ha minacciato di querelare chiunque osasse fare pettegolezzi. Ha raccontato che tutta la storia è una mia invenzione, ha detto che volevo vendicarmi perché lei mi rimproverava di scarsa attenzione sul lavoro. Ha ottenuto dall'amministratore il mio licenziamento. Non mi ha difeso nessuno. Sapevo che sarebbe finita così.»

Vivacqua assentì. Ecco a cosa servivano le valige che aveva intravisto.

La donna asciugò le lacrime e riprese.

«Ha fatto credere che è tutto falso. Ma non è vero. Anche l'ingegnere del primo piano aveva dei sospetti su questa storia. E la signorina del terzo, anche lei. Lo sapevano tutti.»

«Per favore, guardi la fotografia. Riconosce quest'uomo?»

Mariuccia passò il fazzoletto sugli occhi.

«È il notaio. Si chiama Tagliavento, mi pare. Veniva a trovare la signora Petrini, erano molto amici. Ha lo studio a due passi.»

«Veniva spesso?»

«Sì, con la moglie, il maestro Giardini, altri amici. Facevano tardi. Delle volte stavano fino all'alba. Qualcuno se n'era lamentato perché facevano chiasso. Il notaio veniva talvolta anche per pranzare con la signora Jolanda nella pausa di mezzogiorno.»

«Da solo?» domandò Vivacqua.

«Ultimamente sì. Era molto affezionato alla signora, delle volte portava dei fiori o dei cioccolatini. Lo so perché i cioccolatini la signora li regalava a me: per via della dieta, ci teneva a essere bella.»

«C'era del tenero secondo lei?»

«Con il notaio? Lui faceva il galante, questo sì. Ma la signora aveva tanti ammiratori, ed era gentile con tutti. Forse anche troppo.»

Vivacqua drizzò le orecchie.

«Cosa intende dire.»

«Era piuttosto espansiva.»

«L'ultima volta mi ha detto che la signora Petrini era quasi scostante, distaccata, adesso sostiene che era addirittura affettuosa: non le sembra una contraddizione?» chiese Santandrea.

La custode fece spallucce.

«La vedevo delle volte mentre aspettava l'ascensore in compagnia di qualcuno dei suoi amici; lei non poteva vedermi, e le assicuro che era piuttosto… non so come dire.»

«Parli liberamente.»

«Non era una monaca, signor commissario. Sapeva di piacere e si godeva la vita. Per il resto, nel condominio faceva come le ho detto: buongiorno e buonasera.»

«Signora Rinaudo, torniamo alla domenica dell'omicidio: ricorda se il notaio è passato a salutare la signora Petrini quel giorno?» intervenne Santandrea.

«Non l'ho visto» scosse la testa.

«Potrebbe essere entrato a sua insaputa?»

«Certo. Mica vivo attaccata ai vetri. Quando non sono in servizio il sistema dei citofoni è girato sugli appartamenti, non suona da me. Se il signor Tagliavento è passato, bastava suonare alla Petrini per farsi aprire, è ovvio.»

«Andiamo a dare un'occhiata» disse Vivacqua.

Santandrea si fece consegnare la chiave e salirono al secondo piano.

Davanti alla porta di Jolanda Petrini, Santandrea iniziò a staccare l'adesivo del sequestro giudiziario; Vivacqua dopo un secondo lo fermò.

«Shhh» fece.

Si voltò appena in tempo per vedere una punta di luce passare dallo spioncino della porta opposta. Non lasciò passare un secondo, si avvicinò, bussò con energia e sentì un gridolino dall'altra parte. Attese un attimo e fece squillare il campanello.

«Polizia. Questura di Torino» intimò. Prese il tesserino di riconoscimento e lo posizionò davanti allo spioncino.

Una alla volta girarono le mandate delle tre serrature. La porta si aprì di quattro dita e un occhio saettò guardingo.

«Ha bisogno?» disse una voce femminile con inflessione straniera.

«La signora Masini?»

«La signorina sta riposando.»

«Vuole chiedere se per favore ha un attimo di tempo per la polizia?» domandò Vivacqua.

«Fai entrare, Daniela» arrivò dall'interno.

La donna si scostò e fece strada lungo il corridoio.

L'aria sapeva di minestra con il dado e cera per pavimenti: tutta la casa ne sembrava impregnata. Santandrea era già stato in quelle stanze a colloquio con la Masini e, se avesse potuto, si sarebbe risparmiato la visita.

La domestica fece scorrere la vetrata che introduceva al salotto e scelse una posizione defilata. La stanza era abbastanza grande da ricevere molti ospiti e aveva il sentore polveroso di certi rigattieri. La luce proveniva dalla lampada d'angolo vicino al divano dove stava la padrona di casa. Una donna magra, alta a giudicare dalle lunghe gambe, vestita di un abito nero che le arrivava ai piedi, pieno di merletti e pizzi. I capelli bianchissimi, tirati sulla nuca con ciuffi civettuoli che scendevano ai lati del volto. Dimostrava una settantina d'anni, forse poco di più. In grembo un gatto grigio, tutto intorno fasci di giornali e riviste. Sembrava una diva del muto pronta a salire sul set.

«Daniela, offri ai signori quel che desiderano, mi faranno compagnia.»

«Non si scomodi, andiamo via subito» disse Vivacqua.

«Allora andrò avanti da sola» agitò un bicchiere e trangugiò una generosa sorsata di un liquido scuro che circondava il ghiaccio.

«Ci scusiamo per l'orario, quando è possibile siamo meno invadenti.»

«Se può contribuire a mandar via i giornalisti e il viavai di poliziotti, siamo a disposizione.»

«Abbiamo bisogno di alcuni riscontri a proposito dell'omicidio della signora Petrini.»

«Credevo fosse tutto chiarito, a giudicare dalle apparenze; anche se non se ne può parlare, altrimenti fioccano le denunce. Ah, l'ipocrisia.»

«Lei ha dichiarato di aver visto il dottor Francia verso le 17.30. Lo può confermare?»

«Nonostante l'età ho una memoria eccellente, vedo e sento bene. Cammino, leggo e so ragionare. Non aver avuto marito mi ha premiata con una salute che la maggior parte delle donne spende a far da balia al coniuge e ai figli. Se l'ho detto è perché so quello che dico.» Bevve.

«Posso chiederle come fa a essere sicura?»

«Francia e sua moglie sono detestabili. Ricchi dell'ultima ora, dei parvenu, litigiosi e maleducati come bottegai. Gente che non saluta mai per prima. Evitiamo di incontrarli, non è vero Daniela?» si voltò e accese una sigaretta sottile. «Non capisco cosa ci trovasse Jolanda in quell'ometto ordinario: tra l'altro, lei era splendida, in tutti i sensi. Una donna autonoma, intelligente, piena di vita, mai banale, pensi che...»

Vivacqua e Santandrea si scambiarono un'occhiata.

«Scusi, non vorremmo farle fare tardi. Diceva dell'orario?»

«Ci stavo arrivando. Abito in questa casa da sempre. Mio padre comprò l'intero edificio nel '20, come investimento; ne abbiamo vista passare di gente, ma quei due sono inguardabili e...»

«Quindi è sicura perché ha incontrato il dottore sulle scale?» tagliò corto Vivacqua.

«Per carità di Dio, no. Almeno la domenica cerchiamo di non guastarci la giornata. Vero Daniela? Stavamo per scendere, eravamo sulla porta. Talvolta andiamo a fare una passeggiata prima di cena se il tempo è buono: mette appetito. Erano le 17.30» indicò l'orologio a pendolo. «Non è preciso come il Galileo Ferraris ma fa ancora il suo mestiere» scosse la cenere in modo teatrale. «*N'est pas*, Daniela? Insomma, abbiamo sentito dei passi e abbiamo ritardato l'uscita quanto basta per evitare l'imbarazzo del saluto. Ma erano le 17.30!» scolò il bicchiere, distese il braccio e Daniela si avvicinò con una bottiglia di cristallo.

«Se non chiedo troppo, ricorda se il dottor Francia fosse salito con l'ascensore o a piedi?»

«A piedi, era con il cane» ridacchiò.

Una coppia di gatti entrò nella stanza e iniziò a girare tra le gambe di Santandrea. Vivacqua fece per congedarsi quando gli sovvenne un particolare.

«Sergio, vuoi mostrare quella fotografia alla signorina?»

Santandrea coprì parte dell'immagine e si accostò alla donna.

«Questo tipo?» aspirò l'ultima boccata e spezzò la sigaretta. «Non so il nome, ma era un habitué. Veniva spesso a trovare Jolanda, erano vecchi amici.» Si allontanò dalla fotografia. «Comunque non ci ho mai parlato, mentre con Giardini, persona molto particolare, ho avuto il piacere. Buon direttore d'orchestra, sebbene non straordinario.»

Santandrea e Vivacqua fecero un piccolo inchino e tentarono di uscire.

«L'ho visto proprio domenica nel primo pomeriggio. Saranno state le due?» Guardò Daniela che faceva no con la testa. «Hai ragione cara. Più tardi, verso le tre. Poi siamo andati a riposare, vero?» La domestica assentì.

«Ha visto il notaio Tagliavento verso le tre?» chiese conferma Santandrea.

«Adesso che lo dice mi ricordo, è quello il nome: Tagliavento. Comunque sì, l'ho visto, è quel che ho appena detto» prese una lunga sorsata.

«Scusi, ma perché non me ne ha parlato lunedì?» sbottò Santandrea.

«Non me lo ha chiesto. E non sono una portinaia, con tutto il rispetto. Detesto il pettegolezzo.»

«Saprebbe dire a che ora è andato via?»

«Certo che no, ma siccome poco dopo siamo andate a riposare, direi dopo le tre e mezza di sicuro. Credo che si sarebbe sentita la porta e l'ascensore: questa casa ha un'acustica eccezionale, lo diceva anche Jolanda, vero Daniela?»

«Per caso, ha visto salire altre persone dalla signora Petrini?» insisté Vivacqua.

La donna incrociò lo sguardo con la domestica.

«Questa domanda me l'ha già fatta il suo collega, mi pare. Cosa le ho risposto?»

«Ha detto che non ha visto salire nessuno dopo le diciassette.»

«Ovvio, siamo uscite per la nostra passeggiata» e cominciò a coccolare il gatto. «Adesso siamo stanchi, vero Clotilde? Se non vi dispiace» scolò il bicchiere.

«È stata gentilissima.»

*20.40 Appartamento Petrini*

Santandrea accese la luce, chiuse la porta e restò a guardare. Vivacqua sembrava impegnato a riordinare i pensieri.

«Ti sembra attendibile?»

«Mmm. Dipende dal numero di bicchieri che ha mandato giù tra il pranzo e il sonnellino» fece grattandosi la testa.

«Sempre convinto della colpevolezza di Francia?»

«Uuuh, come siamo noiosi. Non sono io che tengo Francia per le palle, è lui che si sente molto furbo, e alla fine ha lasciato i coglioni nel cassetto. Aveva eccellenti ragioni per sbolognare la moglie e fare il salto della quaglia, non ha detto la verità quando poteva farlo, era sul luogo del delitto nel momento della morte, o, se preferisci, nel posto sbagliato al momento sbagliato. Abbiamo il movente, le testimonianze, e credo anche le prove. A un'incollatura ci sarebbe un concorrente che scalpita per prendersi trent'anni, ovvero il notaio libertino. Quasi quasi vale la pena di fargli sentire l'odore della cella, e vediamo chi dei due vince il palio degli asini.»

«Quindi, uno dei due.»

«Adesso, mentre io mi faccio un'idea del posto, tu prepari il barbecue per il notaio.»

«Il barbecue?»

«Sì, un paio d'ore sulla brace, per cominciare. Vai a ritirarlo e poi lo parcheggi in questura.»

Santandrea guardò l'orologio.

«Per domattina?»

«Quale domani. Subito.»

«Totò sono quasi le nove.»

«Perché, hai impegni?»

«A parte che siamo stanchi morti, quando...»

Il telefono di Vivacqua squillò. Sul display apparve un numero interno della questura.

«Sì» disse. Ascoltò qualche momento a occhi socchiusi. «Ammia?» ringhiò. Ascoltò ancora e abbassò la testa. «Resta tra noi, non ti preoccupare. Ti ringrazio» chiuse.

«Che succede?» domandò Santandrea.

«Che mi stanno cesellando i coglioni con il martelletto da orafo» sibilò.

«Problemi con Patanè?»

«Le conseguenze. La Commissione Disciplinare ha sospeso i nostri.»

«Non credevo che l'avrebbero fatto davvero.»

«E non è finita. Stanno verificando se sospendere te» Santandrea tentò di fischiare e venne fuori un soffio stentato «e me! Per negligenza.»

«Te lo ha detto il Doge?»

«No. Diciamo che ha fatto in modo di farmelo sapere. Per adesso il provvedimento è ancora in discussione.»

«Il tuo amico prefetto. Non vedeva l'ora: ha trovato il modo per inchiappettare la Omicidi.»

«Non conviene neanche a lui; regola numero uno: mai fare a botte con un nemico troppo forte, specie se può tornarti utile. Meglio far valere la posizione. Vuole solo rinfrescarmi la memoria, nel caso avessi dimenticato chi comanda. Motivo in più per dare una sterzata. Portami il notaio, Sergio. Ah, fai in modo che Francia lo sappia.»

*20.45 Corso Francia*

Rosa Marangio aveva appena oltrepassato i cancelli della Tesoriera. Camminava con la testa immersa nei pensieri. Si era fatto tardi. Non aveva visto nulla del parco, della palazzina settecentesca e dei viali; era uscita alla ricerca di se stessa e di una pace interiore che, lontana dal suo mare, sembrava aver smarrito. Si immise su corso Francia per dirigersi verso casa e d'un tratto si trovò quasi sovrastata dal traffico del rientro: non avrebbe mai fatto l'abitudine a tutta quella gente frenetica, a quegli esseri precipitati nella schiavitù inconsapevole. La passeggiata non era servita a granché, ma su un punto si trovò determinata: non sarebbe tornata a Porto Badisco. Non prima di aver soddisfatto le ragioni per le quali aveva affrontato il viaggio. Anche se le sarebbe costato molto.

Rosa svoltò su una via interna, attraversò il giardinetto illuminato e subito dopo svoltò ancora. Superò l'incrocio in penombra e proseguì. Ancora cento metri e sarebbe arrivata.

La decisione era presa, adesso non poteva fare altro che affrontare le conseguenze. Questo pensiero, per quanto estremo, era parte di un disegno più grande e si sentì rinvigorita: doveva portare a termine la sua missione e ormai era questione di poco, un giorno, non molto di più.

Immersa in questi pensieri, Rosa attraversò la strada e non fece in tempo a fare nient'altro; non sentì le grida del nipote, lo stridere di gomme e il grosso SUV accelerare a fari spenti. Quando avvertì il ruggito del motore, alzò lo sguardo ma era troppo tardi. La schiena si inarcò e sentì il proprio corpo perdere peso. Strana sensazione quella di volare, dà un senso di euforia che qualsiasi altra esperienza al confronto risulta banale.

L'impatto contro il metallo sembrò la mano gelida della disgrazia. Volò oltre il cofano Rosa. L'asfalto morse il viso, lacerò le gambe, il cappotto si avvolse come un foglio di plastica bruciata. Il ruggito del motore era ormai lontano quando nelle orecchie risuonarono le grida del nipote.

Che strano, pensò, non sentiva dolore, era come se il cervello avesse collegato male la sequenza dell'azione: c'era stato il volo, l'urto, eppure non sentiva nient'altro che la propria disperazione interiore: è così che si muore? Privi della consapevolezza della vita che finisce, da un momento all'altro, senza alcun preavviso, con un compito irrisolto proprio adesso che la forza interiore era al massimo della determinazione, adesso che aveva ritrovato la sua bambina? Doveva finire così?

Rosa chiuse gli occhi. Tutto si fece buio, sull'asfalto e intorno. Buio e freddo.

Doveva finire così?

*20.50 Appartamento Petrini*

Vivacqua chiuse il telefono. Assunta non aveva fatto commenti sul ritardo, asciutta come un martini dry. Era il suo modo per sottolineare quanto fosse in disaccordo con quel genere di vita.

Il commissario iniziò il girò dell'appartamento e sbuffò al pensiero che era stanco da buttare, che di veri progressi non ne poteva vantare neanche uno e che la giornata non era ancora finita. Si toccò la mascella e constatò che almeno il dente non era più una seccatura.

L'appartamento era migliore di quanto appariva nelle fotografie: spazio, buon gusto, uno spiccato edonismo. Le fotografie della padrona di casa erano ovunque: sulle pareti in gruppi di dozzine, sulle librerie, sui mobili. In cucina Jolanda era immortalata ai fornelli, in cene con amici, indaffarata a tagliar verdure, sorridente e bellissima con la foresta di capelli rossi a coprire parte del viso. Vivacqua percorse il corridoio che tagliava in due l'appartamento e superò il salone dove era stata uccisa. Si affacciò in una stanza e riconobbe l'ambiente. Molti degli scatti a luci rosse erano stati presi tra quelle pareti e non era difficile capirne la ragione: si trovava quasi al centro della casa, foderata con pesanti tendaggi e abbastanza spaziosa da poterci giocare a piacimento. Vivacqua scelse una posizione dalla quale poteva abbracciare gran parte della stanza e restò a guardare. Quello doveva essere il luogo dove le passioni della padrona di casa raggiungevano l'acme: la musica e l'erotismo.

Forse, proprio lì erano cresciuti i germi che l'avevano condotta alla morte. Una miscela di gelosia, lussuria, fantasie di onnipotenza, oppure chissà, forse la più dozzinale sete di denaro.

Vivacqua passò nella camera da letto dove l'ipotesi di omicidio si basava sulla rapina.

Nella stanza la confusione di cassetti rovesciati e indumenti sparpagliati raggiungeva il picco massimo; aveva ragione Santandrea, il disordine non somigliava a casi già visti. Anche gli armadi seguivano lo stesso metodo: i vestiti erano stati strappati via a gruppi e scaraventati di lato, gli uni sugli altri: erano ancora appesi alle grucce e avvolti nel cellofan. Un caos artificiale. Era questa l'impressione.

Il commissario si avvicinò al comò, pieno di oggetti: una collezione di animaletti di cristallo, ancora fotografie di Jolanda all'età di sette, otto anni, vestita alla marinara in gruppo con altri coetanei. Un'altra della stessa epoca in una casa con il mare alle spalle. Una prima comunione. Uno scatto degli anni sessanta con il ritratto di due coppie, fra cui forse i genitori.

Vivacqua proseguì il giro, si soffermò in una stanzetta che sembrava il posto delle cose senza padrone. Il fondo era attrezzato come camera oscura: del resto, il tipo di immagini che collezionava la vittima non si potevano certo sviluppare nel negozio sotto casa. Tornò sui suoi passi ed entrò nel salone. Lo aveva lasciato per ultimo perché voleva stamparselo nella memoria senza interferenze.

Tappeti, arte contemporanea alle pareti, un mobile rosso fiammante con i liquori, altri mobili con vasellame e argenteria, poltrone, un grande tavolo di cristallo circondato da sedie moderne e, a terra, il gesso, a circoscrivere quel che era rimasto di Jolanda Petrini.

Andò verso la sedia rovesciata, dove probabilmente era seduta Jolanda, e studiò la posizione. C'erano due possibilità principali.

In una prima fase l'incontro doveva essere stato cordiale. I due conversano, sono seduti di fronte, bevono; poi la chiacchierata cambia passo, l'omicida capisce che con le buone non avrà ciò che vuole, si accende una discussione, all'improvviso si avventa per strangolarla, lei non ha il tempo neppure di allontanarsi.

La seconda possibilità, a ben guardare, non era che una variante della prima.

Sono entrambi in piedi, il visitatore sta per andar via, oppure la discussione li ha portati al contatto fisico. L'aggressore è furibondo, pretende di avere qualcosa che gli appartiene, forse il motivo del contendere sono proprio le fotografie scandalose. I due non trovano l'accordo, lei è irremovibile; sono vicinissimi, scatta l'aggressione. Fulminea. Lei soccombe e nel cadere trascina una sedia. Vivacqua iniziò a scuotere la testa: entrambe le versioni facevano acqua da tutte le parti, non ci avrebbe scommesso un centesimo.

Invece Francia? Come si collocava sulla scena? Non risultavano fotografie compromettenti a suo carico e non aveva senso immaginare un ricatto di Jolanda: non era lei ad avere delle mire. È lui che vuole cambiare cavallo, e per farlo ha bisogno di garanzie, di un rapporto stabile. Ma con Jolanda, con la testa che ha, lui non ha futuro, perlomeno non ha l'esclusiva.

Hanno fatto l'amore; lui pensa sia il momento giusto per strapparle un impegno, ha già ricevuto dei rifiuti, gioca l'ultima carta: la minaccia, la implora, dice che è pronto a lasciare la moglie, le promette felicità, una vita di viaggi e spensieratezza. A lei non interessa, ha già tutto ciò che vuole.

E ci rimette la vita. Nessun mediocre accetta la libertà altrui.

Stava in piedi?

Ci sarebbe un'altra possibilità. Più torbida. Più squallida e illogica. Ma proprio per questo verosimile.

*23.50 Ufficio del commissario capo*

Vivacqua girò il cucchiaino nel bicchierino di carta, respirò l'aroma e aggrottò la fronte.

«'Sto caffè è terribile, da dove arriva?» mandò giù un sorso.

«Non saprei dottore. Mi scusi, ma Santandrea dice che se vuole...»

«Un cazzo alla volta Gargiu'. Quando sarà il momento vedrò Santandrea e il suo cliente. Non mi dovevi degli aggiornamenti?»

«Pensavo domani.»

«Cominciamo con quello che hai» accartocciò il bicchierino e lo gettò.

«Dunque. L'operatore telefonico ci ha fatto avere i primi dati sulla Petrini. Vuole dare un'occhiata?»

«Dare un'occhiata non è un lavoro, Gargiu', e se fosse un lavoro non è il mio.»

«Non s'incazzi, era per dire. In sintesi, il giorno del decesso la vittima ha ricevuto quattro telefonate. L'ultima verso le 19.00.»

«Ma ormai era morta. I nominativi dei chiamanti?»

«Per questo dicevo che era meglio domani. Non li abbiamo.»

«E secondo te come facciamo a fare un'indagine? Chiamiamo i numeri e domandiamo se per caso ricordano a chi hanno telefonato domenica?» si strofinò il viso.

«No, per la verità due chiamate le abbiamo individuate, perché compaiono nella rubrica del telefonino. Alle 10.37, la prima, è del signor Giardini, il direttore d'orchestra. Alle 11.58 ha ricevuto un'altra telefonata, da una certa Susy, e alle 14.45 la successiva. Questa per ora non è rintracciata perché arriva da un numero fisso.»

Vivacqua scriveva.

«Chiamate effettuate?»

«Due soltanto. Ma...»

«Ma non sappiamo a chi le ha fatte. O sbaglio?»

«Non sbaglia. Partono dal telefono dell'appartamento. Però domani forse avremo anche questa informazione.»

«Domani. Forse. C'è qualcosa che possiamo fare oggi di sicuro?»

L'ispettore Gargiulo fece scorrere il dito sugli appunti.

«Arrivo. Volevo aggiungere che queste informazioni le ha anche il dottor Santandrea. Poi, a proposito del guaio al People...» disse con enfasi.

«Sembra il titolo di un film. *Grosso guaio al People, la Omicidi brancola nel buio*. Gargiu', se stai cercando di farmi passare un guaio sei fuori tempo: l'indagine è nelle mani del prefetto; il cornutazzo la segue personalmente, noi non dobbiamo toccare. Dovresti saperlo.»

«Sì, cioè, no; era perché... siccome Patanè è stato colpito alle spalle, al fianco sinistro, l'aggressore deve essere mancino, a meno che non abbia agito a mani invertite.»

Vivacqua restò a bocca aperta.

«A mani invertite? Cos'è, una malformazione?»

«Nooo. Dottore questa sera con lei non si può parlare. Volevo dire che, dalle indiscrezioni di un collega, dovremmo avere il tipo che ha fatto 'sta maialata, lo hanno preso.»

«Se me lo passano facciamo quattro chiacchiere al buio. Gargiu', per adesso non possiamo fare niente. Anzi, tenetevi lontani da questa storia, non fatevelo ripetere. Che altro hai?»

«Solo un appunto sul caso di don Riccardo.»

«Sentiamo.»

«Purtroppo c'è poco di importante. La ricerca su altri preti assassinati non ha dato molti frutti. Ci sarebbe un caso alla periferia di Merano, pare fosse uno squilibrato che hanno già messo dentro:

è storia di gennaio. Un'altra aggressione, ma senza cadavere, solo ferite, a Gaeta. Può servire?»

«Moltissimo. Chi ha seguito la ricerca su don Ignazio?»

«Io. Sapremo domani.»

«Tutto domani. Ho fatto bene a venire a quest'ora, con la cena sullo stomaco. Vai a dormire Gargiu'.»

Il cellulare del commissario squillò. Era Assunta. A mezzanotte passata.

«Minchia!» esclamò Vivacqua.

«Vedi che effetto fa?»

«I ragazzi?»

«A casa, dove vuoi che siano...»

Vivacqua riprese a respirare.

«Mi hai fatto venire un colpo.»

«Ho chiamato per due cose. La prima è che le visite in ospedale si stanno moltiplicando. Rosa e il nipote, purtroppo.»

«Cos'è successo?»

«Ha chiamato la figlia, saranno state le undici, sono entrambi al Pronto Soccorso. Un'auto li ha investiti.»

«Alle undici? E non mi potevi chiamare prima?» Vivacqua si pentì immediatamente di aver fatto la domanda. «Eh no, perché prima non faceva abbastanza effetto. Siamo alla rappresaglia, vero?»

«Vero, dottore.»

«Adesso siamo pari?»

«Non saremo mai pari.»

«Va be'. Dimmi della signora Rosa.»

«Non so altro. Rosa ha voluto che lo sapessimo; secondo me voleva che lo sapessi tu. Non vedo la ragione, ma tra voi vi capite. Andrò a vedere domani.»

«Tutto domani. E la seconda cosa?»

«Che nonostante tutto sei sempre il mio poliziotto preferito.»

«Più di Montalbano?»

«Non c'è paragone, tu hai molti più capelli. Torni a casa adesso?»

«Ho ancora una cosa da fare. Poi faccio un salto all'ospedale. Dove hai detto che sono?»

«Non l'ho detto. Alle Molinette. Salutamela.»

Santandrea entrò in ufficio con gli occhi pesti di stanchezza, sembrava tutto meno che un giraffone.

«Sabbenedica vossia» disse Vivacqua. «È un'ora che ti aspetto. Mandami Meloni che gli devo chiedere una commissione. Prendi il necessario e cerchiamo di sbrigarci, prima che il prefetto abolisca le indagini per legge e torniamo tutti a zappare la terra.»

Santandrea non ebbe il tempo di dire una parola.

Vivacqua entrò nella saletta come un tornado. Si voltò verso la porta e gridò.

«Qualcuno porti un caffè per il notaio.»

Claudio Tagliavento indossava un giaccone con un vistoso collo di pelliccia, pantaloni verde scuro e scarpe in camoscio. Sui quaranta, pettinato con cura, un bell'ovale, occhi scuri dietro a occhialini da intellettuale; qualche chilo di troppo, non abbastanza torreggiante per meritare la zona alta della classifica maschile alla voce estetica. Da seduto però faceva la sua figura.

Santandrea si affacciò con il fascicolo, seguito da un agente con il caffè.

Il notaio prese la tazzina, tentò di bere e tirò indietro la testa di scatto.

«Hai avvertito il notaio che si portasse il pigiama?» chiese Vivacqua rivolgendosi a Santandrea.

«Pensavo che lo sapesse di suo» ribatté il vice.

L'uomo non fece una piega.

Vivacqua spulciò le fotografie con un sorrisetto impertinente.

«Questa, questa, anche questa» le passò dall'altra parte del tavolo. «Le riconosce? Lei dovrebbe essere il tipo con gli anfibi. Si vede meglio nella successiva, quella con le manette,» il notaio tossicchiò «mentre, se non vado errato, nell'ultima c'è sua moglie, quella con il corpetto azzurro, la signora Vittoria Sale.»

L'uomo sbirciò appena, i muscoli del viso a fior di pelle.

«Non ho sentito la risposta» incalzò Vivacqua.

«Non mi sottopongo a processi morali. Della mia vita privata non devo rendere conto a nessuno» disse d'un fiato.

Il commissario assentì.

«Oh, non gliel'hanno detto? Lei non è qui per le bellissime scene affettuose. Non si tratta di vizi privati: è qui come persona informata dei fatti, con alte probabilità di coinvolgimento nell'omicidio della signora Petrini; il processo casomai dopo, e non riguarderà il lato etico.»

«Voglio parlare con un avvocato» disse a occhi socchiusi.

«Partiamo dalle cose semplici, dove l'avvocato non occorre. Come ha trascorso domenica 11 marzo?»

«Non ricordo.»

«Cominciamo male, perché questa sera e diverse altre le passerà con noi se non è convincente. Ha studiato legge, dovrebbe sapere come funziona.»

Il notaio tentò di bere un sorso di caffè.

«Domenica... Mia moglie è all'estero per lavoro. Credo di aver approfittato per mettere a posto dell'arretrato. Sono andato in ufficio.»

«A che ora?» domandò Vivacqua.

«Non saprei» l'uomo riordinò i capelli e prese un'espressione assorta. «Alle dieci del mattino, più o meno, e ci sono rimasto fino alle sei del pomeriggio.»

«Qualcuno può testimoniare? Ha incontrato persone, condomini...»

«Certamente avrò incontrato qualcuno, adesso non mi viene in mente.»

«Santandrea prendi nota. Alibi da verificare. Oppure c'era una segretaria? Magari arrivata più tardi.»

«Ero da solo.»

«Niente sosta per un caffè, un panino, due passi.»

«Quando lavoro salto il pranzo.»

«Telefonate?» insisté Santandrea.

«No, mi pare di no.»

«Un assorbimento totale. Ne avessimo noi gente che lavora così» esclamò Vivacqua. «Ore e ore senza alzare la testa. Quindi alle sei è tornato a casa. Esausto. Senza scambiare due parole con anima viva, a digiuno. Scrivi Santandrea: il signor Claudio Tagliavento dichiara di non essere uscito dalle stanze dell'ufficio, pertanto non può essere andato a trovare la signora Petrini, che... Quanto dista dal suo studio?»

«Non ho mai fatto questo genere di conteggi.»

«Diciamo cinquanta metri?» fece il commissario.

«La distanza è irrilevante.»

«Irrilevante, dice. Quindi non vi siete visti. Scrivi Santandrea: niente visite di cortesia, domenica. L'ultima volta che ha visto la signora Petrini?»

«In questo periodo io e mia moglie abbiamo molti impegni. Inoltre, i rapporti con Jolanda si erano un po' raffreddati. Ci siamo sentiti al telefono la settimana precedente, prima che Vicky, mia moglie, partisse.»

Vivacqua assentì.

«Non andavate d'accordo per qualche ragione?» domandò Santandrea.

«Incomprensioni tra donne. Niente di irreparabile.»

«Qualche gelosia?» insisté Santandrea.

«Sentite, adesso mi avete stufato. Come trascorro il mio tempo con o senza mia moglie, quali passatempi coltiviamo sono fatti miei. Non c'entrano niente con la morte di Jolanda. Mettetevelo in testa. Mia moglie e Jolanda erano amiche per la pelle, ma nel mondo femminile talvolta scattano meccanismi che a noi uomini sfuggono. E non riguardano le serate nelle quali ci si incontrava.»

«Per caso i diverbi riguardavano le fotografie? Forse a sua moglie non andava di essere ripresa in quelle situazioni?»

Il notaio s'irrigidì.

«Ho detto che le serate non c'entrano nulla.»

«Lei conosce il signor Alberto Francia?» sparò Vivacqua.

«No. So chi è: abita nel condominio.»

«Mai incrociato? Magari, per caso, dalla signora Petrini?»

«Mai.»

«Perché è stata uccisa Jolanda Petrini?»

«Non lo so. Continuo a domandarmelo da lunedì. Immagino quello che pensate, ma io la conoscevo bene, era bellissima e speciale a modo suo. Non trovo un motivo, non so dare una spiegazione. È stato un fulmine a ciel sereno.»

«Lei sa che cos'è l'asfissiofilia, vero?» insisté Vivacqua.

Il notaio cominciò a sudare.

«Voglio parlare con il mio avvocato.»

«Signor Tagliavento, stiamo cercando di capire la sua posizione, da come risponde dipende la sua libertà immediata e futura. La domanda, per quanto imbarazzante, non lo è quanto il materiale che abbiamo sul suo conto. È meglio per tutti se si dimostra sincero e collaborativo. È stato sincero fino a ora?»

«Sì, certo.»

Vivacqua e Santandrea si scambiarono un'occhiata.

«Risponda alla domanda, per favore.»

«So benissimo cos'è l'asfissiofilia.»

«Era una pratica in uso nel vostro giro?»

Il notaio ebbe un'incertezza.

«Per favore risponda» intervenne Santandrea.

«Talvolta.»

«Jolanda la praticava?»

«Sì.»

«Lei sa come è morta la signora Jolanda?»

«I giornali dicono che è stata strozzata.»

«Secondo lei, la signora Petrini potrebbe essere rimasta uccisa a seguito di questa pratica, a causa dell'asfissiofilia?»

«Come faccio a saperlo?»

«In teoria.»

«Non lo so, credo di no. Nonostante le apparenze, frutto di pregiudizi, non è una pratica violenta.»

«Lei ha esperienza diretta, la praticava nell'ambito del gruppo?» Vivacqua sfogliò le fotografie come per trovare la dimostrazione.

Il notaio fece un lungo sospiro.

«Talvolta.»

«Ha ucciso lei Jolanda Petrini?»

Tagliavento quasi cadde dalla sedia.

«Pensi bene a ciò che risponderà: una confessione potrebbe aiutarla molto, avrebbe le attenuanti di legge, specie se potrà dimostrare che è stata una disgrazia» aggiunse Santandrea.

«Ma siete impazziti? Io ero nel mio studio, troverò chi può confermarlo. State sbagliando di molto. Voglio parlare con il mio avvocato, subito.»

«Lei ha mentito signor Tagliavento. Un testimone dichiara di averla vista entrare in casa Petrini alle tre del pomeriggio di domenica.»

«Io, io... chi mi avrebbe visto? La portinaia? La dirimpettaia? È un'ubriacona, non sa neanche da che parte è girata. È falso!»

Meloni entrò nella stanzetta e bisbigliò nell'orecchio del capo.

Vivacqua guardò l'orologio e si alzò.

«Credo che ci sia più di un testimone. Per esempio quel certo Alberto Francia che lei dice di non conoscere» aggiunse. «Credo che le convenga pensare a ciò che ha detto, il tempo non le mancherà. Santandrea, il nostro notaio è in stato di fermo, provvedi alle scartoffie con il magistrato. Signor Tagliavento, credo, per dirla tutta, che lei e il signor Francia quel pomeriggio abbiate messo in scena uno dei vostri divertimenti: un triangolo. Credo che siate complici, e non sarà difficile far parlare uno dei due: anche Francia è nostro ospite. Lei conosce il *dilemma del prigioniero*? È una divertente speculazione matematica, riguarda la logica delle decisioni. A lei della logica non interessa nulla, ma nella pratica il dilemma dimostra che chi parla per primo è salvo. Il secondo è fottuto. Adesso è partito il cronometro, vediamo chi dei due si becca trent'anni. Buonanotte signor notaio.»

Vivacqua uscì, il giraffone restò impalato, a bocca aperta.

# Venerdì 16 marzo

*1.30*

Il commissario guidava nel traffico minimo della notte. Sbadigliava. Le costole, fratturate due volte in tre anni dicevano che così non poteva durare. Erano passati i tempi nei quali bastavano tre ore di sonno per recuperare le forze. Tentò di stirarsi e le ossa scrocchiarono come pane secco.

Mise sul tettuccio il lampeggiante e dette gas in corso Vinzaglio. Non faceva freddo, l'energia della primavera si sprigionava nell'aria e dava la piacevole sensazione della vita che si rinnova. Era un bel pensiero.

Il ragionamento successivo andò a Santandrea; non si era confrontato con lui sull'indagine interna, ma aveva la certezza che il prefetto avesse liberato l'uccello padulo, per mettere sotto la Omicidi e soprattutto quel cane sciolto del suo capo. Non poteva essersi bevuto la storiella del People, quindi era un fatto personale. Inoltre, il provvedimento era quantomeno anomalo: i cazzi della PS li sbroglia il questore con la Disciplinare, non un esterno. Per un momento Vivacqua pensò che la causa scatenante fosse il diverbio con monsignor Acutis, poi cambiò idea: Acutis era il mezzo, non il fine.

Quindi? Che diavolo voleva la mezza calzetta?

Le solite cose: deferenza, sottomissione, ma anche ridimensionare quel siciliano scassacazzi che dava il cattivo esempio. Il questore non avrebbe mosso un dito per metterlo in riga, del resto erano due sbirri, due teste simili: doveva intervenire di persona. E quale occasione migliore di un'indagine che stava prendendo una brutta piega? Dei giornali che facevano da grancassa? Senza contare che un capro espiatorio come Vivacqua era eccellente per dare una lezione a tutti. Adesso, se le indagini in corso avessero sbattuto contro un muro, il prefetto avrebbe avuto tutti gli strumenti per fare ciò che voleva, anche sbatterlo in un commissariato in culo al mondo.

«*Cumannàri è meghiu che futtiri*» bisbigliò.

Non era difficile prevedere altri guai.

Vivacqua svoltò in corso Lepanto senza mettere la freccia; una macchina con a bordo una ragazza strombazzò per protestare e Vivacqua rise: «Un'altra che non ha rispetto per l'autorità».

La parte di cervello dedicata al caso Petrini cominciava a sfebbrare. C'era anche il lato grottesco: l'ipotesi più torbida, quella che non meritava un centesimo di credito, si stava dimostrando attendibile. Sul *ménage a trois* non avrebbe messo la mano sul fuoco, ma Francia e Tagliavento mentivano. Uno dei due avrebbe finito con l'arrendersi; quella non è gente capace di stare dietro alle sbarre, specie se ha una via d'uscita a portata di mano. Era solo questione di tempo.

Vivacqua guardò l'orologio: l'una e quaranta. Meloni lo aveva informato che, per quanto risultava, Rosa Marangio era ancora al pronto soccorso. Sbadigliò. Mancava poco, poi finalmente a letto.

Superò il cavalcavia di corso Bramante e tornò ai suoi ragionamenti.

L'omicidio di don Riccardo restava nel pantano. C'era un'idea sul *come* fosse stato ucciso, e anche, per quanto fragile, sul *chi*; ma sul *perché*, nessun progresso. E senza movente, di strada ne avrebbe fatta poca. Era una questione di molliche? O più semplicemente non aveva saputo muoversi nella ragnatela di omertà, preti spretati, lettere anonime e un gregge circondato dai lupi. Senza parlare dell'albanese, che era costato un piccolo disastro e l'aggressione del prefetto.

L'insegna del pronto soccorso sfilò sul lato destro, il commissario mise la freccia e fermò l'auto davanti alla pattuglia di servizio.

### *1.45 Pronto soccorso*

Rosa Marangio stava parcheggiata sulla sedia a rotelle in attesa di essere dimessa. Sullo zigomo un cerotto, il sopracciglio sinistro gonfio, il braccio e la mano fasciate. Il cappotto strappato all'altezza del ginocchio. Anche la gamba sinistra era fasciata. Fissava il vuoto. Vivacqua a due passi parlava con una dottoressa; quando terminò di ascoltare, si avvicinò all'anziana.

«I medici dicono che, a parte lo spavento, per voi non c'è nulla di grave. Vostro nipote invece dovrà essere operato, ci vorrà qualche giorno ma si risolverà bene.»

Rosa non si voltò, non cambiò espressione.

«Quando ero piccola, al mio paese nessuno voleva avermi vicino. I bambini della mia età non potevano giocare con me. Al mare stavo da sola, anche nei campi o nelle famiglie dove andavo come domestica nessuno mi voleva come compagna. Dicevano che ero strega figlia di strega. Ho impiegato tutta la vita per avere il poco che spetta a chiunque: un po' di comprensione.»

«Non ci pensate. Ora vi riporto a casa.»

«L'unico che mi ha capita è stato un pescatore con la terza elementare. L'ho sposato e abbiamo avuto nove figli. È morto quasi dieci anni fa.»

«Ho la macchina qui fuori, vi accompagno.»

«Quando ho avuto la comprensione, sono io che ho cominciato a non capire» puntò gli occhi in quelli di Vivacqua. «Se non fossi così vecchia e inutile, potrei dire che questa sera qualcuno voleva uccidermi. E, siccome sono in molti a morire, forse non è una cosa strana. A un certo punto la gente deve andarsene, per fare spazio ad altri» fece no con la testa. «Ma siccome questo mondo non lo capisco, vorrei che qualcuno mi spiegasse.»

«È stato solo un incidente, e voi siete troppo scossa; ci vuole un po' di riposo.»

Rosa si voltò appena.

«Ci conosciamo?»

Il commissario ebbe un'esitazione.

«Sono Salvatore Vivacqua, il marito di Assunta.»

«Siate gentile, avete visto i miei nipoti?» Un gruppo di persone si avvicinò per abbracciare Rosa Marangio. «È tardi per un uomo con gli occhi tanto stanchi» disse. «Andate signuria, tornate dalla vostra famiglia. Io ho la mia.»

*2.40 Casa Vivacqua*

Vivacqua entrò nella camera da letto in punta di piedi, al buio; Tommy smise di trotterellare e si accucciò come sempre sullo scendiletto. Il commissario non ebbe il tempo di chiudere gli occhi che l'abatjour di Assunta si accese.

Per un momento si guardarono, poi lei fece un sorriso sfottente.

«Nella vita precedente ti sei divertito molto, adesso devi espiare, Totò.»

«E tu? Ti sei divertita o sconti una pena supplementare?»

«La seconda. Come sta Rosa?»

Salvatore scosse la testa.

«Non lo so. Straparla.»

«Che cosa è successo?»

«Se te lo racconto domani?»

«E come faccio a dormire con 'sto pensiero?»

«Va be'. I ragazzi della pattuglia in servizio dicono che è un incidente. Un fuoristrada li ha investiti. Rosa attraversava la strada in un punto male illuminato, non si è accorta di niente, il nipote che la stava raggiungendo ha visto la scena e si è buttato per salvarla. La macchina è fuggita senza prestare soccorso.»

«Si sono fatti male?»

«Rosa ha qualche escoriazione da caduta: niente di grave. L'hanno medicata, incerottata e adesso ci vuole solo un po' di pazienza. Il nipote ha più danni: gamba e bacino fratturati, diverse ammaccature. Lo devono operare.»

«Quindi, se non l'avesse spinta...»

«Per fortuna è andata così.»

«E cosa c'entra il fatto che straparla?»

Vivacqua si distese con un grugnito.

«Assu', domani.»

«Cosa c'entra?»

«A parte che non mi ha riconosciuto, ha vaneggiato di un mondo che non capisce, ha parlato di se stessa come strega figlia della strega, insomma delirava...»

«Non è un delirio. Io la so quella storia.»

Vivacqua aggrottò la fronte.

«Assu', quella povera donna ha battuto la testa, si è presa una paura dell'accidente, invece tu sei sana, non mi risulti caduta e quindi, per esclusione, straparli per stanchezza. Buonanotte.»

Assunta si mise a sedere e tirò il marito per un braccio.

«A Porto Badisco c'era un'epidemia di tifo, parliamo del 1930 più o meno. Erano morte diverse persone; la madre di Rosa era molto povera e una delle figlie, appena nata, aveva bisogno di cure.

C'era il terrore del contagio, la piccola era affamata e ci voleva del latte. Andò in un masseria distante chilometri, a piedi, disperata. Non aveva di che pagare. Le rifiutarono il latte con una scusa.»

Fece una pausa. Salvatore ascoltava a bocca aperta.

«E cosa successe?» sollecitò.

«Tu sai che la madre era considerata una specie di veggente, vero?»

«Va be', lo stregone del villaggio: a quei tempi ce n'era uno per paese; credenze popolari.»

«La madre implorò il mezzadro, ma lui rifiutò ancora. Allora lei disse: entro domani, chi mi ha rifiutato la vita perderà la sua.»

«Minchia!»

«E così è stato.»

«E tu queste cose come le sai?»

«Segreti di donne. E da quella volta diventò la *strega*. Piuttosto, ti ricordi quando la signora Marangio ha fatto la misteriosa? Ha detto che è venuta a prendersi una cosa, te l'ha spiegato?»

«No.»

«E non sei curioso?»

«Certe cose è meglio non chiederle alle streghe» sogghignò.

«Ma...»

«Assu'!»

*8.15 Villa Capitano*

Margherita passeggiava su e giù per la stanza. Ogni tanto andava alla finestra, guardava la strada, il cortile, tornava alla cassettiera, frugava tra gli indumenti e restava bloccata. Sembrava in corto circuito. Alla fine si concentrò sulla valigia aperta sul letto e iniziò a vestirsi. Quando ebbe indossato l'intimo sedette sul bordo a guardare nel vuoto.

Tony entrò senza bussare e con una manata fece volare la valigia a terra; Margherita sembrò riaversi.

«Non mi fai paura» disse lei. «E se avessi un po' di giudizio faresti le valige anche tu.»

«Ne abbiamo parlato ieri sera. Eravamo d'accordo.»

«Ho cambiato idea.»

«Non fare la furba con me, io non sono Eugenio. Metti a posto e fai sparire quella roba, tra poco si alzerà e verrà a cercarti. Sbrigati.»

«Non è rientrato, capisci?»

«Sarà in un motel con una nuova zoccola.»

«Di solito rientra a dormire.»

«Si sarà ubriacato.»

«Tony» disse con amarezza, «È diventato troppo rischioso, lasciamo perdere.»

«Non mi fare incazzare. Cerca di controllare i nervi. Vestiti e scendi.»

*10.50 Ufficio del commissario capo*

La riunione dal questore il venerdì mattina era una seccatura standard, in uso dai tempi della ristrutturazione dei servizi interni, cioè dal 1999, più o meno. All'inizio era anche interessante vedere e sentire i colleghi delle altre sezioni, ma un po' per volta gli argomenti erano passati dalla criminalità alla ragioneria, dal territorio alle scartoffie: il budget, le spese, le ferie, le statistiche, la politica. Era diventata *la purga del venerdì*. Tanto che, nella maggior parte dei casi, Vivacqua disertava con la scusa di qualche importante indagine in corso, e ci mandava Santandrea. Poi andava dal Doge in altri momenti, magari per un saluto di straforo o per un aggiornamento extra.

Non quel venerdì.

Alle 7.30 era squillato il telefonino: Anna, assistente capo del questore, aveva telefonato per informarlo che questa volta era meglio presentarsi.

Un'ora e venti minuti di *pippe*, come le definiva Vivacqua. Santandrea invece era uscito costernato. Non si aspettava di stare nell'anticamera di un processo. In Procura era stata depositata la denuncia dei legali del People. L'accusa era abbastanza prevedibile: abuso di potere, uso illegittimo della forza, lesioni aggravate, danni, e avanti con altri quattro o cinque articoli del codice, ma la sostanza era che aveva nominato la Commissione Disciplinare, ed era confermata l'indagine a carico dell'ispettore superiore Roberto Migliorino, del viceispettore Nunzio Calabresi, e dell'assistente Angelo Patanè.

Capo della Commissione il dottor Massaglia, commissario in servizio alla Mobile. Non un amico, ma neppure l'ultimo dei coglioni. Uno che del mestiere se ne intendeva. Scopo dell'indagine, fornire le risultanze dopo i necessari accertamenti. Un titolo generico sotto il quale si poteva nascondere di tutto.

Vivacqua aveva storto il naso senza fare commenti. Due ragioni per sospettare una trappola: la vaghezza delle ragioni disciplinari innanzitutto. Era evidente che il prefetto non avrebbe mostrato le carte a partita da iniziare, le avrebbe messe sul tavolo più tardi, perché lo scopo vero era dimostrare la negligenza della catena di comando e colpire il capo. Secondo, perché aveva visto nell'atrio due giornalisti, e questo significava che presto la questione sarebbe arrivata sui quotidiani.

Del resto, l'esplosione di una bomba deve fare casino, e non c'è casino senza i media. Lo diceva Dürrenmatt in tempi non sospetti, aveva sentenziato Santandrea. Invece Vivacqua dovette farsi i complimenti: la previsione di cazzi amari in arrivo era perfetta, forse un pelo in anticipo.

A riunione conclusa, il Doge aveva voluto una conversazione a quattr'occhi, brevissima, solo per dire: «Prendete i colpevoli dei due omicidi. Subito.»

Chiaro. Chiarissimo.

Per sostenere l'urto dei media occorre una spinta uguale e contraria. Un teorema moderno, ininfluente per il galleggiamento, determinante per salvare le chiappe.

Adesso Vivacqua era stravaccato con i piedi sulla scrivania, in maniche di camicia, un fazzoletto di carta sul viso, a occhi chiusi.

Santandrea passeggiava nervoso.

«Così il Doge se n'è lavato le mani» considerò Santandrea.

«Mmm.»

«Prendete i colpevoli subito» imitò la cadenza veneta. «Perché di solito aspettiamo di aver fatto merenda...»

«Falla finita Sergio.»

«Ma non ti brucia il culo?»

Il commissario tolse i piedi dalla scrivania, il fazzoletto dal viso e si ricompose.

«Il Doge non poteva fare diversamente; *prendeteli subito* significa guadagnare il centro della scacchiera, prima che lo faccia quell'altro.»

«Tu non sei un essere umano, sei un anfibio, un animale a sangue freddo, una salamandra.»

«Sarà, ma a me quella mezza calzetta non me lo butta nel... hai capito? Agitarsi fa perdere la concentrazione; poi, gli anfibi cos'hanno che non va? Sono un bell'esempio di strategia di adattamento, esistono da trecento milioni di anni.»

«E la signoria vostra che strategia ha pianificato? Esci di alfiere? Arrocchi?»

«Difesa siciliana: ovvero, prendiamo il centro della scacchiera e andiamo avanti.»

Santandrea fece un piccolo applauso.

«E bravo, sai giocare a scacchi.»

«No, ma so fare il poliziotto, e quel fesso vuole fottermi sul mio terreno.»

«La Commissione di Massaglia arriverà abbastanza facilmente alle conclusioni: i nostri hanno agito con leggerezza, e da Migliorino non me lo sarei proprio aspettato.»

«A meno che non si dimostri che quelli stavano nascondendo un grandissimo figlio di buttana. In quel caso la situazione torna in equilibrio. Comunque, vedrai che il gioco prenderà molto più spazio, non è così semplice.»

Santandrea cercò di tradurre.

«Intendi dire che andranno a mettere il naso su altre operazioni? Rovisteranno nel passato?»

La porta dell'ufficio si spalancò. Migliorino entrò trafelato. Furente. Aveva gli occhi segnati, un paio di lividi arancioni sul viso, le mani fasciate. Portava il solito giubbotto di cuoio e i jeans; sotto il dolcevita si percepiva la presenza della fasciatura, non portava la pistola.

Restò un attimo sulla porta in un silenzio carico di mille parole.

«Vattene a casa ispettore» ringhiò Vivacqua.

«Sospesi!» disse. Gli tremavano le labbra. Se avesse perso le staffe, ci sarebbe voluta mezza questura per fermarlo.

«Vai a casa Roberto.» Il commissario usò il nome, come quando partecipavano ad azioni pericolose. Significava molto per entrambi. «Hai fatto una cazzata, non ne fare una seconda.» Non lo rimproverò, non gli parlò del putiferio che stava venendo fuori a causa sua.

«Voglio dare una mano. Ho sentito che se ne occuperà Massaglia; voglio che quei maiali non la passino liscia, ci hanno messo in mezzo. L'albanese si chiama Alexy Rabovis, non è tornato dalle sue parti, è qui, in circolazione.»

«E tu come lo sai?»

«Non sono nato ieri. So dove trovarlo, ci metterò la metà del tempo di chiunque altro.»

«Non se ne parla neanche. Non dovresti neppure essere qui. Dai le informazioni a Massaglia e tornatene a casa. Cosa sei venuto a fare?»

«Sono passato per prendere la mia roba. E per dirvi di Patanè: per poco ci lascia la pelle; in questo momento è sotto i ferri. Gli tolgono la milza» disse a denti stretti.

Vivacqua e Santandrea si guardarono, senza dire una parola.

«Ritira quello che ti serve, lascia stare il fascicolo di don Riccardo. Hai un minuto» disse Vivacqua.

*12.00 Ufficio del commissario capo*

Vivacqua guardava la panoramica dentale senza in realtà vederla. Pensava e sincronizzava le mosse. Quando stava a Bergamo, il suo capo era un bresciano mangiatondini, il commissario Sarti, un autentico delinquente. Diceva che l'arte investigativa era la somma delle capacità organizzative e della creatività.

Sarti poteva dire tutto quello che voleva: era un fenomeno. E su un concetto aveva ragione: l'organizzazione risolve tutto e contiene un'infinità di ingredienti: i ruoli, le aspettative, i desideri, i conflitti, anche la follia.

Se capisci l'organizzazione mentale di una persona puoi quasi prevedere come si comporterà, perfino se è capace di commettere un crimine, o qual è il confine oltre il quale è in grado di uccidere: siamo tutti assassini potenziali, si tratta di trovare il punto sensibile dell'organizzazione personale, l'organigramma dei valori.

Che cosa avrebbe detto Sarti, si domandò Vivacqua, se avesse letto gli appunti sui casi Petrini e don Riccardo? Se avesse visto le fotografie, gli ambienti, le carte raccolte nelle perquisizioni?

Vivacqua andò di fronte al pannello prelevato nell'appartamentino di don Riccardo e ondeggiò da un lato all'altro per mettere a fuoco le immagini. Aveva esaminato ogni singolo biglietto con la lente d'ingrandimento, eppure, l'impressione di non aver saputo cogliere il nodo restava a fior di pelle. Anche quel materiale, per quanto disordinato, parlava dell'organizzazione dei valori secondo don Riccardo.

Quindi, si poteva dedurre che l'assassino era in quel materiale? Oppure nel fascio di corrispondenza che aveva raccolto dal tavolo di don Riccardo?

Secondo le teorie del commissario Sarti, sì.

Dunque, perché non saltava fuori l'assassino?

Il cellulare squillò.

«Dimmi, Assu'.»

«Sai che non ti telefono se non è importante.»

«Lo so.»

«Ho chiamato Rosa per sapere come sta, ma a casa sua non c'è. I nipoti sono preoccupati perché non ha detto dove andava; manca da questa mattina alle dieci e adesso è quasi l'una.»

«Sarà andata a trovare il nipote in ospedale?»

«Dici?»

«L'ho buttata lì. Non conosce la città, non credo sappia muoversi con i mezzi pubblici, avrà preso un taxi. Di certo non è andata a vedere le vetrine del centro. Comunque, se è una strega, un modo per tornare a casa lo trova.»

«Spiritoso» attaccò.

Vivacqua lasciò il telefono e cominciò a scrivere:

*– Massaglia tra poco fornirà al questore e al prefetto gli strumenti per fottere i ragazzi. Poi passerà a colpire la squadra e infine il sottoscritto. Tempo stimato? Meno di una settimana per la prima fase.*

*– Quelli del People vorranno la pelle dei nostri e faranno fuoco e fiamme per allontanare ogni minaccia di indagine. Attività in corso.*
*– L'albanese non si sa che fine ha fatto. Tempo di cattura? Boh!*
*– Quanto aspetteranno i giornalisti a pubblicare la notizia che la Omicidi è sottosopra? Impossibile prevedere.*
*– Il caso Petrini? Potrebbe procedere abbastanza da metterlo nella colonna a favore. Ma prima, uno dei due deve parlare. Tempo necessario? Poco, al massimo due giorni.*
*– Il caso don Riccardo? Nebbia in tutte le direzioni. Tempo di soluzione? Impossibile rispondere.*

Fece per posare la penna, ma restò con la mano a mezz'aria poi scrisse:

*– Rosa Marangio sta diventando un problema?*

«Uno, due, tre... sei, sette...» Si strofinò il viso a piene mani. «*Amuninni*!»

Santandrea entrò con un paio di fascicoli che posò sulla scrivania.

«Diverse cosette e un paio d'informazioni» esordì.

«Belle o brutte?»

Infilò gli occhiali. «Cominciamo da quelle naïf: il prete spretato, don Ignazio, si trova in Liguria, nell'entroterra di Diano Marina. La storiella che abbiamo sentito è confermata. Quando vestiva la tonaca aveva una relazione con un'assistente sociale, sposata, che ha messo incinta: oggi è sua moglie e insieme mandano avanti un centro di recupero per emarginati e tossici. Nel momento del delitto, alle 18.00 circa di domenica, l'uomo, che nella vita civile si chiama Ignazio Correnti, risultava al lavoro presso il centro. Ci sono dei testimoni. Le informazioni le abbiamo dal commissariato di zona che si è limitato a un controllo non invasivo; se lo ritieni, facciamo fare un lavoretto ravvicinato e chiediamo un supplemento. Da parte mia direi che la lettera anonima è una soave stronzata e accantonerei la faccenda.»

«A me resta la curiosità di sapere chi si piglia il fastidio di ritagliare i giornali, fare il collage e sputtanare chi gli viene a tiro. Un giretto in questura glielo farei fare. Andiamo avanti.» Appoggiò i piedi sulla scrivania e si mise comodo.

«Ancora sul caso di don Riccardo: ho fatto come mi hai chiesto. Ho passato al setaccio tutto quello che è stato raccolto, verbali, testimonianze, referti, ho visionato le fotografie della Scientifica, tutto. Mancherebbe soltanto la corrispondenza del parroco, che tieni tu.»

Vivacqua sollevò la scatola e gliela passò.

«Accomodati. È tutto lì dentro.»

Santandrea rovistò senza prestare grande attenzione.

«Suppongo che tu abbia guardato bene.»

«Non supporre niente. Fai quello che serve. Non ci mettere settimane perché abbiamo il culo sulle ortiche. A quali conclusioni sei arrivato?»

«Non ci ho capito una fava.»

Vivacqua sbottò in una risata amara.

«Andiamo bene.»

«Cioè,» perfezionò Santandrea «non so, dovrei buttarmi in una ricostruzione tutta da dimostrare.»

«Buttati.»

«È chiaro che l'omicidio di don Riccardo non è improvvisato.»

«Perché?»

«Te lo dirò tra poco. Nella testa mi girano alcune idee, non tutte vanno d'accordo una con l'altra, ma non dovrei andare lontano dal vero.»

Vivacqua fece con le mani il segno della forbice.

«Chi lo ha ucciso era già in chiesa da un pezzo. Se mi domandi cosa ci faceva, le cose si complicano. Comincio con l'idea più instabile. Il colpevole è un ladro, sa che tra le 17.00 e le 19.00 c'è più calma e potrebbe agire senza grandi disturbi. Inoltre, a quell'ora comincia il carosello di disperati in cerca di un piatto di minestra, tutta gente utile per prendersi la paternità del furto o per complicare le ricerche. Si mette all'opera, ma don Riccardo lo becca. Suppongo si conoscessero. Il ladro vorrebbe togliersi dai piedi, ma don Riccardo fa l'eroe e si prende un certo numero di sprangate.»

«Mmm. Non va d'accordo con la premessa di un omicidio premeditato, e mi pare una ricostruzione deboluccia. Hai di meglio?»

«Lo so, è fragile. Sarebbe più ragionevole se mancasse qualche oggetto. Invece non abbiamo riscontri. Però l'idea del ladro non la butterei.»

«Hai un'altra teoria?»

«Più che altro ci sarebbero fili sospesi che non trovo il modo di collegare. Tanto per cominciare, non c'è modo di intravvedere il movente. Però, può anche darsi che siamo noi a non vederlo e si tratta di cambiare visuale. Se stiamo al referto del medico legale, credo che l'unico modo per comprendere l'uso di due differenti corpi contundenti preveda due assassini presenti sulla scena, cooperanti e attivi, cioè complici.»

Vivacqua celò un sorriso.

«Stai ridendo?»

«Avevo paura non lo dicessi.»

«Uomo senza fede. Ad ogni modo: che cosa ci fanno due assassini in chiesa, con le spranghe? Che razza di criminali sono? Gente esperta che ha deciso di sbarazzarsi di un soggetto scomodo non agirebbe mai in questo modo.»

«Dai termini che hai usato dipende molta parte della ricostruzione» sentenziò il commissario.

«Infatti *sbarazzarsi* implica la premeditazione: hanno un motivo per uccidere e sono in chiesa in quel preciso momento per eseguire la condanna. Ecco perché sono armati. Devono eliminare un soggetto *scomodo*. Perché è diventato scomodo un settantenne non troppo in salute che praticamente non esce da quelle mura e non cambierà di certo in futuro? Se rispondiamo a questa domanda abbiamo il movente, e direi anche i colpevoli.»

«Quindi, le risposte non ce l'hai, e stai menando il torrone da venti minuti per niente.»

«Sì, in pratica è così.»

Vivacqua fece due passi, andò a piazzarsi davanti alla finestra e la aprì.

«Hai finito?»

«Ci sarebbero un paio di ragionamenti di contorno. In chiesa, al momento dell'uccisione, abbiamo da un minimo di quattro a sei, sette persone.»

Vivacqua si voltò per guardare Santandrea da sopra la spalla.

«Finalmente.»

Il vice mandò un sorrisetto di soddisfazione e iniziò a contare.

«Uno: don Costantino che esce dal confessionale per andare alle cucine; due: l'anziana che prega in latino; tre: don Riccardo nel confessionale dall'altra parte della navata; quattro: il soggetto in confessione; cinque e sei: i due assassini. Tra questi si è giocata la partita.»

«Mmm. L'albanese è tra questi?» pungolò Vivacqua.

«Bella domanda. Non lo so. Dalla testimonianza dei primi arrivati in soccorso a don Riccardo sappiamo che gli assassini sono ancora in chiesa quando si scopre il fattaccio, e qui finisce la pista. Per concludere, se nella ricostruzione mi devo buttare, come ti avevo anticipato, neppure don Costantino può essere escluso dalla lista dei sospettati. Ho finito.»

«Escludi che gli assassini siano la donna anziana e il soggetto in confessione?»

«No, ma non abbiamo niente su questi due.»

«E don Costantino avrebbe agito con la complicità di chi?»

«Mi arrendo.»

Vivacqua riprese a passeggiare per la stanza.

«La scarsità di molliche ucciderà Pollicino» brontolò.

«Prego?»

«Non abbiamo abbastanza informazioni; sei arrivato più o meno dove sono rimasto io. Cioè nella suddetta merda, e cominciano a girarmi sul serio. La domanda chiave resta aperta: qual è il movente?»

«Potrebbe essere qualcosa che don Riccardo ha sentito in confessione.»

«Se è così, si è portato il segreto nella tomba, e prevedere l'archiviazione del caso per mancanza di indizi è quasi un'ovvietà. Oppure...»

«Oppure?» sollecitò Santandrea.

La linea diretta squillò.

«Vivacqua.»

«Sono Carbone dottore, spero di aver visto male ma...»

«Dove sei?»

«Nella chiesa di via Bardonecchia.»

«Dimmi veloce.»

«Migliorino dov'è?»

«A me lo chiedi?»

«Okay. Niente, scusi.»

«Carbone?» Il commissario restò per un attimo con la cornetta in mano. «Quel...» prese il cellulare e premette il tasto di chiamata rapida per beccare Migliorino.

«*... l'utente potrebbe essere...*»

«Fottiti.»

«Problemi?» domandò Santandrea.

Vivacqua si massaggiò le costole.

«Non lo so, ma a giudicare dagli effetti collaterali direi...»

Squillò la linea interna.

«Se è Migliorino passamelo» disse il commissario.

«È un giornalista dottore.»

«Non abbiamo novità sui casi in indagine e non ho niente da dichiarare. Se vogliono fare due chiacchiere, che sentano l'ufficio stampa, e non mi passare più chiamate.»

Vivacqua e Santandrea incrociarono lo sguardo.

«Ci siamo, è partito il conto alla rovescia» sbottò il commissario.

«Scommetto che hai già fatto l'inventario dei guai.»

Vivacqua sventolò gli appunti.

«Sette, ne ho contati. Uno più rognoso dell'altro.»

«Va bene, io vado di là a mettere la mia roba in uno scatolone» rispose, ironico, il vice. «Quanto tempo ci resta secondo i tuoi calcoli, perché hai fatto anche quelli, vero?»

«Se ci regge il culo, tre giorni, una settimana al massimo.»

Il cellulare di Vivacqua squillò, era Assunta.

«Anche se non ti vedo so cosa stai pensando» disse lei.

«Sono circondato dalle streghe.»

«Di questo volevo parlarti. Grazia, tua figlia.»

«Nostra.»

«Nostra. Ha trovato Rosa: girava in stato confusionale qua sotto. Ora è in cucina, dice cose incomprensibili, sono preoccupata.»

«Esattamente, che cosa mi stai chiedendo?»

«È con te che deve parlare, lo sai.»

Vivacqua guardò l'orologio e grugnì.

«Non ho tempo adesso.»

«Hai mangiato?»

«No.»

«Vieni a casa, ti preparo una cosa veloce, sarebbero solo due minuti in più.» Silenzio. «Per favore Totò.»

Assunta che chiedeva per favore? Vivacqua trasalì.

«Arrivo.»

«Salvatore, dicevi del movente e ti sei interrotto, poi Migliorino, poi il giornalista, adesso tua moglie; siamo pieni di guai e ti devo ancora parlare del caso Petrini: vogliamo finire?»

«Dopo. Scrivi: chiama Carbone, digli di controllare se da qualche parte nella parrocchia è custodita altra corrispondenza di don Riccardo, anche molto vecchia, e gli dici di metterla da parte che vado a prenderla tra un'ora. Poi, segnati Haiti e Repubblica Dominicana, prenditi tutto il personale che serve, anzi, aggiungi Cuba; metti sottosopra gli archivi a nostra disposizione, chiama gli ospedali, le pensioni, gli alberghi, gli ostelli e i centri di ospitalità sotto il controllo di enti religiosi.»

«Le pizzerie?»

«Zitto e scrivi: chiama le compagnie aeree che fanno scalo a Torino per i voli degli ultimi dieci giorni provenienti dai Paesi che ti ho detto. Mi servono i nominativi di sudamericani che hanno soggiornato nella provincia senza distinzione di sesso ed età. Quando sei a posto fai incrociare i dati con i nominativi che trovi nello scatolone di don Riccardo.»

«Sticazzi!»

«Sospendi ferie, permessi e mal di pancia, voglio tutti presenti. Si va avanti a oltranza, giorno e notte.»

Vivacqua indossò la giacca e si avviò.

«Sono quasi le tre. Se entro due ore non arriva Baseggio con il materiale del laboratorio, vado, sfondo la porta e il primo che trovo lo mangio. Chiamalo, digli che sono una belva, sono sotto indagine e in pessima salute mentale, si sappia regolare.»

*13.30 Casa Vivacqua*

Rosa Marangio stava in cucina con il solito vestito scuro e il cappotto appoggiato sulle spalle. Le mani in grembo, i cerotti e le medicazioni sul viso spiccavano sull'incarnato di cuoio. Non parlava, sembrava persa in un viaggio interiore lontanissimo dal mondo circostante. Sul tavolo un bicchiere di limonata appena toccato. Tommy le girava attorno e uggiolava malinconico, Assunta metteva a posto il disinfettante e la garza, Grazia osservava preoccupata.

Quando il commissario aprì la porta, vide arrivare Assunta, negli occhi tutta l'ansia dell'attesa. Si scambiarono un bacio.

«È di là.» Fece segno verso la cucina. «Non ha voluto che chiamassi casa sua. Grazia l'ha vista e quasi non la riconosceva, era su una panchina. Non so dirti come è arrivata fin qui. Dev'essere caduta di nuovo, l'abbiamo medicata ma non la capisco. Quando parla dice cose scombinate: dovremmo chiamare un medico, cosa ne dici Totò?»

Il commissario entrò. Tommy salutò con delicatezza, come per adeguarsi all'atmosfera e si accucciò sotto il tavolo. Rosa non si mosse e Vivacqua rivide la scena della notte in ospedale.

«Ve l'ho detto che mi prendono per strega?» disse lei all'improvviso.

«Sì, ma non bado a questo genere di chiacchiere.»

Rosa sbatté le palpebre.

«Vi state preoccupando per me, e mi dispiace, sono scivolata, non è niente.»

«C'è qualcosa che vi disturba? Posso aiutarvi?» le prese la mano e la guardò negli occhi. Rosa sembrò rendersi conto in quel momento della situazione e sentì l'imbarazzo delle persone intorno. Assunta intercettò il pensiero, prese per mano la figlia e uscirono.

Rosa frugò nella tasca del cappotto. Prese dei foglietti, ne scelse uno e lo consegnò a Vivacqua.

Era un cartoncino con la cornice dorata, molto elegante, simile a quelli usati per i matrimoni, scritto con una calligrafia d'altri tempi. Sul lato frontale c'era una citazione in versi:

*Per non cadere*
*nell'oblio della gente perduta,*
*per rivivere ciò che è scolpito nella memoria,*
*per un passato che si rinnova,*
*per chi è rimasto e non vuole cancellare*
*la gioia di un tempo che non passerà.*
*Un lustro è trascorso e vi aspetto.*
*Come sempre.*
*Afdera.*

Sul lato opposto l'indirizzo: Afdera Capitano. Via Legnano, 2 - Torino.

E la data: Domenica 18 marzo, ore 10.00

Vivacqua lo rigirò tra le mani.

«È un invito per voi?»

Assunta rientrò e si mise in una posizione defilata.

«Sì. Lo ricevo ogni cinque anni. Non ho mai accettato.»

«Che cosa volete farne?»

«Non so se avrò altri cinque anni. Ho pensato che questa è l'ultima occasione per rivedere le mie bambine, soprattutto Afdera. Una è morta, ne rimangono tre.»

«Capisco.»

«Per poco, ieri, anche io.»

«Non ci pensate. Che cosa volete che faccia?»

«Nulla. Credo che non ci sia più nulla da fare.»

Vivacqua sentì i brividi scendere lungo la schiena.

«Perché è morta. Nessuno può fare nulla. Si chiamava Melissa, stava in America. Era figlia dell'ingegnere di Varese. La conosceva *signuria*?»

«No, Rosa, non la conoscevo. Chi sono queste bambine?»

Il viso dell'anziana s'illuminò.

«Le mie bambine, anche se non sono figlie mie.»

«Perché mi avete dato questo biglietto?»

«Non lo so.»

«Ho un amico,» Vivacqua incrociò lo sguardo di Assunta «molto in gamba, di fiducia. È una persona speciale, mi piacerebbe farvelo conoscere, adesso lo chiamo e ve lo presento» prese il telefonino e tentò di recuperare il numero del dottor Pascalis.

«Non ho bisogno di dottori. È che non mi fanno entrare, capite?»

«Chi, non vi fa entrare?»

«I domestici. Eugenio forse: è il fratello piccolo, è sempre stato un po' geloso, ma io voglio bene anche a lui.»

Il commissario sospirò.

«Dove, vorreste entrare?»

«Da Afdera, per un saluto. Non voglio partecipare alla festa, mi basta vederla, sapere che sta bene, darle un bacio.»

«Credevo voleste partecipare.»

«Non ho deciso.»

«Però vorreste entrare.»

«Sì. Sono andata molte volte. Non mi aprono.»

Vivacqua scosse la testa, si stava facendo tardi. Assunta lo chiamò in disparte.

«Tu hai da fare, l'accompagno io da questa Afdera, poi la riporto a casa.»

«No. Ci penso io. Ma non adesso. Chiama i nipoti.»

Vivacqua trascrisse il nome e l'indirizzo dell'invito sul blocco.

«Domani vi accompagno io. Vedrete che si sistemerà tutto.» La baciò sulla guancia e uscì.

*14.30 Chiesa della Santissima Trinità*

Vivacqua arrivò alla parrocchia frastornato; aveva guidato senza rendersi conto della strada. Il pensiero andava a Rosa, alle parole senza significato e al biglietto d'invito; avrebbe voluto fare più domande per capire, ma non sarebbe servito continuare a torturarla.

Il commissario entrò in chiesa a passo di carica e nell'oratorio incontrò Carbone.

«Novità?» domandò.

«Don Costantino ci ha consegnato un album che don Riccardo teneva in biblioteca. Materiale piuttosto vecchio. L'ho dato a Galante perché lo consegnasse a Santandrea: lo ha sollecitato.»

«Ho detto che l'avrei ritirato io; perché non mi hai avvertito?»

«Dottore, per la verità le ho telefonato. Non mi ha risposto, ho pensato che fosse impegnato» disse con discrezione Carbone.

Vivacqua prese il telefonino dalla tasca della giacca e vide due chiamate perse.

«Cos'è quella faccia da cane bastonato?»

«Io? No, niente bastonate.»

«Cosa state combinando?»

Carbone esitò.

«Niente capo, tutto sotto controllo.»

«Ah sì? Dov'è Migliorino?»

«Migliorino? Non saprei. A casa sua, dalla sorella, forse.»

«Carbone a *mmia* coglionate non ne racconti, e se sei amico suo, a me lo devi dire: dove lo hai visto?»

«No, dottore, davvero: mi sono sbagliato.»

Vivacqua lo guardò negli occhi.

«Carbone, Roberto è sospeso, non può fare indagini in proprio. Che cosa sta combinando?»

«Ha voluto esaminare i registri del dormitorio.»

«Perché?»

«Non lo so.»

«Perché?»

L'ispettore abbassò lo sguardo.

«Dice che non gli tornano diverse cose, ma non mi ha detto di più.» Tacque. «Non ha detto altro, davvero.»

«Se Migliorino si mette nei guai ti considero complice di questa cazzata» prese il telefonino e selezionò il numero breve. «*... l'utente chiamato non è al momento...*» Chiuse il cellulare. «Insulsi e fetusi, tu e lui.» Il commissario camminava avanti e indietro.

«Calabresi è con lui?»

«È all'ospedale, dà una mano a Patanè.»

«Tu che compito hai in questa storia?»

«Nessuno, cioè, il mio lavoro solito.»

«Non mi fare incazzare Carbone, che compito ti ha dato Migliorino?»

L'ispettore prese un respiro profondo.

«Non tradisco Roberto, non insista dottore, non le dico altro.»

«Cos'è, un ammutinamento?» ringhiò Vivacqua.

«No. Anzi. La squadra prima di tutto, e lei, con tutto il rispetto; non è giusto quello che sta succedendo: se la prendono con noi per colpire lei, lo abbiamo capito tutti. Adesso mi scusi, devo andare.»

Vivacqua mise il lampeggiante sul tettuccio e si avviò di buona lena. La prima intenzione era di lanciare un comunicato riservato ai suoi per trovare Migliorino, portarlo a casa e ammanettarlo al termosifone: gli avrebbero dato da mangiare con la fionda un giorno sì e l'altro no. Perdere una decina di chili gli avrebbe fatto bene. Poi cambiò idea, sarebbe andato a cercarlo di persona. Adesso non poteva sottrarre attenzioni al caso di don Riccardo. Per quanto, i cazzi di Migliorino e quelli del povero prete appartenevano allo stesso nido di vipere, quindi, risolverne uno probabilmente avrebbe aggiustato anche l'altro.

Il commissario fece no con la testa: non era detto. Restavano diverse incognite, non ultima l'indagine interna. Imboccò corso Peschiera e accelerò in direzione del centro, si affacciò su corso Einaudi e il cellulare squillò. Era Santandrea.

«Salvatore, che fine hai fatto?»

«Prosegui, arrivo. Tanto non si molla finché non risolviamo 'sto casino. Baseggio?»

«Sarà qui a momenti, viene con i risultati del laboratorio: pare ci siano novità straordinarie.»

«Boom. Hanno risolto il caso e non lo sapevamo; ce ne andiamo tutti a fare una settimana di vacanze a spese del ministero.»

«Hai visto mai. Un'altra cosa: non si trova Migliorino.»

«Ma va? Eppure è bello grosso.»

«Massaglia è stato qui da noi, ha prelevato una copia dei rapporti e deve interrogarlo. Se non spunta fuori sono guai. Tra poco ti telefonerà.»

Vivacqua sentì il pigolio della chiamata in arrivo.

«Che cosa vuole?»

«C'è una Commissione Disciplinare, te ne sei dimenticato?»

«Che si fotta. Notizie dai due deficienti?»

«Francia e il notaio? Tutto tace, a parte che si sono fatti vivi i rispettivi avvocati.»

«Si fottano anche loro.»

Il commissario chiuse la chiamata, spense il telefonino, superò via Montevecchio e un lampo gli attraversò la mente. La casa dove Rosa diceva che non la facevano entrare era a cento metri. Svoltò all'improvviso e si infilò nell'isola pedonale della Crocetta, forse la zona più esclusiva della città.

La maggior parte degli edifici risaliva ai primi del Novecento; ville liberty e neogotiche praticamente fuori mercato. Un tempo per abitarci era indispensabile il pedigree aristocratico e le proprietà si tramandavano di padre in figlio; ora se le potevano permettere solo le banche d'affari e le multinazionali.

Vivacqua si piazzò davanti all'edificio, dopo qualche minuto spense il motore e uscì dall'auto. Del piano a livello della strada non si vedeva quasi nulla, salvo la parte non nascosta dal cancello e le siepi intorno al cortile dove era posteggiata una Land Rover. Telecamere nei punti strategici, finestre in lontananza, tende. Il piano superiore, per quanto serviva, si intravedeva tra gli alberi che circondavano la casa. Vivacqua fece due passi per dare un'occhiata più da vicino, andò fino al campanello dove stava scritto «Dreamer Immobiliare srl - Fiduciaria Dreamer». Niente nomi di famiglia. Una residenza lussuosa molto distante dalle possibilità di Rosa. Tornò all'Alfa Romeo accese il cellulare e sbuffò; quattro chiamate perse: due volte la questura, doveva essere Massaglia, la dentista, Assunta. Premette il tasto di chiamata per sentire l'ufficio.

«Vivacqua. Passami Gargiulo.»

Meloni trafficò con il centralino e commutò.

«Comandi» disse l'ispettore.

«Scrivi: Afdera Capitano. Immobiliare Dreaming e Fiduciaria Dreaming, all'inglese. Via Legnano due. Trovami un po' di informazioni.»

«Tipo?»

«Che vengo e ti degrado a uomo delle pulizie. Le solite no? Una cosa veloce.»

Vivacqua guidò spedito, con il cervello in modalità zen: una forma di distacco che non aveva nulla a che fare con la disciplina monastica, e che era, molto più semplicemente, il suo personale metodo per disintossicare i neuroni. Consisteva nel respirare e mandare al diavolo ogni pensiero che non fosse centrato su ciò che stava facendo in quel momento, ovvero guidare.

Arrivò in questura che erano quasi le sei. Fece per imboccare il corridoio del reparto quando squillò il telefonino. Riconobbe il numero: Ivo Rolandi, un collega dell'Immigrazione.

«Ciao» disse. «Bisogno?»

«Ti sei perso un passerotto?»

«Scusa?»

«Abbiamo intravisto un passerottino di oltre un quintale, quello volato fuori dalla gabbia. Ha fatto un giro da queste parti, interessa?»

«Che cosa è venuto a fare?»

«Niente di ufficiale, come questa telefonata. Ha dato un'occhiata a un paio di schedati.»

«Albanese e senegalese?»

«Preciso. Aveva bisogno di fotografie.»

«A buon rendere.»

«Se serve una mano chiama.»

Vivacqua salì i gradini due alla volta e attraversò il corridoio. Nessuno alla macchina del caffè, niente sigarette accese negli uffici, niente superenalotto in circolazione. Il clima era quello delle operazioni agli sgoccioli, ovvero quando si è scollinata la fase di stallo e gli investigatori sentono la preda a portata di mano; solo che in questo caso la ragione era il sentimento di offesa per aver ricevuto l'ispezione della Commissione d'Indagine.

Il commissario si sporse nell'ufficio di Santandrea, che stava con uno dell'Informatica. Entrambi con la faccia davanti al monitor osservavano immagini di monumenti o qualcosa di simile.

«Da me, riprendiamo.»

«Baseggio mi ha lasciato il materiale. In caso di necessità lo troviamo ancora per un'oretta.»

Vivacqua si accigliò.

«Dovremmo avere necessità?»

«Quando sentirai cosa è venuto fuori...»

«Cioè?»

«Vuoi cominciare da don Riccardo, dalla Petrini, da Massaglia?» fece il Giraffone.

«Da Baseggio e dalla ragione per cui non lo devo friggere nello strutto.»

«Allora parliamo del caso Petrini. Non ti piaceranno le novità. La prima è che le impronte trovate in casa sono di molte persone, inclusi Francia e il notaio. La seconda è che sugli abiti della donna è stato riscontrato liquido seminale: appartiene al dottor Francia. La terza...» si fermò.

«Minchia come me la stai facendo cadere dall'alto: la terza?»

«È stato individuato il proprietario delle impronte lasciate sui bicchieri.»

«Di chi sono?»

«Di un tale» Santandrea si grattò la fronte «morto un anno fa.»

Vivacqua inclinò la testa di qualche grado.

«Ripeti.»

«Hai capito bene: la persona che ha lasciato le impronte sui bicchieri trovati nel salotto di Jolanda Petrini è morta l'anno scorso. Siccome me lo chiederai tra un secondo, specifico che le impronte sono freschissime.»

«Ragazzi non coglionate perché vi faccio trasferire sulla luna con viveri per tre giorni. Che cippa significa?»

«Il motivo per cui c'è voluto tanto tempo ad avere questi risultati è semplice: nessuno alla Scientifica voleva crederci. Hanno ripetuto i prelievi tre volte; si sono messi al lavoro i migliori esperti in circolazione, una copia del lavoro è andata a Roma, una a Parma: il risultato è unanime, le impronte sono di un tal Marco Palazzi, deceduto. Abbiamo le impronte di questo soggetto perché accusato di maltrattamenti e resistenza all'arresto cinque anni fa.»

«Quindi nessuna possibilità di errore.»

«Una percentuale da prefisso telefonico.»

«Sai cosa significa?»

«Che con un buon avvocato Francia e il notaio li teniamo dentro altri dieci minuti, e in tribunale il processo si trasformerebbe in una farsa; hai presente? Fotografie dell'alta borghesia in costume sadomaso, scambio di coppie, portinaie compiacenti, testimone oculare alcolista, ci manca solo il cane parlante: i giornalisti festeggeranno per settimane.»

Vivacqua assentì. «Però ci è scappato il morto! Siamo a zero con le indagini e ce ne accorgiamo dopo quattro giorni» sentenziò. Si alzò e andò davanti al tabellone con le fotografie del caso Petrini. «Il prefetto si piscerà addosso dal ridere.»

Santandrea riordinava le carte e aspettava che il capo superasse la batosta. «Non ci voleva 'sto casino proprio adesso» si limitò a dire.

«Lascia stare il casino» sussurrò Vivacqua. «La questione è un'altra: ci stanno pigliando per il culo.»

«Chi?»

Il commissario tornò a sedersi. Nella stanza era sceso il buio, solo la lampada della scrivania mandava un cono di luce sui fascicoli.

«Chi? Te lo dico tra un attimo» fece un numero sul telefono fisso e aspettò.

«Scientifica, Baseggio» risposero dall'altra parte.

«Vivacqua. Di un po' scientifico, a parte i bicchieri, dove hai trovato altre impronte di questo fantomatico Marco Palazzi?»

«Vuole dire nell'appartamento?»

«No, nel bar di fronte; Baseggio, un po' di concentrazione porcaputtana.»

«Solo su un bicchiere. Sull'altro ci sono le impronte della Petrini. È scritto sul rapporto.»

Vivacqua scosse la testa e chiuse la telefonata.

«Delle volte mi domando se possiamo ancora essere orgogliosi di questo mestiere.»

«Perché?» domandò Santandrea.

«Sembra Gianni contro Pinotto: criminali deficienti contro poliziotti scemi. Andiamo a fare un giro, in macchina mi spiegherai il resto.»

«Totò, sono le sette e mezzo, non mangio da ieri e sono inchiodato da stamattina alle sette.»

«Anche io.»

«Dovresti chiamare Massaglia, deve interrogarti per l'indagine.»

«Davvero?»

«Ti rendi conto che è rischioso per tutti noi quello che stai facendo? Non puoi sottrarti, ci fottono tutti.»

«Non siete voi il bersaglio, lo sai.»

«Allora ti devi difendere.»

«A modo mio, è quello che sto facendo.»

*20.00 Appartamento Petrini*

Vivacqua chiuse l'ennesima telefonata mentre Santandrea apriva l'appartamento della Petrini.

«Cosa siamo venuti a fare qui?»

«Una gita di piacere, beviamo un amaro e torniamo indietro.»

Vivacqua accese tutte le luci e prese la direzione del salotto nel quale era avvenuto l'omicidio, si guardò intorno, puntò verso il mobile con gli alcolici, lo aprì e restò a guardare: niente bicchieri. Aprì la credenza, osservò con molta attenzione: file e file di bicchieri, infine assentì.

Santandrea non perdeva un movimento. All'inizio guardava corrucciato, alla fine capì.

«Se stai pensando quello che immagino, devo dire due cose: la prima è che mi sembra impossibile, la seconda è che, se ci hai azzeccato, hai sbagliato mestiere, dovevi fare il criminale: a quest'ora saresti ricco sfondato.»

«Che cosa sto pensando di così criminale?»

«In ordine sparso: perché non abbiamo analizzato tutti i bicchieri? Perché quasi tutti i tipi sono in collezione da dodici? Perché, pur avendo bicchieri di miglior qualità, la Petrini ne ha scelto uno piuttosto scadente, che a guardar bene non sarebbe neanche del tipo corretto per un digestivo? Infine: perché di bicchieri come quello sul quale abbiamo trovato le impronte ce ne sono solo sei?»

«Manca una domanda: come facevo a saperlo?»

«Volendo ce ne sarebbe un'altra: scommettiamo che sui quattro bicchieri rimasti scopriamo che non c'è un'impronta a morire?»

«Non scommetto perché lo so, non si troveranno altre impronte» concluse Vivacqua.

«Facciamo finta che sia tutto giusto.»

«È tutto giusto.»

«I bicchieri nella credenza non sono stati analizzati perché non c'era ragione al momento del prelievo» disse Santandrea. «Casomai adesso, ma questo tu lo negheresti. Poi, la Petrini ha il piacere dell'accoglienza, compra set da dodici perché riceve molti ospiti, tuttavia i bicchieri si rompono, e i sei del tipo in questione sono quanto rimasto di una serie che in origine era da dodici. Ah, dimenticavo: la Petrini ha usato un bicchiere da poco per servire il digestivo perché, come avrai notato, è il più vicino da prendere. Come vedi si potrebbero considerare diverse spiegazioni, ma facciamo finta che tu abbia visto bene: come ci sei arrivato?»

«Basta avere in mente il quadro completo. Pensaci: un tale entra, uccide la Petrini mette sottosopra e se ne va. Domanda: come ha fatto a non lasciare impronte da nessuna parte? Il tavolo al quale dovrebbe aver consumato l'amaro è di cristallo: perché non abbiamo trovato nulla?»

«Ha pulito. Del bicchiere se n'è dimenticato.»

«Non diciamo cazzate. La rapina è un falso, su questo avevi ragione: è una simulazione. Anche questo dei bicchieri è un falso, e neanche troppo astuto. Chi ha ucciso voleva incolpare qualcun altro. Si è portato sei bicchieri da casa, uno di questi con l'impronta che abbiamo trovato, e ha confezionato il depistaggio.»

«Ecco perché sugli altri quattro bicchieri non troveremo impronte, saranno stati lucidati.»

«Esatto. A questo punto, dopo aver ucciso la donna, ha messo nella credenza i quattro bicchieri avanzati e il gioco è fatto. Ma quando ha progettato l'omicidio non poteva sapere quanti ne occorrevano per reggere la simulazione e ha immaginato che un totale di sei fosse sufficiente. E poi c'è la prova conclusiva.»

«Che il padrone delle impronte è morto.»

«Al contrario: è vivo e vegeto!»

Santandrea si mise alla guida diretto verso casa Vivacqua. Entrambi restarono in silenzio per alcuni minuti; c'erano ancora molte cose da fare. Il commissario prese il telefono e si fece passare l'ispettore Gargiulo.

«Trovami tutto quello che puoi su Marco Palazzi: voglio sapere anche se sul telefonino della Petrini risulta memorizzato e se ci sono chiamate recenti. Datti una mossa, priorità assoluta, aspetta… guarda se tra gli oggetti sequestrati figura una rubrica e dai un'occhiata se compare quel nome.»

«Allora, Francia e il notaio sono innocenti» considerò Santandrea.

«Di certo abbiamo raccolto molliche avvelenate e forse, con un po' più di attenzione, adesso non ci troveremmo nei guai: ci siamo fatti portare a spasso come dei pupi. Comunque, quei due devono dare più di una spiegazione, e non possiamo escludere che la sceneggiata l'abbiano messa in piedi proprio loro, ma questo lo scopriremo in serata, non credi?»

«Non lo so, perché…»

«Manca il movente» anticipò Vivacqua. «L'idea del ricatto non sarebbe male, ma è deboluccia. A che punto sei con il resto del lavoro?»

Santandrea piegò la testa da un lato e dall'altro per scrocchiare le cervicali. Sembrava un giraffone esausto.

«Fammi fare mente locale. Non ho buone carte da mettere in tavola. Abbiamo terminato di vedere i personaggi del club degli smutandati. Fanno parte del giro una decina di componenti, più o meno presenti nelle fotografie a nostra disposizione. Una coppia di commercialisti milanesi, una della provincia di Torino e una coppia di Pavia; questi ultimi sono musicisti, professori d'orchestra. Hanno tutti un alibi abbastanza credibile. Entro domani dovremmo finire i controlli. Ne mancherebbero un paio che stiamo cercando. Quelli di Milano sono tra i partecipanti della prima ora, gente sulla quarantina; dicono che il nucleo vero e proprio fosse composto da Jolanda, che era un po' il riferimento del gruppo, Giardini e il notaio con la moglie. Secondo loro il notaio era innamorato di Jolanda e spesso c'erano piccole discussioni tra lui e la moglie, ma naturalmente non credono che la cosa sia degenerata tanto da passare all'omicidio. Hanno fatto riferimento a un altro soggetto che qualche tempo fa è stato messo ai margini, un tale di Montecarlo che ha lasciato la moglie a causa del gruppo. Aveva avuto una piccola passione per Vittoria, la moglie del notaio. Anche in questo caso niente liti o situazioni limite. Pensi sia il caso di vederlo?»

«Mmm, sa di perdita di tempo, lo teniamo di riserva. Altro?»

Santandrea si fermò al semaforo davanti allo Stadio Olimpico. Sbadigliò e riprese.

«Gargiulo ha terminato con i tabulati telefonici della Petrini. Direi che non aiutano molto. Le telefonate ricevute sono di gente ordinaria: una è di Giardini, l'altra, partita da un numero fisso alle 14.45, è del notaio. Le telefonate fatte dalla Petrini sono state controllate e non hanno nessun interesse per le indagini.»

«Secondo te cosa voleva il notaio?»

«Forse solo il permesso di passare per un saluto, oppure, come hai immaginato, una conferma per il triangolo amoroso con Francia.»

«Mmm.»

Santandrea fermò la macchina in piazza Santa Rita.

«Occhi spalancati su questo Marco Palazzi, forse è necessario più di un controllo.»

«Me l'ero già appuntato.»

«I lavori su don Riccardo?»

«Totò, che faina quando ti ci metti, fammi respirare! Non sei stanco? Vai da Assunta, mangia qualcosa, lasciami fare una doccia e prendere un panino; quando ci vediamo ti dico, va bene?»

*21.45 Squadra Omicidi*

Vivacqua stava nel suo ufficio, quasi al buio, giocherellava con i pizzini per cercare la concentrazione e dimenticare lo sguardo truce di Assunta, di Grazia, di Fabrizio e di Tommy, molto offeso per la rinuncia alla pisciatina serale con il capobranco. Tutti incazzati. Rosa era rientrata dai suoi parenti lasciando un clima colloso di sgomento e malinconia che pesava come un orso seduto sulle spalle.

L'agente Esposito entrò con il caffè e cercò di posarlo quando beccò l'occhiataccia del commissario.

«No, dottore, non è quello dell'altra volta, abbiamo portato una napoletana piccola. Ho usato la miscela personale, me la mandano i miei ogni mese. Ho pure riscaldato la tazzina perché è fondamentale per il caffè.»

«Bravo picciotto, con l'anno nuovo ti faccio passare vicequestore, ricordamelo.»

Vivacqua iniziò a sorseggiare e, come aveva fatto con il caso di don Riccardo, riprese a muovere i ritagli, questa volta per il caso Petrini. Ne aveva fatti parecchi, forse troppi. O forse non era concentrato perché il risultato era sempre disastroso. A compromettere tutto era quel Marco Palazzi che in qualsiasi posizione dava il senso di una fesseria totale. Che cosa c'entrava nel pasticciaccio brutto della signora Jolanda Petrini?

«Salvatore siamo pronti» disse Santandrea infilando la testa.

«Il trucco della valigia?»

«Pronto.»

Vivacqua e Santandrea affrontarono il corridoio mentre il notaio Tagliavento da un lato e il dottor Francia dal fronte opposto venivano scortati per accedere alle rispettive salette; i due si videro l'un l'altro e sbiancarono.

Francia fu lasciato a bollire nella stanza con i monitor accesi su Tagliavento che iniziava l'interrogatorio. Santandrea lasciò che il medico ascoltasse la parte iniziale.

«Signor Tagliavento,» esordì Vivacqua «le indagini hanno preso la svolta decisiva, anche grazie alla sua confessione e...»

Francia cominciò ad agitarsi sulla sedia, sudava e stringeva le mani una nell'altra tanto da farle diventar bianche, gli occhi fissi sullo schermo. Santandrea diede istruzioni al telefono, l'agente Meloni entrò nella stanzetta, si avvicinò al monitor, tolse l'audio e si sedette in silenzio.

«... le stiamo offrendo l'occasione di uscire da questa brutta storia nel modo più indolore possibile. Lei ha amicizie importanti e dall'alto dicono che è opportuno darle una nuova chance. Non è una mia iniziativa, anzi, detesto le raccomandazioni; quindi mi dia un'occasione per rimandarla in cella e lo farò all'istante, mi ha capito?»

Il notaio era cereo. Gli occhi circondati da solchi profondi lo rendevano quasi buffo e lontanissimo dal satiro immortalato nelle fotografie. Accennò una serie di piccoli sì, abbassò la testa e iniziò a piangere.

Vivacqua e Santandrea si guardarono per un momento.

«Scusate. Scusate, sono un po' nervoso» bisbigliò. «Ho capito.»

«Bene. Santandrea stai registrando?»

«Certo.»

«Torna indietro e spegni.»

Santandrea fece un segno verso la telecamera.

«Signor Tagliavento, desidero informarla che questa conversazione è basata sulle nuove dichiarazioni rese dal dottor Francia. Dichiarazioni che la riguardano in modo significativo. Fai partire la registrazione da questo punto». Vivacqua si alzò in piedi e cominciò.

«Signor Tagliavento, ha ucciso lei la signora Petrini?»

Il notaio quasi cadde dalla sedia.

«Bastardo!» gridò. «Figlio di puttana. Non è vero. Ha detto il falso, lo giuro, lo giuro è stato lui, lui.»

«Signor Tagliavento si calmi. Lei ha già mentito una volta. Le sue affermazioni non hanno trovato riscontro e la testimone a suo carico ha confermato la versione: lei domenica pomeriggio è stato a casa della signora Petrini. Le conviene pensarci: intende confermare le sue dichiarazioni?»

Tagliavento iniziò a singhiozzare tanto da non riuscire a parlare.

«Stiamo perdendo tempo. Riportalo dentro. Avverti il magistrato e le alte sfere» ordinò Vivacqua.

«Nooo!» riprese con violenza il notaio. «Maledetto il giorno in cui ho conosciuto quella donna. Maledetto me. Mi ha tolto l'anima, la vita, la famiglia. Ma non l'ho uccisa, lo giuro, lo giuro, non ne sarei mai stato capace. Ammetto di averci pensato, ma non l'ho uccisa.»

Santandrea porse dei fazzoletti e domandò: «Ne era innamorato tanto da non sopportare più di dividerla con altri uomini, è così?».

Il notaio scuoteva la testa.

«È così?» incalzò Santandrea.

«Ero perso, impazzito. Me ne rendo conto adesso. Abbiamo avuto una discussione due giorni prima che morisse: le ho detto che avrei divorziato, che avremmo potuto farci una vita nuova, insieme. Lei non voleva incontrarmi, aveva deciso che per il bene di tutti fosse meglio interrompere il nostro gruppo e sciogliere l'amicizia. Per sempre. Non potevo accettare. Credevo che la causa di tutto fosse quel bastardo di Francia, ma lei negava, diceva che non le importava nulla. Ha proposto che ci conoscessimo. Domenica dovevamo vederci per mettere in chiaro le cose. Ho telefonato nel pomeriggio, e così è stato. È vero, sono andato da lei, ero disperato, furibondo; mi ha presentato Francia, ha detto a entrambi che lei non voleva legami, gelosie, stupidi sentimenti di possesso. E che era finita per tutti e due. Io ero fuori di me. Non riuscivo ad accettare e… sono andato via.»

«A che ora?»

«Saranno state le quattro. Il bastardo è rimasto. È stato lui a ucciderla.» Tagliavento si soffiò il naso. «Ho sbagliato a non dirlo prima. Scusatemi, ho perso la testa. Ho perso tutto, tutto. È la verità.»

«Come fa a sostenere che è stato Francia?»

«Perché quando me ne sono andato Jolanda era viva.»

«Perché non lo ha detto prima?»

«Non lo so. Ho perso la testa.»

«Ha pensato che potrebbe essere stato Marco?» buttò lì Vivacqua.

Il notaio guardò i due con espressione smarrita.

«Marco?»

«Marco Palazzi» specificò il commissario.

«Non so chi sia. Davvero.»

Vivacqua incrociò lo sguardo di Santandrea che capì e uscì dalla stanza.

«Lei esclude che altri del vostro gruppo abbiano avuto parte nell'omicidio?»

«Non escludo niente, non lo so.»

«La coppia di Milano?»

Il notaio fece no con la testa.

«Il vostro amico di Montecarlo?»

«Altieri? Non fa parte del nostro giro da più di un anno.»

Santandrea entrò nella saletta del dottor Francia e ripristinò l'audio, poi prese a parlare con l'agente mentre la voce di Vivacqua riempiva gli altoparlanti.

«Molto bene. Ricapitoliamo: lei ha telefonato domenica pomeriggio, si è presentato a casa Petrini, ha conosciuto il dottor Francia e dopo qualche minuto se n'è andato. La signora era ancora viva.»

«Sì, era viva, lo giuro. L'ha uccisa lui.»

Francia era sconvolto.

«Meloni, l'interrogatorio non serve più, riportalo in cella» disse Santandrea.

«Nooo!» gridò Francia. «Non l'ho uccisa io. Voglio parlare con il commissario, non sono stato io.»

*23.10 Squadra Omicidi*

Vivacqua stava con Santandrea nella saletta interrogatori, il dottor Francia di fronte sembrava un naufrago tratto in salvo, dopo giorni, alla deriva.

«Dottor Francia ricorda cosa le avevo detto a proposito del *dilemma del prigioniero*? Chi parla per primo è libero. Il secondo è fottuto. Lei arriva tardi, chiarirà la sua posizione in occasioni successive. Deve avere fiducia nella giustizia.»

«Io non ho ucciso Jolanda» disse in un lamento.

«Certamente; deve dirmi altro?» si alzò per uscire dalla stanza.

«Come posso farvi cambiare idea?»

«Provi a essere sincero.» Il commissario si rivolse a Santandrea: «Gliel'hai detto che la Scientifica ha trovato tracce del suo liquido seminale sui vestiti della vittima?».

«Pensavo volessi informarlo tu.»

«Non lo nego, abbiamo fatto l'amore, è stato un momento di rabbia e di eccitazione allo stesso tempo.»

«Dottor Francia, se deve dire cose utili per l'indagine la ascolto, altrimenti abbiamo molte cose da fare.»

«Sto dicendo la verità. Jolanda era infastidita dal comportamento del notaio. Mi aveva confidato che voleva lasciare la città, era stufa del provincialismo torinese. Parlava di un lungo viaggio all'estero, anche un paio d'anni, sarebbe partita entro dieci giorni. Io ero a casa sua, negli ultimi tempi andavo spesso da lei. Quella domenica è arrivato il notaio; Jolanda voleva che ci conoscessimo, ha spiegato le sue decisioni a entrambi, l'altro ha fatto una scenata e poi se n'è andato.»

«A che ora?»

«Non ci ho fatto caso, le quattro, circa. Io e Jolanda siamo rimasti soli, abbiamo fatto l'amore, era l'ultima volta. Poi sono andato dalla portinaia, ho ripreso il cane e sono andato a fare due passi: non avevo voglia di tornare a casa.»

«È in un bel guaio dottore. Perché ha mentito? Perché non ha detto della visita del notaio e che lui è uscito e vi ha lasciato soli?»

Francia sembrava sul punto di vomitare.

«Se vuole glielo dico io» aggiunse Vivacqua. «Sperava che la vicina, che lei conosce tanto bene da sapere che dopo una certa ora va a dormire, avesse visto entrare il notaio. E contava sul fatto che non lo avesse visto uscire. In questo modo sarebbe stato un indiziato molto interessante. Vero?»

Francia assentì tra le lacrime.

«Una mossa meschina, oltre che infantile. Quindi, siamo tornati al punto di partenza: il notaio è innocente e lei… anche. Stai a vedere che questa povera donna si è strozzata da sola. A meno che il colpevole non sia Marco Palazzi, cosa ne dice?»

«Palazzi? Non… non so chi sia. È stato qualcuno arrivato dopo che io sono uscito. Lo giuro. Chiedete a Tagliavento cosa ha fatto più tardi, quando se n'è andato era fuori di sé. Ha aspettato che io uscissi, poi è tornato da lei e l'ha uccisa.»

«Teoria interessante, ma indimostrabile.»

Vivacqua e Santandrea tornarono in ufficio, esausti.

«Come la vedi?» domandò il vice.

«Hanno detto la verità. Se non sapessimo delle impronte sul bicchiere, la teoria di Francia sarebbe interessante» si voltò e premette un numero interno. «Gargiu', pensi di renderti utile o per avere quattro informazioni in croce dobbiamo telefonare alla Benemerita, *amuninni*» guardò l'orologio: le 23.55 ovvero sedici ore filate di lavoro. Sbadigliò.

«Direi che non vale la pena tirare la corda con quei due» considerò Santandrea.

«Più che altro non è giusto. Dai l'incarico a Carbone che si metta in contatto con il magistrato, vedi se possiamo ottenere i domiciliari. Aspettiamo notizie su questo Palazzi e vediamo.»

«Sono a pezzi» soffiò Santandrea.

«Io ho un paio di cosette fuori ufficio.»

«Ancora?»

«Ancora.»

L'ispettore Gargiulo entrò con una cartelletta. Aveva la faccia di uno che ha fatto due traslochi nello stesso giorno. Vivacqua lo guardò e sorrise.

«Ecce homo» disse.

«Come dice dottore?»

«Lascia stare; che vuoi?»

«Marco Palazzi» posò un foglio sulla scrivania.

«Tutto qui?»

«Domani arriva il resto.»

«Sempre domani. E le ricerche su don Riccardo?»

Gargiulo allargò le braccia e guardò Santandrea nella speranza di trovare un alleato.

«Dotto', stiamo facendo miracoli. Palazzi è un caso aperto nelle mani dell'Arma a Pinerolo.»

«Va be', dimmi cosa abbiamo.»

Gargiulo riprese il foglio e iniziò a leggere.

«Marco Palazzi, nato a Vicenza il 2 agosto del '72. Professione non definita, benestante.»

«Taglia Gargiu'. Com'è morto e perché il fascicolo è ancora aperto?»

«È deceduto quindici mesi fa nel rogo che ha bruciato il casotto di pesca. Il corpo era carbonizzato, il riconoscimento è avvenuto grazie alle impronte dentarie. Poi...»

Vivacqua sfilò la giacca dalla poltrona e si preparò a uscire.

«... ecco, il caso è aperto perché secondo il rapporto del medico legale il suddetto Palazzi è deceduto per cause non riconducibili all'incendio. La perizia effettuata dai vigili del fuoco avvalora la tesi dell'omicidio in quanto trattasi di incendio doloso. Al momento le indagini non hanno un colpevole e...»

«Va bene Gargiu', lascia tutto sulla scrivania, domani me lo guardo con calma. Hai altro?»

«Sul telefonino della Petrini e sulla rubrica di casa non figura il nome di questo soggetto. Tra l'altro la rubrica cartacea è molto vecchia, un bel quaderno di quelli grossi con molti nomi; sembra aggiornato perché ci sono scritture recenti.»

Vivacqua lasciò andare una manata sulla coscia.

«Minchia, ma una bella notizia, anche solo per statistica, me la volete dare o no?»

*23.40 Ospedale Le Molinette*

L'orario di visita era finito da parecchio, non si poteva più entrare. Davanti alla guardiola sfilavano i parenti in uscita; il sorvegliante guardava distratto, ancora venti minuti e sarebbe smontato di servizio. Una donna con una busta si piazzò davanti alla guardiola e mostrò un tesserino, alle sue spalle un poliziotto in divisa toccò la visiera del berretto e sgusciò di profilo senza degnare di uno sguardo i due.

Il poliziotto si mescolò al flusso che procedeva in senso contrario, nella confusione tolse il berretto, si appartò in una zona poco illuminata, aspettò che la donna lo raggiungesse e si fece consegnare la busta di plastica.

Migliorino tolse la camicia della divisa, indossò il giubbotto di pelle, fece una palla degli abiti da poliziotto, li infilò nella busta e consegnò il fagotto alla donna. Si mise in movimento e superò gli ostacoli che davano accesso ai reparti badando di schivare le telecamere di sicurezza.

Percorse il labirinto che portava ai piani e salì fino a raggiungere Chirurgia Generale. La serata era tranquilla e la maggior parte dei pazienti era nel proprio letto. Le luci del servizio notturno davano all'ambiente una suggestione onirica, morbida e allo stesso tempo irreale. Ogni tanto un infermiere usciva dal gabinetto medico e dava un'occhiata.

Migliorino stava per aprire la porta principale per accedere alle stanze quando il telefonino vibrò. Era Calabresi.

«Dove sei?»

«A venti metri da te. Sto per entrare» rispose Migliorino.

«Aspetta. Problemi in vista.»

«Cioè?»

«L'infermiere è sparito.»

«Meglio.»

«No, c'è qualcosa che non va.»

«Una trappola?»

«Non ti muovere di lì.» Attaccò.

Migliorino imprecò.

«Calabresi?!»

Vivacqua guidava senza fretta. Si guardava intorno, cambiava le marce, ascoltava il respiro del motore e se la godeva. La radio di bordo frusciava in sottofondo; ogni tanto la voce dell'operatore si intercalava con le pattuglie in servizio, e poi i beep. C'era un discreto traffico, ma guidare lo faceva stare bene. Fosse tornato indietro nel tempo, avrebbe fatto tutti i passi che lo avevano portato a essere uno dei poliziotti più considerati nella PS, a partire dagli innumerevoli turni di notte.

Grande scuola la notte, con i suoi odori, i colori, la sua gente stralunata. Adesso, quella magia fatta di buio e adrenalina capitava di rado: era il prezzo della carriera. Il questore diceva che chi comanda non deve stare in prima linea: finisce con il perdere la lucidità indispensabile per guidare gli uomini.

A modo suo aveva ragione, eppure se non stai in prima linea non sai quando un'operazione è rischiosa ma si può affrontare, a differenza di situazioni che sembrano buone solo da dietro una scrivania. Se ci fosse stato lui al People, l'altra notte, tutto quel casino non sarebbe successo.

Sogghignò.

Forse sarebbe andata peggio.

Il commissario imboccò corso Unione Sovietica e il traffico diminuì.

La verità era semplicissima: i ragazzi erano capitati nel posto giusto al momento sbagliato. Migliorino aveva fiutato la necessità di muoversi rapidamente e anche il pericolo, infatti aveva lasciato fuori Patanè, che serviva come ultimo rinforzo e come osservatore per evitare che qualcuno sgattaiolasse da un'uscita secondaria, ma aveva calcolato male i rischi. Quello che non tornava, invece, era la reazione della banda: perché pestare due sbirri in servizio con tutti i rischi collaterali? Per difendere quella mezza tacca di albanese? Picciotti di quella forza la malavita ne ha quanti ne vuole, non si caccia nei guai per difenderli.

Vivacqua assentì.

A pensarci bene, per essere dei professionisti si erano comportati da autentici dilettanti: gente del mestiere avrebbe lasciato che i poliziotti facessero il giretto nel locale, gli avrebbe offerto una ragazza, una bottiglia, tutto, pur di non sollevare un vespaio. Certi affari hanno bisogno di silenzio, non di risse.

Allora, perché tutto quel casino?

Vivacqua si abbassò per controllare il numero civico.

C'erano mille risposte e una le riassumeva tutte: i ragazzi stavano per mettere le mani su qualcosa di grosso e la banda non lo poteva permettere. Scoprire a cosa montavano di guardia, purtroppo, non era più nelle sue mani.

Vivacqua riconobbe il portone dello stabile dove alloggiava Migliorino. Posteggiò, fece per scendere quando riconobbe la donna che arrivava a piedi.

# Sabato 17 marzo

*0.15 Ospedale Le Molinette*

Calabresi arretrò abbastanza da infilare uno sgabuzzino di servizio; tenne la porta socchiusa e restò al buio. La visibilità sul corridoio era pessima. Provò a fare un piccolo spostamento laterale per migliorare la posizione e spalancò gli occhi. Non si era sbagliato. Adesso erano cazzi: l'operazione prendeva una strada molto più pericolosa. Impugnò il telefonino e premette il tasto di chiamata rapida.

«Abbiamo compagnia» disse concitato.

«Che cazzo dici? Di cosa parli?»

«Due del People, ne ho riconosciuto uno.»

«Sei sicuro?»

«Sono sicuro. Che cosa ci fanno qui?»

«Le pulizie.»

Calabresi fece un altro passo laterale, incespicò e dovette puntellarsi contro uno scaffale per non cadere, emise un lamento goffo e ricevette la seconda sorpresa.

«Che succede?» soffiò Migliorino.

«Ho trovato l'infermiere.»

«Vivo?»

«Non lo so.»

«Muoviamoci, niente armi, non fare cazzate.»

«No. Viene fuori un casino» obiettò Calabresi.

«Non possiamo restare con le mani in mano, quelli sono venuti per ammazzarlo. Dove sei?»

«Nel ripostiglio della biancheria. Trenta metri da te, a metà strada tra la stanza e la fine del reparto; i due stanno per entrare.»

«Stai pronto. Faccio da esca, tu vienimi incontro, li prendi alle spalle. Conta fino a cinque e parti. Via.»

Migliorino prese un lungo respiro, spalancò il portoncino a vetri del reparto alla sua sinistra e aspettò di essere visto. Quando i due lo inquadrarono, fece dietrofront e tornò verso le scale, rapidissimo.

Uno dei due sacramentò nella sua lingua e si lanciò all'inseguimento. Correva come un pinguino, con la mano destra aderente al corpo e la pistola quasi nascosta dai pantaloni.

Migliorino aspettava dietro l'angolo, accosciato. Dal reparto alla sua destra uscì una donna anziana in vestaglia, proprio nel momento in cui l'inseguitore spalancava il portoncino con la mano protesa e armata. L'uomo percepì immediatamente la presenza del poliziotto, puntò la pistola verso Migliorino continuando la corsa in direzione dell'anziana. L'ispettore capì le intenzioni dell'uomo: tra un attimo avrebbe afferrato la donna per farsi scudo e poi sarebbero stati guai irreversibili, lasciò partire un calcio e lo centrò sulla gamba d'appoggio. L'uomo rovinò di spalla contro il muro, si voltò per fare fuoco e prese in piena faccia il primo diretto, duro come una trave. Quando ricevette il secondo e il terzo scivolò di schiena lungo il muro lasciando una striscia di sangue sulla parete. L'anziana imboccò le scale e continuò la sua passeggiata, indecisa se credere a ciò che aveva visto e chiamare aiuto o fingere che non fosse successo nulla.

Migliorino disarmò l'uomo, lo perquisì, lo trascinò per i piedi sulle scale senza complimenti, indifferente alle capocciate sugli scalini e lo ammanettò alla ringhiera.

Il primo pensiero fu per Calabresi. Avrebbe dovuto finire a quest'ora. Perché non chiamava?

L'ispettore tornò verso il reparto a gran velocità, il cuore pompava forte per l'adrenalina e per la consapevolezza che se fosse successo qualcosa a Calabresi non se lo sarebbe mai perdonato.

Superò il corridoio, non vide nessuno e quasi gli venne un colpo quando intravide le gocce di sangue davanti alla porta della stanza numero sette. Sentì rumore alle spalle, si voltò di scatto pronto a colpire, e finalmente vide il collega; dietro, steso a terra, il complice, con la faccia piena di sangue, un tampone in bocca e una garza intorno alla testa.

Migliorino lo guardò con evidente apprensione.

«Tranquillo, non è morto. Gli stavo dando una botta in testa, si è voltato e l'ho preso in faccia. Avrà bisogno di un buon dentista.»

«L'hai disarmato?»

«Che domanda.»

«Ammanettalo da qualche parte, io entro.»

La stanza era quasi al buio, filtrava una discreta luce dalla finestra, sufficiente a illuminare un letto vuoto e quello accanto. Migliorino prese una sedia e si accomodò quanto più vicino poteva al malato. L'uomo dormiva, respirava male. Una narice tamponata dalla medicazione, gli occhi segnati dai lividi, un sopracciglio rotto e rammendato. Portava il collare.

Calabresi infilò la testa nella stanza.

«C'è movimento dall'altra parte, sbrigati.»

Un campanello di allarme risuonò nel corridoio.

Migliorino agguantò il naso del poveretto, che saltò per il dolore. L'urlo non superò le capienti mani dell'ispettore.

«Ciao Beauty, è bello rivederti.»

L'altro cercò di sollevarsi e Migliorino lo schiacciò sul cuscino senza complimenti.

«Adesso ti lascio il naso, se fai be' ti spezzo il collo. Hai capito?»

Beauty aveva gli occhi fuori dalle orbite.

Migliorino lo prese per il colletto del pigiama e quasi lo tirò fuori dal letto. Prese una fotografia dalla tasca dei pantaloni e gliela mostrò.

«Chi è questo?»

«Non lo so, non l'ho mai visto, lo giuro.»

L'ispettore gli pinzò di nuovo il naso e lo storse. L'altro cercò di urlare e prese un manrovescio.

«Chi è?»

«Non posso» bofonchiò. «Mi ammazzano» iniziò a piagnucolare.

«Sono venuti in due per farti fuori; io e il mio socio li abbiamo messi a dormire, ma ci metto un secondo a restituirgli le pistole, girare i tacchi e andarmene.»

«Non ti credo.»

«Non ho tempo per convincerti» lo tirò fuori dal letto, lo prese in braccio come un bambolotto, aprì la porta e lo lasciò a guardare lo spettacolo del killer steso a terra. «Dimmi chi è quest'uomo e la scampi. Conto fino a tre, poi ti consegno a loro. Invece se parli, tra due minuti arriva la cavalleria, li porta in questura e anche questa volta salvi il culo. Uno, due...»

«Si chiama Alexy.»

«Questo lo so già!»

«Alexy, Kriva.»

«Buonanotte fiorellino. Se dici a qualcuno che mi hai visto, giuro sui miei figli che torno e ti cancello dall'anagrafe» ringhiò.

Vivacqua scese dall'auto, si piazzò davanti al portone e salutò.

«Buonasera Elena.»

«Sera dottore. Se sta cercando mio fratello le dico subito che non è in casa. Ha fatto un viaggio a vuoto.»

Vivacqua guardò la borsa.

«Un po' tardi per lei, in giro a quest'ora.»

Elena Migliorino intercettò lo sguardo del commissario e tentò di coprire la borsa di plastica.

«È di Roberto, mi usa come lavanderia» spiegò. «Bisogno di qualcosa? Vuole che riferisca che è passato?»

«Dov'è?»

«Da un'amica, credo.»

Vivacqua accennò un sorriso.

«Dov'è?»

La donna abbassò lo sguardo.

«Se lo sapessi, pensa che glielo direi?»

«Roberto è sospeso. Ha staccato il telefono. Non si è presentato alla commissione interna, sta proseguendo un'indagine che non è più nelle sue mani. Quello che fa è molto, molto pericoloso. Deve smettere subito e passare le informazioni; farò tutto ciò che serve per risolvere il problema; ha la mia parola, ma deve interrompere le indagini.»

Elena Migliorino ascoltava a labbra serrate: capiva che Vivacqua non era lì come nemico.

«Dirò a Roberto che si metta in contatto. Non posso fare altro, lei lo conosce.»

Il commissario annuì e tornò in auto. Era tempo di andare a dormire.

Accese il motore, svoltò per dirigersi verso Santa Rita e scosse la testa: non aveva mai creduto di trovarlo a casa, ma adesso, dopo aver visto la camicia della divisa nella busta della sorella, aveva la certezza: ne stava combinando una grossa. La domanda era:

che cosa stava architettando il mancato pugile nonché ispettore Migliorino? Se si fosse trovato nei panni del suo sottoposto, che cosa avrebbe fatto?

Vivacqua sentì le voci concitate nella radio di bordo e tese l'orecchio. Era la centrale operativa, stava facendo confluire le pattuglie verso Le Molinette.

«Sarei andato a fare due chiacchiere belle piccanti con quel figlio di grandissima buttana di Beauty, e gli avrei chiesto che minchia sta succedendo.»

Il commissario prese il telefonino richiamò il numero in memoria e premette l'invio.

«*... l'utente chiamato non è al momento...*»

«Fanculo Robbe'.» Sbatté la mano sul volante e scoppiò a ridere. Fece il numero di Calabresi e arrivò la voce dell'operatore, precisa come un attimo prima. «Insulsi e fetusi.»

Il telefonino pigolò, era un messaggio, il mittente era oscurato.

*Non si agiti dottore, fa male alla prostata...*

«Grandissimi figli di...»

*10.10 Ufficio del commissario capo*

Vivacqua stava immobile, annoiato, con le mani sulla scrivania, sembrava la sfinge. Santandrea puliva per la terza volta gli occhiali, ogni tanto guardava l'orologio, accavallava le gambe da giraffone, tossicchiava: era un'ora e mezza che il commissario Massaglia faceva domande; con lui il dottor Minella, quarantenne, funzionario del ministero, un passacarte minuto, vestito con un abito dello stesso grigio del volto, stempiato, le labbra quasi inesistenti come una gettoniera: scriveva e consultava dossier. Fu quest'ultimo a intervenire.

«Dottor Vivacqua,» disse chiudendo il blocco appunti «si rende conto che ha accumulato una serie di azioni sul campo che sono costate un numero impressionante di feriti tra le sue forze?»

Vivacqua non mosse un ciglio. Si rivolse a Massaglia: «Ma questo da dove viene?».

Minella si sentì preso in giro.

«Vengo dal ministero, siamo colleghi, dottore, e non cadrò nelle sue provocazioni. Lei non ha nessun rispetto per le procedure, per la sicurezza, per l'incolumità dei suoi sottoposti e delle persone che possono essere vittime indirette delle sue imprudenze.»

«Deve dirmi altro?» chiese Vivacqua consultando l'orologio. «Mentre lei batte a macchina il rapporto noi avremmo da fare; se non le dispiace.»

Minella avvampò.

«Lei sta giocando a fare l'ispettore Callaghan; i suoi uomini per spirito di emulazione seguono l'esempio e aggrediscono senza ragione. L'intervento al People è un esempio sufficiente per capire il suo modo di interpretare l'investigazione. Lei costringe la PS a difendersi davanti all'opinione pubblica. Non c'erano gli estremi per usare la forza: avete mandato all'ospedale quattro persone tra gli inservienti e tre dei vostri hanno seguito lo stesso percorso. Dal materiale investigativo non risultano elementi per immaginare un coinvolgimento del People nei fatti riguardanti l'omicidio di don Riccardo. A meno che non li abbia lei, dottore, ma non vedo sviluppi, state girando a vuoto. Inoltre, spero che i fatti di questa notte non riguardino l'operato degli ispettori Migliorino e Calabresi o, peggio ancora, di altri graduati di questa sezione, senza escludere la sua partecipazione o supervisione.»

«Di cosa parla?» fece Vivacqua con candore.

«Molto divertente. I telegiornali non parlano d'altro.»

«Telegiornali? Dicono che le forze dell'ordine, cioè noi, hanno trovato due pregiudicati svenuti nel reparto dove era ricoverato un loro complice. Sarà un regolamento di conti tra bande rivali.»

«Ammanettati!»

«Buffo vero?» sorrise Vivacqua. Santandrea fissava la punta delle scarpe, Massaglia fingeva di guardare la finestra.

«L'ospedale ha molte telecamere, vedremo chi ha ragione» ringhiò il funzionario. «Presenterò un rapporto molto negativo sul suo reparto e sul suo metodo di lavoro» si alzò. Massaglia scosse la testa, prese il piccoletto per un braccio e lo accompagnò fuori dall'ufficio.

Santandrea guardava il soffitto e imprecava.

«Sapevi delle Molinette?» domandò il vice.

«Figurati.»

Santandrea assentì.

«Lo sapevi. Ti rendi conto dell'enormità, porca puttana? Del casino che può mettere in piedi quel posapiano?»

Vivacqua indossò la giacca.

«Ti ho detto che non lo sapevo, e non me ne frega una cippa se non ci credi.»

«Ma dove vai? Abbiamo una montagna di lavoro da fare.»

«Allora fallo. Io ne ho per un'oretta.»

Il commissario caricò a bordo Rosa Marangio e guidò irrequieto. Rosa stava in silenzio, non aveva più cerotti e medicazioni; sul viso i segni dell'incidente si confondevano con il cuoio della pelle. Teneva le mani in grembo e sedeva composta come una scolaretta, i capelli raccolti nello chignon, la veste scura e il cappotto leggero. Profumava di lavanda, come sempre.

Assunta aveva organizzato tutto con la solita efficienza che usava quando una questione le stava a cuore: vai a quest'ora, la trovi sotto casa, l'accompagni dove sai, e quando avete finito la riporti.

«Ma il capo sono sempre io.»

«Sempre, Totò.»

Il silenzio di Rosa lasciava campo libero a preoccupazioni che Vivacqua non riusciva più a fermare. Il doppio rompicapo dei casi aperti prendeva tutto lo spazio disponibile. In una settimana entrambi gli omicidi si erano ingigantiti di complicazioni, problemi collaterali, passi falsi, dubbi. Se c'era un modo di aggiungere guai, l'indagine interna era un'elevazione a potenza perfetta, senza parlare della minaccia di provvedimenti disciplinari.

I giornali per il momento non erano entrati nelle questioni interne, parlavano degli omicidi, ma ogni giorno che passava la temperatura perdeva un grado e di pari passo l'attenzione dei giornalisti.

«Passerà» disse Rosa.

Vivacqua quasi sobbalzò.

«Certo. Ci siamo quasi, che cosa volete che faccia?»

«A me basta salutare Afdera: è quasi una figlia per me.»

«Raccontatemi qualcosa di questa donna con un nome così particolare.»

«Sono molto in debito con la famiglia Capitano. Il commendatore, un uomo molto ricco, si era innamorato della nostra terra, aveva comprato una grande proprietà appena fuori Porto Badisco, voleva farne un'azienda agricola moderna. Lui mi ha assunta quando morivamo di fame, avevo quasi quarant'anni, e sono rimasta a lavorare alla Masseria per altri venti, Afdera è la figlia adottiva del commendatore. Lui e la moglie erano di Venezia, non potevano avere figli, ma avevano conoscenze importanti e riuscirono ad avere Afdera che non erano più giovani. La bambina era bellissima, ma purtroppo debole di salute: aveva bisogno di aria buona, così la mandavano alla masseria ogni volta che potevano, e per non farla annoiare, con lei arrivava una squadra di bambini, figli di amici loro. Stavano da maggio a settembre, a Natale, a Pasqua. Io all'inizio tenevo in ordine la casa, con il tempo mi lasciarono la responsabilità della masseria, delle bambine e degli ospiti soprattutto. Si può dire che fino all'età di sedici anni Afdera, Daffy, come la chiamava il padre, è stata molto tempo con me.»

«E dopo la morte vendettero la proprietà?»

«No, è passata ai figli, Afdera ed Eugenio, adottato anni dopo. Adesso la mandano avanti i miei figli e qualche nipote. I fichi, le mozzarelle, il vino, le uova che vi porto quando venite a fare vacanza a Porto Badisco, arrivano da lì.»

«Ah!»

«La famiglia Capitano aveva molte proprietà. In tutta Italia, anche all'estero. Mi hanno invitato molte volte ad andare con loro. Afdera si è sposata, ma il marito non lo conosco.»

Vivacqua mise la freccia e svoltò su corso Stati Uniti.

«Torniamo al punto di partenza: vi basta salutare Afdera?»

Rosa fece sì con la testa; aveva parlato troppo.

La villa era dall'altra parte della strada, il commissario spense l'Alfa e scesero.

«Ho dato un'occhiata ieri, non c'è scritto il nome della famiglia Capitano: siete sicura che non abbiano traslocato?»

«È qui. Lo so.»

Vivacqua non fece altre domande.

«Andate, suonate il campanello, io vi raggiungo.»

Rosa s'incamminò, mentre Vivacqua restò a guardare a qualche metro di distanza.

Il commissario sentì lo squillo del campanello, vide movimento al secondo piano, le tende si scostarono, una donna con il grembiule bianco guardava verso la strada; poi alzò lo sguardo e per un attimo i loro occhi si incontrarono.

Rosa attese qualche momento. Questione di un attimo, uno scambio di frasi brevi, e l'anziana tornò indietro, costernata.

«Non aprono. Dicono che la signora non c'è.»

«Mi dispiace Rosa.»

«Afdera è in quella casa.»

Vivacqua sentì i brividi sulle braccia.

«Aspettatemi in macchina.»

Il commissario si avviò e fece la stessa routine: suonò e attese.

«Sì?» disse una voce di donna al citofono.

Vivacqua guardò nella telecamera, mostrò il tesserino e disse: «Questura di Torino, polizia, per favore desidero parlare con qualcuno della casa».

«Non ci sono i proprietari, può tornare in un altro momento?»

«No.»

Cadde un lungo silenzio. Vivacqua si spazientì e suonò una seconda volta.

Il portoncino accanto al cancello principale scattò. Il commissario entrò nel cortile; gli venne incontro un uomo in livrea.

«I signori non sono in casa, che cosa desidera?»

Vivacqua tornò a mostrare il tesserino.

«Desidero parlare con la signora Afdera Capitano.»

«La signora? Non è in casa. È molto malata. Spiacente.»

«Quando pensa che potrò parlarle?»

«Non saprei, è in cura, in Svizzera.»

«Il marito?»

«Non sono autorizzato a riferire; ad ogni modo credo che sia con la signora. Vuole lasciare un messaggio?»

«La signora ha un telefono cellulare?»

«No. Spiacente.»

«Il marito?»

«Non sono autorizzato. Se vuole lasciarmi un suo biglietto da visita, lo trasmetterò al signor Chiesa alla prima occasione.»

«Ha detto Chiesa?»

«Sì, Luca Chiesa» specificò l'uomo.

Vivacqua si guardò intorno, l'auto che aveva visto il giorno precedente non era più nel cortile.

«Sa dirmi quando sono partiti per la Svizzera?»

«Da un mese circa.»

Vivacqua prese un biglietto dal taschino e glielo porse.

«Desidero essere chiamato non appena la signora torna reperibile» disse con il tono di chi non ammette repliche.

L'uomo fece un inchino leggero e lo accompagnò all'uscita.

Vivacqua montò in macchina, guardò Rosa e sentì un'ondata di malinconia salire dal cuore.

«Rosa, mi dispiace molto, ho cattive notizie». L'anziana chiuse gli occhi e sembrò che il respiro si fermasse. «Dicono che Afdera è molto malata. Non è a Torino, si trova in ospedale, in Svizzera, da un mese.»

*12.15 Squadra Omicidi*

Vivacqua stava nell'ufficio dell'ispettore Gargiulo; con lui Santandrea e Galante, che stava diventando altrettanto bravo nell'investigazione informatica. Trafficavano sul caso di don Riccardo. Tutti guardavano il monitor dove Gargiulo smanettava alla ricerca di una corrispondenza tra due edifici che, secondo lui, serviva a fare chiarezza sul materiale ricevuto. Era un lavoro di pazienza.

Il commissario restò ancora un attimo a seguire lo schermo poi decise che ne aveva abbastanza. Fece un segno a Santandrea e andarono a chiudersi nella sua stanza.

«Mi ha chiamato Carbone» disse Vivacqua. «Migliorino è sotto le grinfie di Massaglia e del pezzettino di merda. Si è presentato spontaneamente, ha portato un certificato medico per giustificare l'assenza di ieri: aveva la febbre alta. Per quanto riguarda i fatti accaduti alle Molinette, Migliorino ha giurato sui figli che non c'entra niente.»

«Migliorino non ha figli!» esclamò Santandrea.

«Ah no? Meglio così.»

Il vice mascherò un sorriso.

«Dammi la situazione.»

«Partiamo da don Riccardo: suppongo che tu abbia chiesto questa montagna di dati per allargare le indagini; è una cosa lunga, la compagnia di bandiera trasmetterà i dati entro domani. Con le altre compagnie siamo in contatto e ci vorranno alcuni giorni; per quello che abbiamo capito, dovrebbero venir fuori un paio di migliaia di nominativi. Il software per incrociare i dati sta girando con le prime informazioni ricavate dai principali alberghi della città. Il materiale è modesto, quindi il computer ha già sputato gli elaborati.»

«Niente?»

«Manco una virgola di corrispondenza. Per non restare con le mani in mano e aggiungere qualche chance alla ricerca, Gargiulo ha inserito anche i dati delle amicizie italiane, ma per questa parte il database non è ancora stato messo in azione.»

«Che diavolo sta combinando Gargiulo con le foto di quei monumenti?»

«Un'idea sua: sta cercando di identificare i luoghi delle fotografie. Ha fatto fare degli ingrandimenti dove don Riccardo è in compagnia di altre persone: alle spalle c'è il mare e una torre saracena, in un altro scatto c'è una chiesa. Dice che può servire per associare nomi e luoghi e magari fare lo stesso lavoro con i nominativi delle compagnie aeree.»

«Qui non ci sono mezze misure, o lavori *ad minchiam* o sezioni di aria fritta in molecole non ulteriormente divisibili, roba che al CERN se la sognano: siete proprio degli sbirri. Quando potremo vedere qualcosa?»

«Mano a mano che arrivano i dati. Abbiamo rotto i coglioni a mezzo mondo; dagli il tempo di organizzarsi, no?»

«Non ho tempo. Altro?»

«Passiamo al caso Petrini: cioè a Marco Palazzi. L'Arma non è troppo felice di sentirsi domandare a che punto sono. Il maresciallo Cozzolino dice che hanno diversi sviluppi interessanti, che tuttavia richiedono un accurato lavoro di investigazione.»

«Cioè, sono nella merda.»

«Esatto. Il signor Palazzi è deceduto a causa del trauma che gli ha sfondato il cranio. Dall'esame tossicologico sono emersi metaboliti riconducibili alla cocaina, in dosi piuttosto rilevanti. Le prove acquisite danno altissime probabilità di omicidio. I carabinieri dicono che non si spiegano perché l'assassino ha seccato Palazzi e poi ha dato fuoco all'edificio con la benzina, dato che non ce n'era alcun bisogno, anzi: se consideriamo che per un killer è meglio che le sue malefatte si scoprano il più tardi possibile, dare fuoco al casotto è stata una vera sciocchezza, visto che ha richiamato l'attenzione sull'incendio. Forse voleva cancellare delle prove, delle impronte?»

«Mmm.»

Santandrea scorse gli appunti.

«Palazzi arriva da una famiglia di artigiani benestanti; per qualche anno ha lavorato con il padre elettricista, poi ha cambiato strada; è stato una promessa del tennis rovinata da pasticci di piccolo cabotaggio con la giustizia, soprattutto furtarelli, qualche problema con la droga, e donne. Pare che il giovanotto avesse molto successo con le sottane, e con i ricatti: ha una denuncia per tentata estorsione. Non risulta che avesse un lavoro, viveva di poker e di saltuarie lezioni di tennis, ma non molte, visto che un po' dappertutto lo avevano cacciato a causa delle insofferenze dei mariti ai quali regalava cesti di lumache.»

«Corna?»

«A camionate. Non è chiaro come potesse permettersi belle macchine, molto tempo libero e una vita da benestante. I sospetti dell'Intendenza di Pinerolo hanno preso di mira le frequentazioni femminili, in particolare un paio di signore molto facoltose e relativi coniugi. Palazzi era stato picchiato un anno prima e lo avevano mandato all'ospedale; non erano seguite denunce, tuttavia l'idea è che ci fosse di mezzo un marito geloso. Per completare il quadretto abbiamo altre due denunce identiche, questa volta a carico, per percosse: esponenti del gentil sesso malmenate, poi le signore hanno ritrattato. A quanto pare al giovanotto piaceva alzare le mani. Non si esclude che Palazzi avesse un giro di droga, ma su questo fronte non sono emersi riscontri definitivi.»

«Famiglia, amicizie?»

«Palazzi non era sposato e non vantava un giro molto ampio di conoscenze maschili: una sola è stata verificata con una certa attenzione. Risulta che fosse sempre in compagnia di un altro puttaniere. Diverse testimonianze hanno confermato un sodalizio che si potrebbe definire equivoco.»

«Perché, era ambidestro?»

«No, casomai compagno di merende: si parla di due cacciatori senza scrupoli che amavano dividersi le prede.»

«Ah!» si grattò la testa. «Una lite per fatti di lenzuola? Una spartizione non riuscita?»

«Non è venuto fuori niente, anche perché l'amico ha un alibi più che controllato.»

Vivacqua scriveva.

«Il nome dell'amico?»

«Chiesa. Luca Chiesa.»

«Minchia!»

Vivacqua si distese sulla poltroncina e per un po' restò a fissare il vuoto. Poi andò al tabellone, inforcò gli occhiali e rimase a guardare; sembrava che non avesse mai visto quelle fotografie, o forse adesso vedeva qualcosa che prima non aveva saputo decifrare.

«Se non ti aspetti l'inaspettato, non saprai mai la verità» mormorò.

Gargiulo si affacciò con dei panini; Vivacqua mise la mano di taglio in bocca e finse di morderla.

«Ti faccio una voltata e una girata, al sangue: non ti avevo dato una ricerca da fare?»

«Dotto', un po' di pazienza: quale ricerca?»

«Ti ho detto Afdera Capitano. Immobiliare Dreaming e Fiduciaria Dreaming.»

Santandrea ascoltava senza capire.

«Ah, quella? Le ho portato i risultati ieri, quello che ho trovato.»

«E dove li hai messi, santo uomo dei miracoli mal riusciti.»

«Eccolo, ci stava scrivendo sopra, dotto'.»

«Ti verrà una pustola sul culo. In mano me le devi dare certe cose.»

Gargiulo girò la schiena, Santandrea addentò un panino e domandò: «Cosa ti frulla che non mi vuoi raccontare?».

«Che per trovare certe molliche devi andare molto indietro, mia figlia direbbe indietrissimo. Sappiamo niente della scena del delitto di questo Palazzi?»

Santandrea girò il foglio.

«Il succo è quello che sai. Si trattava di una costruzione in legno adibita a custodia delle attrezzature; c'era un angolo con un fornello a gas, una stufa e una branda. Roba da amatori, in mezzo ai boschi. Palazzi è stato trovato sui resti della brandina, completamente carbonizzato. L'identificazione è stata effettuata al Centro di medicina legale di Torino con l'analisi dentale. Vuoi sapere altro?»

Vivacqua trangugiò del tè.

«Tracce?»

«Poca roba. Resti di una tanica, segni di pneumatici all'esterno del casotto, molto compromessi dall'intervento dei vigili del fuoco. Se vogliamo saperne di più bisogna sentire Pinerolo. Adesso vuoi dirmi che cosa stai cercando?»

«Cosa serve per risolvere un omicidio?»

Santandrea sbuffò.

«Una confessione, una testimonianza, il movente.»

«Allora sai cosa sto cercando. Piuttosto, che idea ti sei fatto?»

«Mi sta venendo la labirintite: scopri un passaggio e ti trovi in un corridoio, lo percorri e sbuchi nel nulla; quando sembra che ci sia una svolta finisci in un bosco con un casotto incendiato. Non so cosa pensare e, per la verità, ancora non ho capito se questo Palazzi è un fantasma o una persona in carne e ossa.»

Migliorino bussò ed entrò in un solo gesto. Calò un silenzio imbarazzato.

«Migliori', se porti altri guai ti sparo!» esclamò Vivacqua.

«Solo un saluto e qualche informazione. Il saluto di Patanè che è fuori pericolo. Tocca il culo alle infermiere, quindi direi che è lo stesso deficiente di prima. A proposito del baccano di ieri sera: ho sentito che ci sono novità interessanti.»

«Baccano, dici. Pensa come lo chiamerai quando avranno guardato la registrazione delle telecamere.»

«Ah, non lo sa? Il dottor Minella le ha guardate subito. Ha smosso mezza Torino per averle: e sembra incredibile, non c'era niente di interessante. Perfino sulle manette dei due che hanno trovato immobilizzati, sembra strano, ma non ci sono impronte.»

Vivacqua nascose un sorriso.

«Quindi?»

«Ce l'avevano con Beauty, è ovvio. Forse sa qualcosa che può danneggiare il People. Certo che se fosse così, le accuse su di noi cadrebbero, non vi pare?»

«E questo Beauty che cosa dovrebbe sapere?» domandò il commissario.

Migliorino aprì le braccia. «E chi lo sa. Può darsi che abbia una risposta.»

Vivacqua decise di stare al gioco.

«Stai aspettando che te lo chieda? Va bene: qual è la risposta che Beauty nasconde?»

«Che cosa ci faceva uno squalo in una vasca da bagno? Penso che sia questa la ragione per cui lo stanno cercando. Per adesso è piantonato, sembra che non voglia parlare con nessuno. Si sarà spaventato.»

«Speriamo che lo spavento non arrivi fin qui. Fuori dalle palle Migliori'. Anche tu Santandrea, lasciami la pratica Palazzi, occupati di don Riccardo e delle ricerche in corso, devo pensare.»

Vivacqua fece una manata delle briciole, le scaraventò nel cestino, mise un tovagliolo di carta sulla faccia, si allungò e lasciò che il cervello facesse il suo lavoro. Gli ingranaggi funzionavano alla perfezione e un'idea frullava nella testa. Un'idea tanto balorda che ebbe timore a scriverla. Si limitò a pensarci sopra con l'intenzione di demolirla, ma se avesse resistito…

Prese il foglio con le informazioni riguardanti Afdera Capitano, le società, Immobiliare Dreaming e Fiduciaria Dreaming, cominciò a leggere, ma decise che l'idea balorda aveva la precedenza.

Spense il cellulare, avvisò Meloni di non passargli nessuno, prese carta, penna e cominciò a scrivere.

*– Perché un cadavere, vittima di un omicidio, a un anno di distanza lascia impronte sulla scena di un altro omicidio?*

*– Perché un tipo che vive per sciupare femmine, un mantenuto che alza le mani sulle donne, mi fa venire in mente la Petrini? Forse perché tutto sembra girare intorno al sesso e al denaro?*
*– Perché gli spaccano la testa, poi gli danno fuoco così bene che di lui resta solo la cenere, e a un certo punto ricompare?*
*– Perché una storia così complessa e allo stesso tempo banale, che ha funzionato per un anno, all'improvviso collassa?*

«C'è una sola risposta.»

Vivacqua tornò al tabellone con le fotografie e iniziò a canticchiare:

*Di quella pira l'orrendo foco*
*tutte le fibre m'arse avvampò!*
*Empi spegnetela, o ch'io tra poco*
*col sangue vostro la spegnerò!*
*Era già figlio prima d'amarti*
*non può frenarmi il tuo martir...*

Prese la linea e chiamò.

«Il maresciallo Cozzolino per favore, sono Vivacqua, questura di Torino» disse.

Dopo un attimo gli giunse la voce grassa di un uomo sui sessanta.

«C'è qualcosa che dovremmo sapere e non ci state dicendo?» esordì.

«Buon giorno maresciallo, subito al punto, mi fa piacere. Per rispondere alla sua domanda le dico no. Non abbiamo segreti. Piuttosto un problema di impronte che non tornano. L'ho chiamata per avere un'informazione: se per lei non è dispiacere, vorrei sapere nome e indirizzo del dentista che ha fornito il materiale per il riconoscimento di Marco Palazzi.»

Dall'altra parte arrivò un silenzio quasi imbarazzante.

«Ha detto Vivacqua?»

«Sì.»

«Lei non è della Omicidi?»

«Sì.»

Nuovo silenzio.

«E non mi vuole dire il motivo dell'indagine» insisté.

«Siamo in una fase tutta da verificare, preferisco di no.»

«Quindi, se scoprite qualcosa, noi facciamo la figura dei fessi e voi fate gli intelligenti.»

«Mi sta dicendo che non può darmi l'informazione?»

Il maresciallo esitò un momento poi riprese.

«Scriva: dottoressa Giovanna Carulli, indirizzo e telefono sono sulla guida di Pinerolo.»

«Ringrazio.» Vivacqua chiuse. «Minchia che permaloso!» Riprese il ricevitore: «Meloni hai due minuti per portarmi indirizzo e telefono di questa persona: scrivi...».

Era tempo di leggere la ricerca di Gargiulo:

*Afdera Capitano in Chiesa, figlia di Altiero Capitano e Mariella Furlan. Nata a Venezia il 10 settembre 1974. Nessuna nota dal casellario giudiziario. Prima figlia adottiva del commendatore, facoltoso imprenditore nel settore del trading internazionale, deceduto con la moglie in Somalia nel 1995. Afdera, erede del patrimonio familiare, è tutrice del fratello Eugenio Capitano, anch'egli adottato dal genitore a margine. I beni familiari sono perlopiù investiti in proprietà immobiliari e in società di diritto lussemburghese. Amministratore delle società Immobiliare Dreaming e Fiduciaria Dreaming registrate presso il tribunale di Ginevra. Ultime residenze note: fino al gennaio 2011 in Pinerolo; dal febbraio dello stesso anno in Torino, via Legnano.*

*Luca Chiesa. Nato a Mantova il 14 gennaio 1970, figlio unico di Antonio Chiesa e Teresa Maglia. Nessuna nota dal casellario giudiziario. Perito meccanico, sposato in prime nozze nel 1992 con*

*Luisella Dominici, divorziato. Sposato in seconde nozze con Afdera Capitano. Non risulta occupato in attività lavorative.*

Meloni entrò al piccolo trotto, mostrò un biglietto e tentò di consegnarlo.

«Passamela al telefono.»

«Dottore, ha chiamato il questore: ho detto che era fuori stanza. Esposito sta facendo il caffè, quello speciale, è interessato?»

«Prima o poi Esposito alleverà galline nello scantinato e inizierà un commercio di uova; ormai questi uffici sono di chi se li piglia. Vada per il caffè.»

Vivacqua scansò le carte sulla scrivania, pescò la radiografia della dottoressa Castelli e rimase a pensare a quell'idea folle che non smetteva di lampeggiare tra i pensieri. Premette il numero interno di Carbone e aspettò.

«Dottore» disse Carbone.

«Da me, subito.»

Il telefono squillò, era Meloni.

«La dottoressa Carulli sulla uno.»

«Buongiorno» salutò Vivacqua. «In questo momento è nel suo studio?»

«Sì, fino alle cinque. Di cosa ha bisogno?»

«Di fare due chiacchiere. Verrò da lei per le cinque.»

«Ma, scusi, io ho altri impegni, sono...»

«Allora la aspetto in questura per le cinque e mezza, è pratica di Torino?»

«No; potremmo fare domani?»

«Spiacente.»
Si udì chiaramente un sospiro.
«È ancora valida l'opzione della sua visita?»
«Allora sarò da lei per le cinque.»
«Vuole anticiparmi qualcosa?»
«No.»
Carbone entrò e si mise di fronte, con gli occhi bassi.
«Sei libero dagli incarichi di Migliorino?»
«Capo, non la prenda così.» Vivacqua non smetteva di guardarlo in tralice. «Comandi.»
«Priorità massima: fatti dare da Santandrea la data del decesso di Marco Palazzi, poi controlla a partire dai dieci giorni precedenti se nel Pinerolese in via principale, nella provincia di Torino più in generale, ci sono denunce per persone scomparse non più ritrovate, specialmente barboni o malati di mente, maschi, caucasici di età tra quaranta e cinquant'anni. Vai.»
Santandrea entrò come un tornado.
«Totò, hai il telefonino spento, dal centralino non ti passano telefonate, lo vuoi chiamare sì o no il questore?» alzò gli occhi al soffitto. «C'è rimasto solo il Doge dalla nostra parte, vediamo se riusciamo a farlo incazzare davvero.»
«Che vuole? Devo uscire.»
«Non lo so, ma dice che lo stai mandando in bestia, potrebbe riguardare l'Arma?»
Il commissario ridacchiò. Si voltò e fece il numero diretto.
«Vivacqua» ruggì il questore. «Spero che abbia motivi eccellenti per il suo comportamento che ormai non posso più sopportare.»
«Sono di fretta dottore Renier, dica.»
«L'aspetto nel mio ufficio entro due minuti.»
Vivacqua tappò il microfono e sacramentò.
«Se le mandassi Santandrea?»

«Salvatore lei è appeso a un filo, io ho le forbici in mano.»

«Siamo a una svolta, non posso. Di cosa si tratta?»

«L'Arma ha protestato formalmente per il suo rifiuto a fornire informazioni determinanti per affrontare un caso nelle loro mani, a Pinerolo: corrisponde?»

«No, ho detto al maresciallo che non abbiamo nulla di nuovo rispetto alle loro informazioni.»

«È vero?»

«Ehm, abbastanza.»

«Gliela stiamo buttando in mona?»

«Non proprio, per questo siamo nelle curve, dottore.»

«Abbiamo dei conti in sospeso con loro, vada avanti, ma almeno non si metta di traverso in via ufficiale, *casso*!»

«Ricevuto. C'è altro?»

«Perché non ricevo regolari aggiornamenti sul caso Petrini?»

«Ci stiamo lavorando e…»

«Vivacqua, le procedure! Possibile che non abbiate capito come lavorare? Anche il prefetto è incazzato nero, i giornali continuano a martellare sull'omicidio di don Riccardo e non si vede l'ombra di un risultato. Le devo ricordare che c'è un'indagine in corso a vostro carico? Che non possiamo neanche grattarci il culo perché abbiamo un funzionario che ha fatto partire la caccia alle streghe? Tra poco sarà da voi per prelevare altri fascicoli. Mi mandi Santandrea» chiuse il telefono.

«Minchia!»

Santandrea, che nel frattempo si era sforzato di capire in quale nuovo casino erano precipitati, guardava con i suoi occhi da giraffone miope.

«Altri guai?» domandò con un filo di voce.

«Quali guai? Un giardino di rose. Io esco, ne ho per un pezzo. Tu metti la quarta e vai dal Doge, lo aggiorni senza entrare nei dettagli, lo tranquillizzi e cerchi di sapere che progressi stanno facendo sull'albanese e sul People. Poi chiami il magistrato e ti fai rilasciare un mandato di comparizione a carico di Luca Chiesa, vai a prendere il signorino alla villa e lo porti qua; avvisa il GIP che potrebbe servirci un mandato di perquisizione urgente. Naturalmente, avanti tutta sulle ricerche in corso.»

«Che dici, do anche una lavata al pavimento?»

«Solo se ti avanza del tempo.»

Vivacqua sistemò l'ascellare, indossò il giaccone e si avviò. Fece due passi e tornò indietro.

«Che faccia ha 'sto fantasma?»

«Chi, Palazzi? Mentre passo lo straccio vedo se posso avere una fotografia.»

*16.55 Pinerolo, studio dentistico Carulli*

Il commissario aveva percorso la strada che dalla questura porta a ovest, verso la Val Chisone. Lungo il tragitto i pensieri erano andati a scandagliare zone della mente nelle quali è meglio non avventurarsi. Luoghi dove l'inconscio fabbrica ombre distruttive, dove le domande sono troppe e senza vere risposte. Si era domandato per quanto tempo sarebbe riuscito a far buon viso a cattivo gioco; per quanto avrebbe sostenuto il ruolo del poliziotto indifferente alle situazioni circostanti. La scaramuccia con il prefetto aveva l'aggravante di mettere a nudo uno stile di lavoro che lui per primo, a freddo, giudicava sciagurato. Perfino i suoi collaboratori erano rimasti contagiati: bastava vedere i comportamenti di Migliorino, Calabresi, Carbone, di Patanè che per poco ci restava secco. Tutti prendevano esempio da lui, e adesso era suo dovere toglierli dai guai. A se stesso non poteva mentire: le lamentele di Santandrea, le paure di Gargiulo, l'ansia di Assunta che sobbalzava ogni volta che una telefonata piombava in casa senza una ragione apparente, non erano isterismo. Ma sarebbe riuscito a cambiare se stesso?

Poi c'erano i due casi aperti.

*«Cacciatori ca assicuta a ddu cunigghia unu ci scappa e l'autru n'u pigghia!»*

Ma adesso c'era uno spiraglio, tanto largo e sorprendente che continuava a domandarsi perché ci aveva messo tanto a capire.

Controllò il biglietto con l'indirizzo, si mosse per manovrare e posteggiò quando vide la targa sul lato del portone: *Studio dentistico dottori De Angelis e Carulli.*

Vivacqua entrò nella casa d'epoca e suonò alla porta dello studio. Aprì una donna alta, attraente, sulla cinquantina, capelli mesciati, vaporosi, occhi di un bel color visone, al collo appesi come briglie i cordini con gli occhiali da vista, sul viso un'ombra d'inquietudine. Portava il camice aperto sotto il quale indossava una camicetta, un certo numero di collane dall'aria costosa, una gonna scura appena sopra il ginocchio e scarpe con il tacco.

«Sono la dottoressa Carulli, lei è?»

«Vivacqua.»

«Prego, la aspettavo. Spero che non sia una cosa lunga.»

«Cinque minuti.»

La donna proseguì per introdursi in uno studiolo arredato con gusto, lontano dagli standard degli ambienti medici. Si accomodò nella zona conversazione e invitò il commissario a sedersi di fronte.

«Mi dica.»

«Mi parli del signor Palazzi.»

La dottoressa prese la domanda come una sassata. Aggiustò i capelli, accavallò le belle gambe e cominciò a dondolare un piede.

«Avrebbe dovuto avvertirmi del merito, le avrei rifiutato la visita» disse d'un fiato.

Vivacqua si alzò.

«Le manderò una pattuglia con il mandato di comparizione, direi domani, si tenga raggiungibile.» Fece per uscire.

«Aspetti, mi scusi» addolcì lo sguardo. «Forse siamo partiti con il piede sbagliato, che cosa vuole sapere?»

«Le ho chiesto di Marco Palazzi.»

La donna tornò a sedere.

«Ma non può mettersi in contatto con il comandante dei carabinieri? Ho già parlato con loro.»

«Lo ripeta, e badi a cosa dice.»

«Mi sta minacciando?»

«Affatto.»

«Allora ci vorrà davvero un attimo. Palazzi è stato in cura da me per un certo periodo, ho consegnato le radiografie e la cartella di lavoro ai carabinieri quando è stato necessario provvedere al riconoscimento, dovrebbe essere agli atti.»

«Come pagava?»

«Oh, fosse dipeso da lui con lezioni di tennis, in realtà non ha mai pagato.»

«Era un suo conoscente?»

«Che cosa glielo fa pensare?»

«Il fatto che volesse pagare con delle lezioni: doveva essere al corrente che a lei interessa il tennis.»

La dottoressa prese una ciocca e la spostò dietro l'orecchio.

«L'ho conosciuto al circolo, frequentavamo lo stesso ambiente.»

«Anche il signor Chiesa?»

«Come, ehm, come dice?»

Vivacqua sospirò.

«Le ho chiesto se conosceva anche il signor Chiesa, Luca Chiesa, e le ricordo che mentire a un poliziotto non è come sbagliare un rovescio.»

La donna accese una sigaretta e tirò alcune boccate.

«Chiesa era un mio paziente.»
«Non lo è più?»
«No, si è trasferito a Torino.»
«Da quanto tempo non lo vede?»
«Oh, non saprei, qui in studio un anno, più o meno.»
«Anche il signor Chiesa è un buon tennista?»
«Sssì, perché me lo chiede?»
«Non lo ha più visto neanche al circolo?»
«Forse una volta.»
«Siete amici?»
«Non capisco dove vuole arrivare dottor…»
«Vivacqua.»
«Vivacqua, d'accordo: che cosa vuole sapere esattamente?»
«Voglio sapere qual è il suo ruolo in una faccenda oscura, con almeno due omicidi.»

La sigaretta cadde di mano, rotolò sul tappeto e la dottoressa si affrettò a riprenderla.

«Non risponderò ad altre domande» scattò in piedi e il commissario mandò un sorriso lieve, prese il telefono e pigiò un tasto.

«Gargiulo, richiamami tra cinque minuti: al mio ordine mandi una segnalazione al Comando di Pinerolo su Giovanna Carulli, che la mettano sotto sorveglianza ventiquattr'ore, il tempo di spiccare un mandato. Hai visto con Carbone se manca un vagabondo nella zona?» il commissario ascoltò un attimo quindi chiuse il telefono e riprese. «Se esco da questo studio con l'impressione di un suo coinvolgimento sarà convocata in questura, con le aggravanti del caso; potrà portare tutti gli avvocati che vuole, ma dovrà dare spiegazioni molto convincenti. Scelga lei» impugnò il telefono pronto a chiamare.

La donna sbatté le palpebre e si abbandonò sulla poltroncina. D'un tratto sembrò invecchiata di dieci anni.

«Conosco Luca Chiesa, come le ho detto: anche lui è stato mio paziente.»

«Vada avanti.»

«So che è sposato e che la moglie è in cattiva salute. Lui è… è un uomo molto affascinante.»

«Intende dire che siete stati qualcosa più che amici?»

«Per favore, lasciate stare la mia vita privata.»

«Lei è sposata?»

«Divorziata, sono una donna libera e non devo rendere conto di cosa faccio neanche alla polizia.»

«Vorrei vedere la scheda di Luca Chiesa.»

«La scheda? Non esiste più, dovrebbe saperlo: è andata bruciata nell'incendio.»

«Di quale incendio parla?» Vivacqua cambiò tono.

«Esiste una denuncia presso i carabinieri. È successo l'anno scorso, di notte, un corto circuito provocato dal fax.»

«Un corto circuito?»

«Sì. C'è stata una doppia indagine.»

«Non avete archivi ignifughi?»

«Sì, ma la ragazza che segue l'amministrazione teneva alcune pratiche sulla scrivania per la contabilità, e quella di Chiesa è bruciata insieme ad altre quindici cartelle. Un errore imperdonabile, l'ho licenziata. Perché fa quella faccia? Le sto dicendo la verità.»

«Quindi non ci sono più radiografie o altre informazioni su Chiesa.»

«Sono bruciate, gliel'ho detto.»

Il commissario assentì. La faccenda stava diventando divertente: chiunque l'avesse progettata doveva essere o molto intelligente, o molto stupido.

«Secondo lei è possibile ingannare un dentista forense per il riconoscimento di un cadavere?»

La dottoressa sembrò sbandare per un momento.

«Con il materiale che abbiamo fornito no, glielo assicuro, sarebbe come sbagliare la lettura delle impronte digitali.»

*20.45 Chiesa della Santissima Trinità*

Il refettorio era un ambiente arioso, ben illuminato. Le pareti dovevano essere state imbiancate di recente e chi aveva eseguito i lavori non era andato troppo per il sottile: si vedevano sbavature di vernice sulle pulsantiere della luce, sulle finiture, sugli infissi, ma nel complesso tutto sembrava semplice e funzionale. Ci saranno stati una dozzina di tavoli nella zona centrale e due lunghe file lungo il perimetro.

Una ventina di persone era ancora seduta; alcuni mangiavano senza alzare la testa dal piatto, con il cappotto addosso, borse e sacchetti di plastica tra le gambe. Al bancone di servizio due donne terminavano la distribuzione per gli ultimi in coda, un'altra girava tra i tavoli per le prime pulizie.

Migliorino stava nel corridoio, nascosto appena fuori della sala, con le braccia conserte e l'aria più innocua che riuscisse ad assumere. Teneva d'occhio un gruppetto di africani che stava in disparte. Uno in particolare, che tra tutti sembrava il capetto.

L'ispettore sentì vibrare il cellulare, si spostò in una zona più appartata e rispose.

«Tra poco dovrebbe sbucarti alle spalle, occhi aperti» disse Calabresi.

Migliorino non fece in tempo a dire be'. Infilò una porta e lasciò sfilare il nero.

«È passato adesso. Se non ho sbagliato i calcoli andrà a mettersi con gli altri cinque.» Poi tornò nel corridoio nella posizione più vicina alla sala.

«Ti hanno visto?»

«Credo di sì.»

«Qui finisce di nuovo a calci in culo.»

«Bisogna isolarne uno, due al massimo.»

«Bravo, e come pensi di fare?»

Dalla sala arrivò un rumore di sedie strascicate, alcune voci si fecero più vicine.

«Aspettami vicino alla macchina» disse Migliorino, che andò verso gli interruttori del corridoio; accese e spense alcune volte la luce per spegnerla definitivamente quando gli sembrò che l'effetto fosse quello voluto. Si nascose nel buio e il gruppetto passò diretto al dormitorio. Erano in cinque, l'ultimo arrivato doveva essersi attardato. L'ispettore si affacciò nella sala e quasi se lo trovò di fronte, aveva un panino tra le mani e lo mordeva allegramente.

Migliorino gli andò alle spalle, infilò un braccio sotto la gola e lo trascinò indietro; non era un colosso, però era abbastanza alto da rendere necessaria una certa forza per schiacciargli le corde vocali senza strozzarlo. Cedette di peso, spaventato dalla sorpresa: tentò di voltarsi, scalciò e riuscì a divincolarsi abbastanza da far mulinare le braccia e colpire l'ispettore che iniziò a indietreggiare spedito. Il nero riuscì a sgusciare dalla presa e a quel punto Migliorino lasciò partire un destro potente come un sonnifero. Poi lo caricò sulle spalle, attraversò l'interno della chiesa e mise un piede fuori, sulla via. Si bloccò appena in tempo. Sul lato della strada dove lo aspettava Calabresi qualcuno, a bordo di una Mercedes, parlottava con un altro gruppo di neri.

Migliorino guidava a passo d'uomo, Calabresi stava sul sedile posteriore; il nero rannicchiato ai suoi piedi si lamentava, il pugno al fegato era stato pesante. L'ispettore sterzò su corso Brunelleschi, a metà strada tra il mercato all'aperto e la caserma dell'esercito, cercò la zona più buia e spense.

Nelle piazzole del mercato si vedevano le luci delle macchine operatrici che facevano pulizia; l'aria era fredda, una brezza di tramontana faceva volare i sacchetti di plastica e i giornali.

«È questo il posto?» domandò Calabresi.

Il nero continuava a restare piegato su se stesso.

«Amico, il mio socio è incazzato forte, se non mi aiuti ti lascio a lui. Dov'è Lamine?»

Il nero faceva no con la testa. Migliorino decise allora che era inutile perdere altro tempo: uscì dalla macchina aprì lo sportello posteriore e lo sfilò dai sedili come un ombrello, lo mise eretto e gli puntò gli occhi in faccia.

«Dov'è Lamine?»

«Non lo so, di solito è qui. È andato via.»

Un treno fischiò poco lontano e i due poliziotti si scambiarono un cenno d'intesa.

«Cosa ne dici?» sibilò Migliorino.

«È la cosa migliore, non troveranno neanche i vestiti. Hai una corda?»

«Certo.»

Il nero spalancò gli occhi.

«Che cosa volete fare?»

«Troveremo Lamine in un altro modo. Saluta i parenti lontani, il tuo viaggio finisce questa sera.»

Migliorino sbatté l'uomo nel retro dell'auto senza complimenti e Calabresi tentò di sistemarlo, quando si bloccò.

«Caramba!» esclamò.

Una pattuglia dei carabinieri svoltava adagio per fermarsi a un paio di macchine di distanza. Il nero la vide e non fece in tempo a gridare che Calabresi gli si scaraventò addosso, gli tappò la bocca e restò con lui, schiacciato tra i due sedili. Migliorino si buttò di lato e scomparve dal finestrino. In quel momento gli passò davanti tutta la vita e il film di cosa sarebbe successo se li avessero fermati: sentì il sudore gelarsi sulla pelle. Sedici anni di carriera in bilico sull'orlo della latrina. Tutto per una cazzata che sembrava impossibile risolvere senza accumulare altri danni. L'auto dei carabinieri restava ferma. Migliorino e Calabresi ascoltavano il motore e imprecavano, il nero non stava fermo, tentò un grido e Calabresi lasciò partire una gomitata. I secondi non passavano mai, la sosta sembrava eterna.

«Roberto» sussurrò Calabresi.

«Fermo e zitto.»

All'improvviso videro il lampeggiante illuminare il tettuccio dell'auto. Calabresi sacramentava tra i denti, il nero sembrava essersi rassegnato o forse non sapeva scegliere il male minore.

L'auto ripartì. Migliorino e Calabresi ripresero a respirare. Per un lungo momento restarono nelle loro posizioni, ognuno impegnato a fare l'inventario del pericolo scampato.

«Che cosa volete fare?» urlò il nero.

«Ti piacciono i treni? Ne vedrai uno così da vicino che potrai toccarlo.»

L'ispettore attese che l'auto dei carabinieri svoltasse in fondo al corso, mise in moto e si avviò pianissimo.

«Va bene, va bene» disse il nero all'improvviso. «Vi faccio vedere dov'è Lamine, ma mi fate scendere subito.»

«Prima Lamine» ringhiò Migliorino.

«Laggiù» l'africano fece segno verso i giardini di Parco Ruffini. Ci vollero tre minuti prima di inquadrare una panchina e due ragazzi con lo scooter che mettevano mano al portafogli, ritiravano l'acquisto e tornavano in sella.

Migliorino, che nel frattempo era sceso per sparire nella zona buia, non poté fare a meno di ricordare che quel Lamine gli aveva mentito durante l'interrogatorio; era lui la causa dell'incidente al People. Ci era cascato come un fesso. Quando lo aveva descritto a Vivacqua lo aveva definito un poveraccio, una vittima.

Imperdonabile.

L'ispettore arrivò alle spalle di Lamine Gorée, lo prese per un braccio e lo sollevò da terra.

«Vieni con me, facciamo due chiacchiere.»

Calabresi lasciò libero l'altro nero che volò via a razzo; vide arrivare il collega e andò a dare un'occhiata nei pressi della panchina, frugò tra i cespugli, riconobbe le stagnole e le raccolse.

Migliorino nel frattempo si era dato da fare con Lamine che aveva estratto un coltello e credeva di poter reagire. Calabresi arrivò che il senegalese era piegato in due come una sdraio. Sanguinava dal labbro e non aveva mai visto il collega tanto fuori dalla grazia di Dio.

«Socio, così lo ammazzi. Fai provare me» pescò una fotografia dal cappotto e la mostrò: «Chi è questo?» domandò. L'altro scosse la testa e cercò di sottrarsi alla presa di Migliorino, che era pronto a riprendere il trattamento. «Ascoltami» ricominciò Calabresi. «Hai detto che l'uomo con cui hai bisticciato è un albanese di nome Alexy Rabovis, hai detto che è stato lui a uccidere don Riccardo, adesso te lo chiedo una sola volta, poi il mio amico ti stacca le braccia come a una bambola, hai capito? Fai sì con la testa.»

Il nero accennò un sì terrorizzato. Calabresi gli mise la fotografia sotto il naso.

«Rabovis è questo?»

Lamine tentò di divincolarsi senza riuscire a ottenere nulla, alla fine negò.

«Molto bene. Adesso dimmi come si chiama questo gentiluomo.»

«Non lo so.»

Ceffone.

«Non lo conosco» ripeté.

Secondo ceffone, pesante.

Il nero iniziò a frignare.

«Guarda che il mio amico si diverte, può andare avanti fino a quando non sputi tutti i denti. Per l'ultima volta: chi è questo uomo, dimmi il nome.»

Il senegalese scosse la testa.

«Lo buttiamo nel Po, come abbiamo fatto con l'altro» disse Migliorino.

Calabresi si limitò ad assentire.

«Okay. Andiamo.»

Il senegalese spalancò gli occhi. Singhiozzava e piangeva. Migliorino lasciò la presa e finse di tornare alla guida.

«Si chiama Alexy Kriva» disse d'un tratto.

I due poliziotti si scambiarono un'occhiata fugace.

«Lavori per lui?» insisté Calabresi.

Il nero abbassò la testa.

«Sì.»

«È lui che ti fornisce 'sta merda?» Mostrò le stagnole.

«Sì.»

# Domenica 18 marzo

*1.15 Ufficio del commissario capo*

Santandrea terminava di bere il caffè, Vivacqua stava alla finestra sul cortile dove in un attimo si scatenò il putiferio. Una dozzina di agenti erano corsi alle volanti e si era messo in moto il capo dell'Antidroga, uno della vecchia guardia arrivato da Livorno.

«C'è aria di retata» disse Vivacqua da sopra la spalla. «Sai niente?»

«No, chi c'è?»

«Catapane.»

«Non farei cambio con il loro giro neanche se mi pagassero in cocaina.»

«Perché il nostro profuma di gelsomino» fece Vivacqua. Tornò al ponte di comando e prese la fotografia di Marco Palazzi. Sulla scrivania il caos primordiale dava spettacolo di sé.

«Dicevi della dentista, la Carulli» riprese Santandrea.

«Per la verità ho concluso.»

«Sì, ma qual è la tua impressione?»

«Che nessuno ha la compiacenza di collaborare per concludere questa recita da due soldi.»

«Mente?»

«Dice cose credibili, non false, ma non vere. Piuttosto, la visita dal Doge?»

«Dice che va tutto in mona!»

«Ha detto nient'altro sulla questione dei carabinieri di Pinerolo?»

«Ho promesso che lunedì manderemo gli aggiornamenti completi.»

«Ecchediavolo, ti avevo detto di non prenderti rogne.»

«Perché non lo dici tu al capo che siamo spiacenti, ma a causa di fuoco amico non possiamo lasciare la canna da pesca in mano a nessuno. Che per motivi di sopravvivenza abbiamo bisogno del trofeo e la collaborazione se la può scordare.»

«Sì, va be'. Novità sull'albanese?»

«Non mi ha detto nulla; ha voluto che giurassi sul fatto che i nostri non c'entrano niente con il pasticcio delle Molinette, cioè con i due che hanno trovato ammanettati; tra parentesi, uno ne ha per dieci giorni d'ospedale.»

«E tu?»

«Io sono su uno scivolo insaponato che diventa sempre più ripido, sto prendendo velocità e vedo i cancelli dell'inferno spalancarsi sotto di me: ho giurato.»

«Bravo, ti nomino quello che vuoi, chiedi e ti sarà dato. La Disciplinare?»

«Minella ha già presentato i preliminari dell'indagine, tra l'altro domani verrà in reparto a prendere un altro paio di fascicoli nei quali risultano sparatorie e feriti nella squadra. Ci andrà pesante.»

«Va be', questa storia finisce tra due ore, quant'è vero che sono un siciliano scassacazzi. Abbiamo fatto progressi con le ricerche sugli hotel e sui nominativi provenienti dal Sud America?» tagliò corto il commissario.

«Nessun riscontro per adesso.»

«Quasi quasi lascerei perdere.»

«Immaginavo. E siccome non sei il tipo che molla, devo presumere che hai puntato gli occhi da un'altra parte. Posso sapere anch'io cosa ti passa per la mente?»

«Se leggi i rapporti, dai un'occhiata alle foto e alle stronzate che abbiamo inseguito, ci arrivi pure tu. Sai niente del lavoro che ho dato a Carbone?»

«Me ne ha parlato, ma non so che cosa ha ottenuto.»

«Non importa, tra poco glielo chiederò di persona» guardò l'orologio: «Andiamo?».

*2.45 Villa Capitano*

Quando Vivacqua arrivò, seguito dalla volante di appoggio, i responsabili dell'operazione si avvicinarono.

«Dottore» salutò Carbone.

«Situazione?» Il venticello di tramontana mandava spifferi gelidi; il commissario alzò il bavero del giaccone e sfregò le mani.

«Tolto che fa un freddo cane, è tutto calmo.»

«Per caso quel lavoretto?»

«Fatto. Non risultano decessi riguardanti persone scomparse.»

«Allora siamo proprio di fronte a dei deficienti.»

«Già che c'ero ho fatto qualche ricerca su quel Palazzi, vuole sapere adesso?»

«Aspetta. Santandrea organizzati, controlla l'equipaggiamento, le procedure, avverti tutti che non si spara neanche se dentro troviamo il cartello dei narcos, e vedi se riesci a farti aprire» tornò all'ispettore Carbone: «Dicevi?».

«Che ho fatto qualche ricerca: dove abitava non si è più visto nessuno, la padrona di casa dice che è tornata in possesso dell'alloggio da soli tre mesi per via della burocrazia, che la roba dell'affittuario la tiene in un magazzino di sua proprietà e che era stufa delle lamentele dei vicini sul casino che combinava.»

«Donne?»

«Esatto.»

Le luci al primo piano della villa si accesero; trascorse un attimo e anche al piano terra si illuminò una stanza e il cortile. Il portoncino d'ingresso scattò nel giro di un paio di minuti. Gli uomini si disposero per la procedura standard: una volante restò con un uomo a bordo, due agenti si posizionarono all'esterno, altri sei entrarono con Santandrea.

Vivacqua seguì come uno spettatore, con le mani in tasca. Entrò nel salone, lasciò che gli uomini si allargassero a presidiare il piano terreno e si avvicinò a Santandrea che parlava con il domestico visto il giorno precedente: i due si guardarono e si riconobbero. L'uomo era arruffato, calmo, indossava un pigiama a righe e una vestaglia color cammello.

«Lei è?» domandò Santandrea.

«Antonio Delprà.»

«Signor Delprà, quante persone ci sono in casa in questo momento e dove si trovano?»

Dalle scale scese una donna spettinata, sbigottita, un agente la affiancò immediatamente.

«Siamo in tre» rispose il domestico. «Io, Margherita Santon» indicò la donna «e il signor Eugenio Capitano che dorme al piano superiore. Posso chiedere la ragione della vostra presenza?»

«Abbiamo un mandato di perquisizione e un mandato di comparizione per il signor Luca Chiesa» mostrò i fogli del magistrato.

«Il signor Luca non è in casa, vuole che lo chiami al telefono?»

«Più tardi. Posso avere una pianta della casa?»

Il domestico alzò gli occhi al soffitto come per pensare.

«Dovrebbe essere nello studio.»

«Musso accompagna il signore.»

Vivacqua ascoltava con un orecchio mentre studiava la villa.

Era piuttosto grande, disposta su due piani, a ferro di cavallo, con il cortile e i garage al centro. Una residenza costosa, curata nei particolari; le pareti erano di un bel rosso pompeiano con finiture nere e molti stucchi per incorniciare porte, colonne e i riquadri del soffitto.

Il domestico tornò con un foglio striminzito e lo consegnò a Santandrea.

«La signora Afdera Capitano?»

«Non è in casa» rispose asciutto.

«Adesso vorrei che accendesse tutte le luci della casa. E per tutte, intendo tutte. Musso, accompagna il signore e tienigli compagnia. Gentilmente, signor Delprà non tocchi nient'altro; se deve muoversi per qualche ragione lo comunichi all'agente, prego.»

La donna si avvicinò, sembrava spaventata, indossava una sottoveste leggera e una vestaglia azzurra.

«Anche lei signora, mi dà le generalità, poi scelga una posizione e ci resti, per favore.»

La casa si illuminò a giorno, gli agenti iniziarono la perquisizione con metodo, a coppie: spostavano i mobili più leggeri, i quadri, aprivano i cassetti e avanzavano in parallelo. Vivacqua si piazzò davanti alla libreria e curiosò tra i titoli; molti volumi di botanica e libri d'arte. Sulle mensole alcune fotografie ritraevano un'anziana coppia, probabilmente i vecchi Capitano. Un paio di fotografie erano di Afdera, attraente, con un bel sorriso. Una raffigurava Afdera e il marito Luca il giorno del matrimonio, lei in bianco platino, lui in scuro.

Il gruppo di agenti si riunì intorno al vice: il controllo al piano terra era concluso e non era emerso nulla di interessante.

Santandrea lasciò due agenti, controllò la pianta e salì al primo piano con Carbone, due uomini e il domestico. Margherita Santon stava su uno dei divani vicino all'ingresso, aveva gli occhi spalancati e respirava pesante. Vivacqua si avvicinò sornione. Fece per aprir bocca quando andò via la luce. La donna cacciò un urlo. Sulle scale il gruppo interruppe la salita.

«Dev'essere un sovraccarico» disse il domestico.

«Chi ha una...»

Lo sparo esplose con una intensità spaventosa. Tutti restarono paralizzati, Vivacqua cercò di spostarsi per raggiungere le scale quando arrivò il secondo sparo, devastante come il precedente. Questa volta fu seguito da un grido di dolore e da un tonfo sulle scale.

«Chi spara?» urlò Vivacqua.

Nessuna risposta.

«Carbone? Non reagite, state fermi, copritevi.»

«Uno dei nostri a terra» gridò Santandrea.

«Galante chiama la Centrale, che mandino un paio di volanti subito. Chi è stato colpito?» sbraitò Vivacqua.

«Eugenio!» gridò il domestico. «Sei impazzito?»

Il terzo colpo arrivò improvviso.

Carbone vide i gas di espansione dell'arma, si appiattì lungo le scale e considerò che doveva essere a circa cinque metri; per quel che aveva percepito era di statura bassa e stava sparando a caso.

«È il fratello della Capitano» gridò Vivacqua. «Non sparate.» Si voltò verso la cameriera. «Dov'è l'interruttore generale.»

«Uno è di sopra, l'altro è in cantina.»

«Ci sono delle candele?»

«Sì.»

«Ne accenda quante ne trova, si sbrighi. Santandrea, chiami o no? Fai arrivare un'ambulanza.»

«Sto parlando.»

«Chi è stato colpito?»

«Io», lamentò un agente. «Mi ha preso alla coscia, perdo sangue.»

«Voi di sopra non muovetevi, cerchiamo di far tor...»

Arrivò un rumore secco, e grida concitate.

«Lasciatemi» disse una voce infantile.

«L'ho preso» gridò Carbone. «L'ho disarmato.»

Margherita arrivò con un candeliere e lo porse a Vivacqua che salì più veloce che poteva.

«Minchia Carbone, se dico di non muoverti lo capisci o no?» fece partire uno scappellotto. «Cercate l'interruttore, facciamo un po' di luce.»

«Non toccate mia sorella voi, non ve lo permetto» sbraitò Eugenio.

Vivacqua spostò il candelabro in direzione della voce; lo vide ed ebbe un sussulto; stava a terra, su un fianco, intrappolato dalla carrozzella: Carbone lo teneva bloccato, anche lui restò gelato. Portava una cuffia da notte con i merletti, gli occhi truccati di blu, il rossetto sbavato su metà della faccia, una camicetta femminile e la gonna.

«Eugenio» bisbigliò il domestico. «Sei impazzito? Dove hai preso la pistola?»

La luce tornò in tutta la casa.

«Occupatevi del ferito» ordinò Vivacqua. «Carbone, perquisisci 'sto disgraziato, ammanettalo e mettigli un piantone. Sergio, vai avanti con il tuo lavoro, non stiamo tutta la notte per favore.»

Eugenio iniziò a piangere.

«Lasciate in pace Afdera, Margherita, Margherita aiutami.»

Vivacqua scese a controllare il ferito, gli dette un buffetto e tornò al piano superiore. All'improvviso si sentì ansioso e maledisse la situazione: un'altra sparatoria da spiegare a gente che non voleva sentire spiegazioni. Dalla strada arrivava il frastuono delle sirene; il commissario dette un'occhiata da una delle finestre e scosse la testa.

«Dimmi tu che casino sta venendo fuori per una perquisizione.

Carbone, manda via tutti, descrivi la situazione e fai salire quelli dell'ambulanza, muoviti.»

Santandrea passò accanto, lanciò un'occhiata sconsolata e procedette oltre.

Era presto per dire che non c'era niente di utile, rimuginò Vivacqua. Entrò in una camera e si girò intorno.

Stanza da letto, già perquisita.

L'armadio era stato rovistato, i cassetti sottosopra, sulla poltrona accanto alla finestra un borsone con diverse racchette da tennis, fotografie su un comò con un giovanotto sorridente che riceve una coppa. Vivacqua la prese, la girò e lesse: *Internazionali Juniores, Milano, 1986.*

Santandrea si affacciò.

«Qui abbiamo finito.»

«Niente di interessante?»

«Bisogna passare il pettine fino, Salvatore. Restano il garage e la cantina, poi ricominciamo con calma: nello studio c'è molto materiale da controllare.»

«Vengo con voi.»

Il domestico fece strada, superò il piano terra, passò il salone dove Margherita stava immobile con gli occhi rigati di lacrime, proseguì fino alla cucina, quindi aprì la porta laterale che dava sulla cantina e iniziò a scendere.

Le scale erano ripide, le pareti grezze mostravano la struttura in cemento armato di quello che doveva essere un rifugio antiaereo della seconda guerra mondiale. Il locale era ampio, male illuminato da un paio di neon abbastanza fiacchi. Uno stanzone nella prima parte riempito di scorte alimentari e scaffali di bottiglie; verso il fondo, era adibito a deposito, con mobili accatastati e coperti dai teli. Al termine, due stanzini facevano da lavanderia e bagno d'emergenza. Un paio di elettrodomestici addossati alla parete sembravano inutilizzati e pronti per la rottamazione. Sul lato opposto una vecchia cassaforte cementata a terra, grande come un comodino. Tutto ordinato, pulito, e inutile. Antonio Delprà si fermò sulle scale, vicino agli interruttori, lasciò che tutti spaziassero con lo sguardo e attese. Santandrea si mise al centro e guardò intorno per un attimo, poi indietreggiò e fece per salire.

Vivacqua era rimasto accanto al domestico, con gli occhi socchiusi. Santandrea gli passò accanto, salì i primi scalini e disse:

«Vediamo il garage?».

Delprà spense le luci e si avviò.

Vivacqua riaccese.

I neon mandarono alcuni flash e si stabilizzarono.

«Salvatore» chiamò il vice. «Non credo che troveremo chissà cosa, è solo un magazzino, una lavanderia.»

Il commissario accelerò il passo fino a trovarsi in fondo, vicino agli sgabuzzini, si voltò e prese di mira i vecchi elettrodomestici: un condizionatore portatile e uno scatolone, bianco, con la maniglia: un congelatore. Vivacqua posò la mano sul portellone e non sentì il ronzio della corrente: era spento.

«Salvatore?»

«Sì, andiamo.»

Erano le 4.40. Al piano superiore la concitazione era scemata. L'adrenalina faceva sembrare tutti spiritati e la nuova calma per il momento non faceva abbassare la tensione. Eugenio Capitano piagnucolava accasciato sulla sedia a rotelle, continuava a chiamare la domestica che stava a qualche metro; lei aveva gli occhi gonfi di lacrime e stropicciava un fazzolettino che teneva sulle labbra. Il domestico sembrava aver perso l'aplomb, stava impalato al centro del salone come un robot senza pile. Gli addetti all'ambulanza sfilavano con la barella e l'agente ferito.

Vivacqua si sentì all'improvviso stremato e deluso; l'idea di concludere la faccenda nel volgere di poche ore si era rivelata troppo ottimistica. In quel momento non avrebbe saputo dire che cosa si aspettava di trovare, e non c'era altra via che esplorare la casa con i propri occhi, ma non alle cinque del mattino. Si guardò attorno e vide che tutti aspettavano nuove disposizioni.

«Via, si sbaracca. Portate i gentili signori in questura, li sentiremo più tardi.»

«Perché?» domandò Delprà.

Il commissario si voltò appena e finse di non aver sentito.

«Santandrea, aggiorna il magistrato, lo informi che abbiamo necessità di più tempo date le dimensioni della casa e ti fai rilasciare l'autorizzazione per i controlli specifici. Fai venire un paio dei nostri per la sorveglianza della villa.»

Il domestico si avvicinò stizzito.

«Scusi, ma noi cosa veniamo a fare?»

In quel momento entrò, traballante, un uomo, malfermo, con una borsa voluminosa nella mano destra.

«Cos'è 'sto casino? Tutti fuori dalle palle. Forza.»

Carbone lo avvicinò, l'uomo lo guardò in tralice e senza pensarci due volte partì con un diretto.

L'ispettore spostò il peso sull'altro piede, lasciò che il pugno passasse oltre e che l'uomo andasse lungo disteso.

«Signor Luca, sono poliziotti» disse il domestico.

Luca Chiesa si alzò con fatica, finse di rimettersi a posto e tentò per la seconda volta di colpire Carbone che schivò senza difficoltà.

«Arresta anche lui» disse Vivacqua. «Tanto era già nella lista. Una notte nel pio albergo della Omicidi farà bene a tutti.»

*10.20 Casa Vivacqua*

Vivacqua uscì dal portone di casa, fece uno sbadiglio e s'incamminò. Aveva dormito quattro ore e il primo pensiero, aprendo gli occhi, era che gliene sarebbero servite altre dodici. Sei giorni filati a tutta velocità: bellissimo, ma non se lo poteva più permettere. Assunta se la rideva perché quando era suonata la sveglia, lei era davanti al letto con la tazzina del caffè in mano e lo sguardo più compassionevole che una moglie può avere dopo ventitré anni di matrimonio. Si era seduta sulla sponda del letto e lo aveva guardato; la sveglia continuava a suonare, lui si voltava e la spegneva. Finché si era svegliato di soprassalto per articolare la prima parola della giornata, che poi era quasi la stessa pronunciata prima di addormentarsi.

«Minchia.»

«Buona domenica, amore» aveva risposto lei, canzonatoria.

Assunta non lo avrebbe confessato neppure sotto tortura, ma aveva aspettato che il marito rientrasse, poi, quando aveva sentito Tommy uggiolare e la chiave girare nella serratura, aveva posato il libro e spento la luce per riaccenderla dopo un secondo.

«Tutto finito?» aveva chiesto.

«Finito una minchia, scusa Assu'.»

Vivacqua fece per attraversare la strada a passo svelto e si fermò a metà percorso con una sensazione di fastidio sulla pelle. L'aria era frizzante, il vento si era portato via la fuliggine per lasciare un cielo blu pennarello. In piazza c'era il solito traffico davanti alla chiesa di Santa Rita: le bancarelle con le rose, i bambini vestiti a festa, il carosello di auto in cerca di parcheggio.

Il commissario si voltò all'improvviso e inquadrò Migliorino fermo all'angolo con le braccia conserte, e venti metri a sinistra Calabresi. Sembrava un appostamento più che una visita di cortesia.

Vivacqua rimuginò sulle ultime vicende e non fece in tempo a domandarsi la ragione dell'improvvisata che gli bastò collegare un paio di fili sospesi. Serviva un posto dove parlare tranquilli: tornò indietro per dirigersi verso la caffetteria sotto casa, ovvero l'ufficio informale del commissario.

Vivacqua fece segno alla proprietaria che comprese all'istante, aprì il *dehors* per lui, prese l'ordinazione e sgattaiolò via non appena vide arrivare i due poliziotti.

Migliorino aveva la barba da fare, portava il solito giubbotto di cuoio e i jeans, Calabresi un pastrano di pelle nera, i capelli impomatati e tirati all'indietro: sembrava un gangster.

«Due facce da galera sotto casa di domenica mattina possono guastare la giornata... Come sapevate che dovevo uscire?» esordì il commissario.

«Fiuto» si dette delle arie Migliorino.

«Balle. Avete cinque minuti, poi devo andarmene: che siete venuti a fare?»

«Solo due chiacchiere» rispose Calabresi.

La porta scorrevole scartò di lato e la signora si chinò per posare il vassoio, lasciò le tazzine sul tavolino, mise in mostra il decolleté famoso tra i collaboratori del commissario, e sculettò via.

«Sempre un bel colpo d'occhio, dotto'.»

«Lo dici tutte le volte. Quattro minuti.»

«Giusto il tempo per un caffè» disse Migliorino.

«Magari per raccontare di uno squalo che girava in una vasca da bagno» aggiunse Calabresi.

«In una vasca da bagno? Allora è roba piccola.»

«Sì, in effetti non è così grande, non quanto il branco.»

«Vi siete dati al commercio ittico?»

Migliorino sollevò la tazzina e senza volerlo mise in mostra le nocche della mano destra. Vivacqua vide e si domandò chi fosse il poveraccio che ci aveva sbattuto contro.

«Abbiamo sentito che ci sono sviluppi nella storia del People» disse Calabresi.

«Chi è l'uccellino?»

«Le voci girano» rispose Migliorino. «Sembra che ieri sera alla parrocchia dov'è stato ucciso don Riccardo, un paio di colleghi abbiano intercettato un gruppo di africani; come sia andata esattamente non lo sappiamo, ma hanno filmato tutto; dicono di aver beccato quattro o cinque di loro e che abbiano confessato. Pensi.»

«Davvero? Hanno usato le maniere forti?»

«No, non credo» Migliorino coprì le mani. «Colleghi a posto, gente con il pelo. Si dice che uno degli afro avesse appena ritirato della droga da un tizio con una Mercedes: sul filmato figura la targa e sembra che appartenga a un kosovaro del giro del People. Poi gli agenti si sono infiltrati nella mensa della parrocchia e hanno pizzicato un altro nero che sapeva qualcosa di Lamine Gorée. Lei forse non se lo ricorda, ma è il senegalese che all'inizio diceva di aver riconosciuto in un albanese l'assassino di don Riccardo.»

«Vuoi dire Alexy Rabovis?»

«Bravo capo, bella memoria. Lo stesso albanese che cercavamo e a causa del quale è successo 'sto casino.»

«Che storia interessante, continua.»

«Non ci crederà, ma il nero ha confessato spontaneamente che il senegalese spaccia.»

«Spontaneamente dici. Stai parlando del giovane che secondo don Costantino si ammazzerebbe per trovare lavoro e soldi da mandare a casa?»

«Proprio lui: Lamine Gorée.»

Vivacqua mascherò un sorriso e si alzò.

«Un bel lavoro, bisognerebbe ringraziare questi agenti.»

«La squadra del dottor Catapane, tipo in gamba; ieri notte sono usciti e hanno fatto una bella retata: sono tutti dentro. Hanno anche scoperto che il nostro ricercato, l'albanese, è vero che di nome fa Alexy, ma di cognome fa Kriva: Alexy Kriva. E sa dove sta il bello della storia?» si inserì Calabresi.

«So che stai per dirmelo.»

«È il fratello minore di Damien Kriva, il proprietario del People.»

Vivacqua scoppiò a ridere.

«Quindi, la rissa nella quale a momenti vi fanno a bistecche, non è stata per coprire un albanese di terza categoria, ma il fratellino del capo. Adesso si spiega la loro reazione. E Beauty lo sapeva?»

«È proprio da lui che è partita la soff... cioè, sempre per quello che si dice, intendiamoci.»

Vivacqua non poté fare a meno di pensare alla faccia del prefetto quando avrebbe sentito la storia.

«Quindi, se ho capito bene, quando noi siamo arrivati per indagare sulla morte di don Riccardo, è venuta fuori la lite tra il senegalese e l'altro; noi abbiamo sospettato che ci fosse del torbido e senza saperlo siamo andati a rompere le uova nel paniere ai kosovari. A questo punto il senegalese, per salvarsi il culo, ha inventato un albanese con un nome mezzo falso e mezzo vero. Voi siete andati come suore nell'anticamera dell'inferno e per poco non vi passano nel tritacarne. Tutto chiaro. Mi è rimasto un dubbio: che cosa ha portato l'Antidroga sulle tracce del finto albanese?». Il cellulare squillò e Vivacqua chiuse senza guardare il display.

«Ehm, bella domanda. Questo punto non è chiaro» disse Migliorino.

«Fai uno sforzo, ispettore.»

«Forse anche loro si sono domandati che cosa ci fa uno squalo in una vasca da bagno, cioè, perché uno che traffica con gli stupefacenti dovrebbe frequentare una mensa parrocchiale e dividersi un letto pulcioso con dei barboni? Quella è gente che non ha problemi di soldi. E forse hanno pensato che la parrocchia, con i suoi deficit di sorveglianza, piena di affamati, è un ottimo vivaio per reclutare pusher. Inoltre, è un posto abbastanza insospettabile. Almeno finché gli regge la fortuna e un prete sospettoso non si mette in mezzo.»

«Ah. Quindi, secondo voi don Riccardo l'hanno ammazzato perché aveva capito?»

Migliorino e Calabresi si guardarono.

«Non credo che l'abbiano ammazzato loro: una sprangata in mezzo alla chiesa, troppo rischioso. Non usano quei sistemi. Forse don Riccardo teneva d'occhio il suo gregge, forse aveva fiutato che intorno alle pecore si aggiravano i lupi; può anche darsi che abbia tentato di ripristinare l'ordine e, non ci giurerei, ma potrebbe aver sospettato che la sua creatura era diventata una centrale di smistamento: per questo si è quasi preso una coltellata.»

«C'è altro che dovrei sapere?»

Migliorino e Calabresi tornarono a guardarsi.

«Che siamo bravi ragazzi, dotto'.»

Scoppiarono a ridere tutti insieme.

«Fuori dalle palle. Lunedì mattina in ufficio: andiamo a fare una chiacchierata con il Doge.»

Vivacqua si avviò, prese il telefonino, selezionò la telefonata persa e premette l'invio.

«Ciao Vivacqua.»

«Con chi parlo?»

«Catapane, Narcotici. Ti ho chiamato per una gentilezza.»

Il commissario aggrottò la fronte.

«Se posso, volentieri.»

«Tu hai tre ragazzi sospesi, mi dicono che se la stanno vedendo brutta e si sono fatti una cattiva reputazione, io sono sotto organico, posso toglierti 'sta seccatura dalle scatole: ti va bene se ne parlo con il capo e me li prendo io?»

«Non diciamo minchiate, Catapane.»

Il collega rise. E anche Vivacqua.

«Ringraziali» concluse Catapane.

Vivacqua si mise alla guida con il telefonino incastrato alla meglio tra spalla e orecchio. Imboccò corso Orbassano, svoltò a destra, poi a sinistra su corso Galileo Ferraris sparando ordini a raffica per Carbone, Gargiulo e Santandrea. Tutti incazzati per via del servizio di domenica, giorno di calcio allo stadio e in televisione. Santandrea aveva parlato con il magistrato per gli aggiornamenti del caso e si era preso una strigliata perché quest'ultimo aveva molti dubbi sulle modalità di avanzamento delle indagini, sui risultati conseguiti e sui solleciti della Curia che reclamava la salma del povero don Riccardo. Chissà che cosa avrebbe detto il vescovo quando fosse diventata pubblica la notizia che in via Bardonecchia, negli ambienti dei religiosi, era attiva una centrale di spaccio. A pensarci bene, poteva chiamare monsignor Acutis e salutarlo, scambiare due simpatiche battute su quel cornutazzo del prefetto, ringraziarlo per aver scatenato un fiero puttanaio e fargli gli auguri per la conferenza stampa con due chili di hashish sull'altare. Vivacqua alzò lo sguardo al cielo ed esclamò:

«Si fa per dire, Signore: scherzavo.»

Il commissario svoltò per accedere all'isola pedonale della Crocetta, posteggiò l'Alfa e il cellulare squillò.

«Santandrè, posso avere due minuti di tranquillità? Avete mille cazzi da portare avanti, che vuoi?»

«Problemi.»

«Figuriamoci. Che genere?»

«Sei seduto?»

Vivacqua socchiuse gli occhi, fece un respiro profondo ed espirò lentamente: nuova modalità zen.

«Non riuscirai a sorprendermi: spara.»

«Innanzitutto Minella ha raccolto i fascicoli del Sarto, dovresti ricordarti il caso perché a momenti te ne vai al creat...»

«Me ne fotto: ho preso un encomio dal ministero per quella sparatoria, se vuole usarlo come prova a carico si accomodi, quando sarà il momento mi farò quattro risate. Ti saluto.»

«Non ho finito: le impronte di Chiesa non combaciano, cioè...»

«Sta a vedere che non le ha, è un alieno. Io ne ho per una mezz'oretta poi ho intenzione di prendermi un po' di tempo per pensare, quindi, senza accelerare di un centimetro più del necessario, vengo in ufficio e vi disintegro. Fammi trovare tutto pronto come ti ho chiesto, esegui le istruzioni alla lettera e, se non trovi il magistrato, procedi lo stesso. Mi prendo io la responsabilità.»

«Chissà perché devi fare tanto il misterioso. Comunque, più nella merda di così.»

Chiuse il telefono, prese un nuovo respiro e con la mano scacciò l'aria. Non era il momento di pensare ai mal di pancia di Santandrea, tanto più che non era sorpreso della scoperta.

Avanzò verso la villa dei Capitano, salutò il piantone e si introdusse. All'interno erano rimasti due collaboratori: stavano inventariando il materiale che avrebbero portato via per esami più approfonditi, un paio di scatoloni.

«Tutto qui?»

Un agente scattò e controllò la tabella.

«No, una scatola è già nel suo ufficio, dottore.»

«Che cosa mi avete mandato?»

«Materiale che era nello studio al primo piano: soprattutto dossier delle società e documentazione del signor Chiesa.»

Vivacqua girò al piano terreno per soffermarsi sui dettagli, la libreria, gli oggetti, le fotografie, non molte peraltro. Dopo aver attraversato il salone si affacciò alla sala da pranzo, gettò un'occhiata e tornò verso l'ingresso per salire al primo piano. L'ala destra della casa era occupata dai domestici, al centro si trovava la stanza doppia di Afdera e al lato opposto quella di Eugenio. Poi un paio di stanze vuote e, infine, quella di Luca Chiesa.

La camera di Delprà era semplice, ordinata, con un armadio piuttosto spartano pieno di divise di servizio: pantaloni neri, giacche blu, camicie bianche e tute da lavoro. La stanza della Santon era poco più grande; insieme al letto e all'armadio la donna aveva sistemato la libreria personale che Vivacqua guardò con interesse: letture che dovevano appartenere ai tempi della scuola. Tra queste una collezione di gialli di Simenon che prendeva tre scaffali. Vivacqua li osservò con simpatia e con l'indice scorse i titoli: la maggior parte li conosceva perché un tempo erano i suoi romanzi preferiti. Ne scelse uno, lo sfogliò, lo rimise a posto e proseguì con l'ispezione. Sul comodino erano incorniciate diverse fotografie, nessuna recente: una di queste ritraeva la domestica all'età di tredici, quattordici anni: era con la gonna lunga ben oltre il ginocchio, di un colore che sembrava azzurro polvere, la camicia azzurra e i calzettoni bianchi.

Il bagno era simile a quello della maggior parte delle donne: boccette, barattoli, cosmetici, piccole scatole colorate, il cesto della roba da lavare.

La stanza di Afdera metteva angoscia. Il grande armadio a vetri era stracolmo di farmaci. Accanto al letto un macchinario con mascherina, medicine sul comodino, e fotografie: da bambina con il costume da bagno sugli scogli, in una masseria con una signora che Vivacqua credette di riconoscere, in montagna con un gruppo di amiche, con un'amica, con il marito e il fratello il giorno delle nozze, ancora con il marito a Parigi, a Londra, a Vienna. Afdera da sola, con il sorriso stanco, l'occhio malinconico di chi forse, a quel punto, non ha più la salute per guardare lontano. Il letto era a due piazze, disfatto; sullo scendiletto ciabattine di lana, una sedia a rotelle piegata e accostata alla parete. Un vassoio con un pranzo leggero. Vivacqua controllò il contenuto e restò a pensarci su un paio di minuti.

Quando tornò nel corridoio seguì il percorso che girava sul lato sinistro, buttò l'occhio nella stanza di Eugenio e osservò il carattere quasi infantile dell'arredamento. Il letto era disfatto e il materasso parzialmente fuori posto; di fronte, il mobile con il televisore, i collegamenti della Playstation, montagne di videogiochi, cd, dvd. Vivacqua fece lo slalom tra i cassetti che gli agenti avevano sfilato dal comò e intravide un particolare curioso. Si chinò, prese una penna e sollevò il gomitolo: collant femminili.

Molto diverso l'ambiente di Luca Chiesa. L'armadio era pieno da scoppiare di abiti di tutte le fogge e colori. Un reparto dedicato allo sport, racchette, borsoni, scarpe in quantità. Letto a due piazze perfettamente stirato, il bagno con mille cosmetici, profumi, creme antirughe, persino un paio di confezioni di tintura per capelli color castano chiaro. Su una poltrona una montagna di depliant di agenzie turistiche, monografie sul Costarica, sul Brasile, su Panama. E fotografie di ambiente tennistico: una di queste lo ritraeva in primo piano con un sorriso smagliante. Vivacqua la sfilò dalla cornice e la mise in tasca.

Erano le 11.45, aveva visto abbastanza; l'idea che si era formata nelle ultime ore, per il momento, non aveva compiuto il salto definitivo. Mancavano un paio di conferme.

Scese al piano terra. I due agenti non erano più nei dintorni. Si fermò per un attimo a cercare dentro di sé un motivo per restare, per cercare il particolare che avrebbe messo il sigillo sul caso, ma non lo trovò.

Vivacqua girò senza meta nel centro della città, con il motore al minimo; ancora tre giorni e ci sarebbe stato l'equinozio di primavera pensò. Per un momento si soffermò a cercare nei ricordi scolastici il significato del termine, poi sollevò le spalle e decise che non gliene fregava nulla, era uno scherzo del cervello che sembrava aver bisogno di cambiare argomento per raffreddare le «celluline grigie», come le avrebbe definite Poirot. Al sole, il sentore di primavera metteva di buon umore e non era tanto un fatto poetico, quanto piuttosto biologico e psicologico: la luce, il calore sulla pelle, serotonina in circolo. La fine di un inverno troppo freddo e finalmente la bella stagione. Per lui, per un siciliano: la vita.

Nella zona dei giardini reali querce e platani erano ancora ossa di scheletri puntati al cielo, ma con le prime piogge sarebbero tornati un piccolo paradiso. Svoltò su piazza Castello e imboccò via Pietro Micca. A Vivacqua piaceva Torino. Quando stava a Bergamo e le voci della promozione e del trasferimento erano argomento quotidiano con Assunta, la destinazione preferita era una località di mare, meglio se nel centro nord. Dopo cena si mettevano con la carta geografica sul tavolo e puntavano il dito: Imperia, Genova, meglio più a sud, magari Grosseto, sull'adriatico Trieste, Ancona, Pescara. Assunta avrebbe fatto il voodoo per Urbino. Naturalmente entravano in gioco mille valutazioni: il costo della vita, le scuole per i figli, le università. Alla fine avevano deciso che Roma era il massimo. Poi il foglio del trasferimento arrivò. Destinazione Torino.

Fu quasi un lutto.

Adesso, dopo quasi quindici anni, non avrebbe voluto nient'altro che restare e consolidare le radici, alla faccia di quel cornutazzo del prefetto.

Il commissario si fermò in un bar a quattro passi dalla questura, ordinò dei toast e si piazzò in una zona tranquilla, prese il quotidiano cittadino e cercò le pagine della cronaca. Il caso di don Riccardo era ancora caldo, prendeva metà pagina: compariva la fotografia dell'oratorio e il giornalista parlava del dolore dei molti fedeli che lo avevano conosciuto, del silenzio dignitoso di don Costantino, dei tanti poveracci che si erano difesi dalla fame e dal freddo grazie alle iniziative del vecchio parroco. Nessuno sapeva spiegarsi le ragioni dell'uccisione.

L'omicidio Petrini invece era relegato di spalla, in un trafiletto nascosto. Poche righe, nessun riferimento al dottor Francia, al notaio o al club degli smutandati.

Vivacqua mangiò svogliato, trangugiò del succo di frutta e scrisse alcuni appunti sul notes.

Non tornavano i conti.

Prese dalla tasca interna la fotografia di Luca Chiesa e la fissò: tutto girava intorno alla figura di un uomo prestante e privo di scrupoli.

*13.05 Squadra Omicidi*

Alle 13.05 Vivacqua entrò alla Omicidi come il vento siberiano. Meloni al centralino spense la radiolina, due agenti al distributore automatico gettarono le sigarette e volarono nei propri uffici.

«Santandrea e Carbone» sbraitò il commissario. «Nel mio ufficio.»

Il vice entrò per primo seguito da Carbone che si mise di lato.

«Tutto preparato come hai chiesto, possiamo partire anche subito.»

«Tu hai novità?» domandò a Carbone.

«Per don Riccardo nessuna. Con il dottor Santandrea stavamo esaminando una parte del materiale prelevato nella villa. Abbiamo scartato l'inutile, adesso ci sarebbe da leggere la documentazione societaria e le disposizioni del giudice in materia di eredità per la signora Capitano.»

«Voi occupatevi delle società, il resto lo lasciate a me. Spostate tutto nella saletta con i monitor, io mi trasferisco lì. Carbone cosa fumi?»

«Io? Marlboro dottore.»

«Dammene un paio, l'accendino e fai arrivare un caffè serio. Sergio, dammi una mano a fare il trasloco.» Il commissario impilò una serie di fascicoli, prese gli appunti, i fogli sparsi e lasciò il resto al vice.

I due attraversarono il corridoio per prendere posto nella saletta più grande. Santandrea ogni tanto guardava il capo di sottecchi.

«Che c'è?» domandò Vivacqua.

«Se tua moglie scopre che hai ripreso a fumare ti conviene trasferirti in Alaska.»

«Non ho ripreso. Dimmi di Eugenio Capitano e degli altri.»

«Stavo appunto per dirti che il ragazzo dà fuori di matto. Se continua così dobbiamo mandarlo in ospedale. Piange, sbatte la testa, chiede di Margherita, urla.»

«Fai venire un medico e chiedi se non è meglio dargli un calmante. Gli altri due?»

«Hanno chiesto di essere sentiti e rilasciati. Direi che dopo la deposizione potremmo lasciarli andare: se mettono in gioco un avvocato se ne vanno comunque.»

«Abbiamo i tempi di legge, hanno assistito a una sparatoria, c'è di mezzo un'arma da fuoco da verificare, sono implicati in un'indagine e non li stiamo tenendo a pane e acqua: mi sembra sufficiente. Chiesa?»

«Sembra seduto al bar: neanche una parola.»

«Le operazioni che ti ho chiesto?»

«Sono in corso. Il magistrato ha storto il naso, ma poi ha ceduto: i telefoni sono sotto controllo e alla villa dovrebbero aver terminato.»

«La donna?»

«La stanno portando.»

«Tra un'ora comincia con i domestici. Prendila larga, senza fretta. Metti Chiesa nell'ultima stanza, fai in modo che non si incrocino e non si vedano per nessuna ragione, trattamento ruvido per tutti. Io seguo dal monitor.»

«Posso sapere cosa cacchio ti passa per la testa?»

«No. Muoviti.»

*15.00 Sala interrogatori*

Vivacqua era nella saletta degli interrogatori circondato dalle molliche raccolte in una settimana di lavoro asfissiante; sfogliava rapporti, leggeva la documentazione prelevata dallo studio di Luca Chiesa, ogni tanto si alzava e gesticolava come un direttore d'orchestra, ma senza bacchetta. Santandrea entrava e usciva, lo vedeva concentrato, tentava di rivolgergli la parola e desisteva. Alla fine, quando al commissario sembrò di aver raggiunto l'equilibrio tra mani, molliche e risultanze investigative, scrisse una serie di appunti e ne fece delle strisce: la soluzione era in quei paraggi.

Santandrea nel frattempo aveva fatto accomodare il domestico ed era partito con le domande di prassi. Vivacqua alzò il volume del monitor.

«Vedo che avete fatto diversi traslochi, come mai questa irrequietezza?»

«Non c'è una vera ragione. Ai Capitano è sempre piaciuto muoversi molto e usare le proprietà per il piacere di cambiare. Un tempo si girava di più. Anche Afdera quando stava bene adorava spostarsi. Piuttosto, mi scusi, sono preoccupato per le condizioni di Eugenio: potrei vederlo?»

«Per il momento è meglio di no. Secondo lei perché ha sparato?»

Delprà esitò un attimo, come per cercare le parole appropriate, e si asciugò gli occhi.

«Eugenio non è mai stato normale, è fermo a un'età di quindici, sedici anni. È un uomo ormai, ma dentro, nella testa è un bambino. È timido, bisognoso di una certa sorveglianza, molto legato alla sorella. Sul perché abbia sparato non so rispondere: non mi ero neppure accorto che avesse preso la pistola, tra l'altro è mia, è denunciata, non c'è nulla di illegale. Forse vi ha visti arrivare e si è sentito minacciato» fece una pausa. «Ha visto in che condizioni era, talvolta succede che perda la bussola, ma non è violento.»

«Per poco rischiamo una strage. Mi parli del signor Luca Chiesa.»

Il domestico cambiò espressione: all'improvviso i muscoli del viso si fecero tesi e anche lo sguardo s'indurì.

«Ha sposato la signora dopo un brevissimo periodo di fidanzamento; le sembrerà strano, ma non posso dire di conoscerlo bene. È sempre stato un po' per i fatti suoi, non è il genere di persona che parla volentieri, talvolta è ombroso.»

Vivacqua spalancò la porta e andò a sedersi di lato, in mano la sigaretta spenta e un fascicolo leggero.

«Continuate, non fate caso a me» disse.

«Quando la signora stava bene era più presente, poi le cose sono degenerate; purtroppo, in casa il clima è peggiorato e lui ha cominciato ad assentarsi, ma non credo sia una cattiva persona: è fatto a modo suo.»

«Che genere di assenze» si inserì Vivacqua.

«Oh, mai più di un paio di giorni, tre al massimo.»

«Per andare dove?»

«Non saprei, non è proprio il genere di confidenza che usiamo con il signor Luca.»

«Che lavoro fa il signor Chiesa?»

«Ehm, se intende il posto di lavoro come tutti lo immaginiamo, non ce l'ha: amministra il capitale di famiglia. Le immobiliari, le rendite, gli affitti. La famiglia Capitano ha ottime disponibilità, perciò, per il poco che so, non c'è bisogno di portare a casa uno stipendio.»

«Le disponibilità non sono intestate alla signora?» insisté il commissario.

«Non ho mai messo il naso in queste cose, lei capisce; ad ogni modo penso di sì: è l'eredità che ha ricevuto quando sono morti i genitori.»

«Quindi…» Vivacqua spulciò nel fascicolo fino a pescare un foglio «non le risulta che il signor Chiesa stesse lavorando alla vendita di diverse proprietà familiari?»

«Non saprei.»

«Sta dicendo la verità?»

«Le dico quello che so.»

«Da questi documenti risultano due visite recenti, addirittura di questi giorni; il signor Chiesa ha interpellato dei professionisti per questioni di smobilizzo e una di queste riguarda la casa che attualmente abitate: c'è anche la stima.»

«Non ho l'abitudine di origliare» ribatté.

Vivacqua alzò un sopracciglio, si sporse verso la scatola che Santandrea aveva fatto portare, prese due oggetti e li posò sul tavolo.

«Riconosce questi apparecchi?»

«Ehm, più o meno.»

«Li conosce o no?»

«È roba di Eugenio, credo siano dei giocattoli.»

«Davvero? Questo è un microfono dotato di trasmittente con

la sua bella antennina, quest'altro è ricevente e amplificatore. Mi dicono che nel raggio di una ventina di metri, anche trenta, si può ascoltare ciò che accade in un'altra stanza.»

«Deve chiedere a Eugenio.»

«La signora Afdera, che lei sappia, è d'accordo a vendere gli immobili?»

«Non saprei.»

«Eugenio è al corrente?»

«Non so rispondere, però non credo che abbia mai partecipato a questo genere di decisioni.»

«Quindi Eugenio non ve ne ha mai parlato. In che condizioni di salute è oggi la signora?»

Il domestico si rattristò.

«Non sono aggiornato, ma sarei stupito di sapere che migliora.»

«Capisco. Dove possiamo trovarla?»

«In Svizzera ovviamente. Deve chiedere al signor Luca.»

«È la prima volta che la signora si reca all'estero per le cure?»

«No, era già successo tre anni fa, senza grandi progressi a dire il vero.»

«C'è qualcosa che secondo lei è opportuno dire in questa sede?» concluse Vivacqua.

«Nulla di particolare, se non la ragione di questa vostra...»

«Intrusione?»

«Insomma, se non foste arrivati in quel modo Eugenio non avrebbe mai fatto una pazzia del genere. Perché siete intervenuti con una perquisizione, con un mandato per il signor Luca addirittura?»

«Davvero non lo immagina? Eppure lei dovrebbe ricordare un certo signor Palazzi.»

«Come potrei scordarlo: il signor Marco era sempre con il signor Luca. Erano grandi amici, spesso era a pranzo o a cena da noi, o veniva per le vacanze. Ma dovreste saperlo: c'è stata un'indagine sulla sua scomparsa e i carabinieri ritengono sia morto nell'incendio sul torrente. Una brutta storia, siamo rimasti di pietra, ne hanno parlato anche i giornali. Siamo stati interrogati più volte.»

«Che impressione si è fatto di quella vicenda?»

«Non saprei, di certo è un omicidio, almeno è quello che ci hanno detto, ma voi pensate che il signor Chiesa sia coinvolto?»

«È quello che stiamo cercando di capire. Lei sa dov'è successo?»

«Non sono pratico del posto, ma so dov'è.»

«Lei non risulta sposato: che rapporti ha con la sua collega Margherita?»

«Normali, è una donna di buon comando, si dà daffare, avrebbe bisogno di aiuto, la casa è grande, ma lei...»

«Intendevo dire personali, rapporti personali» puntualizzò Vivacqua.

«Ah, in quel senso. Ognuno fa la sua vita. Ho cinquant'anni e so per esperienza che è meglio che i rapporti di lavoro restino solo professionali.»

«Che uomo virtuoso; vuole aggiungere qualcosa signor Delprà?»

«Vorrei solo tornare alla villa, non chiudo occhio da ieri; sono stanchissimo e non oso pensare a come avete lasciato la casa. Ci vorranno giorni per rimetterla a posto.»

«Vedremo.» Vivacqua incrociò lo sguardo di Santandrea. «Tu cosa ne dici?»

«Non vedo ostacoli» rispose il vice.

«Voglio sentire la signora Santon, poi prenderò una decisione.»

Santandrea rientrò nella stanza mentre Vivacqua prendeva appunti.

«Cosa ne dici?» domandò il commissario.

«Fai il misterioso, non mi hai neppure detto della retata di questa notte, la devo scoprire dalle voci di corridoio, quindi, non so cosa stai cercando di fare.»

«Preferisco che tu non abbia le mie idee, così almeno uno dei due resta lucido. Secondo te ha detto la verità?»

«È tutto un non saprei, non ho mai messo il naso, deve chiedere a qualcun altro. Il principe della vaghezza! Se ha mentito è anche troppo sveglio. Dov'era la trappola?»

Vivacqua scrisse un appunto, ritagliò la striscia e ne fece un pizzino.

«Mettilo in tasca, lo leggerai entro domani mattina.»

Santandrea ridacchiò.

«Cos'è, un gioco di prestigio? Hai scritto il nome del colpevole?»

«Vedrai. A parte il domestico?»

Santandrea prese la fotografia di Afdera Capitano e la osservò.

«Situazione vista mille volte: molto denaro, vita comoda, matrimonio conveniente» sventolò la fotografia. «E una donna che riceverà un grosso dispiacere in un momento in cui ha grane più serie da affrontare. È anche graziosa!»

«Graziosa? Le ereditiere sono bellissime per definizione.» Vivacqua guardò l'orologio. «Arriva 'sta donna o facciamo notte?»

Santandrea mise la mano sul telefono, ma non fece in tempo a sollecitare: un agente aprì la porta in quell'istante.

Margherita entrò, e per la prima volta i due poliziotti la guardarono con attenzione. Portava un giaccone scamosciato di taglio quasi maschile, un girocollo di lana color azzurro e la gonna al ginocchio, calzava dei mocassini semplici, in tono con il giaccone.

Santandrea iniziò con le domande di rito sui dati anagrafici, la professione e le informazioni di legge; disse che non le serviva un avvocato perché non compariva come imputata, ma come persona informata sui fatti.

Vivacqua la osservava per confrontarla con la fotografia vista nella camera della domestica; dovette riconoscere che crescendo era migliorata in tutti i sensi. Non c'era più traccia della ragazzina secca con il viso da educanda. Il naso era rimasto affilato e appena curvo, per il resto la maturazione le aveva portato nuove rotondità e un aspetto nell'insieme stuzzicante: una donna che vista da vicino si poteva definire seducente, nonostante gli occhi gonfi di chi ha pianto.

«Come sta Eugenio? L'ho sentito gridare tutto il tempo; per favore, vi prego, fatemelo vedere, sta male se non mi sente. Vi assicuro che non è pericoloso. E poi è malato, deve prendere le medicine con regolarità altrimenti gli vengono le crisi. Per favore.»

«Per adesso non è possibile. Non si preoccupi della sua salute, abbiamo chiamato un medico e ci penserà lui; se vuole scrivere i farmaci che usa, faremo in modo di non interrompere la cura. Adesso per favore risponda alle domande.»

«Non ho niente di speciale da dire. Ho fatto le scuole medie, poi ho iniziato gli studi per diventare infermiera ma non li ho terminati. In casa c'era bisogno che guadagnassi qualcosa e ho fatto la commessa per qualche anno. Poi ho cominciato a lavorare a servizio. Tony, voglio dire Delprà, cercava una collaboratrice famigliare perché la precedente era andata via, così ho iniziato con Chiesa.»

«Che scuole ha fatto?» domandò Vivacqua.

«Dalle carmelitane fino alle superiori.»

«Dalle suore. Dicono siano severe.»

«Non sono cattive. Tante preghiere, tanto studio, questo sì.»

«Ho visto molte letture di tipo religioso nella sua camera» disse Santandrea. «È praticante?»

«No, sono libri che porto con me perché mi piace averli, mi fanno sentire a casa.»

«E le piacciano i gialli» aggiunse Vivacqua.

«Quelli vecchia maniera, Simenon, Chandler, la Christie.»

«Che tipo è il signor Chiesa?»

«Silenzioso, molto esigente. Delle volte si arrabbia anche per poco. Non è uno che dà confidenza; con me non parla quasi mai, se ha da dire qualcosa si rivolge a Tony. A lui basta che la sua roba sia pulita, che quando è in casa sia tutto pronto e per il resto non posso dire di conoscerlo bene.»

«Invece la signora?»

Margherita si guardò intorno come se vedesse la stanza per la prima volta, sbatté alcune volte le palpebre e tornò presente.

«Mi fa tanta pena. È una brava persona, molto sfortunata, non so come andrà a finire con questa malattia, ma penso male, proprio male.»

«Se morisse?» domandò Vivacqua.

«Non ci voglio pensare. Credo che dovrò cercarmi un altro posto, a meno che Eugenio non debba essere seguito da una persona di fiducia e il signor Chiesa decida di affidarlo a me.» Con la mano scacciò l'aria. «Non ci voglio pensare.»

Il commissario sfilò dalla tasca della giacca una busta di plastica.

«Sa che cos'è questo?»

Margherita prese la busta e la guardò fino ad arrossire lievemente.

«Sembrano collant.»

«Esatto. Sono suoi?»

«Non lo so, dove li ha trovati?»

«Nella stanza di Eugenio. Sa dirmi come sono arrivati lì?»

«No, cioè... delle volte Eugenio ruba delle cose dal bucato e se le porta...»

«Lei ha una relazione con il signor Eugenio?»

«No, anche se... be', è un ometto, anche se non è, lo ha visto, ehm, insomma...»

«Le conviene essere sincera» ammonì Vivacqua.

«Non ho nessuna relazione, né con Eugenio, né con altri» disse risoluta.

«Facciamo un passo indietro a poco più di un anno fa, quando il signor Palazzi è stato ucciso. Da quel giorno lei ha notato cambiamenti in casa?»

«La morte del signor Marco è stato un trauma. Stavamo a Pinerolo in quel periodo, in città non si parlava d'altro. I carabinieri ci hanno interrogato molte volte, eravamo scioccati. Nessuno si aspettava un fatto del genere. Dopo quella sciagura si è presa la decisione di trasferirci a Torino; era già programmato, ma si rimandava per via della salute della signora.»

«Lo conosceva anche la signora Afdera?»

«Accidenti! Una volta la signora mi ha confidato che prima di sposarsi anche il signor Marco le faceva il filo. Si sono conosciuti al mare, durante le vacanze in Sardegna, e tutt'e due corteggiavano la signora, poi ha vinto, se così si può dire, il signor Luca. Pensi: si sono sposati dopo due mesi appena, un vero colpo di fulmine.»

«Vanno d'accordo?»

«Mi pare di sì. Anche se il signor Luca... Da quando siamo a Torino ha un po' perso la testa, viene poco a casa, si ferma qualche ora e va via, delle volte dorme fuori.»

«Pensa che abbia un'altra relazione?»

«Una relazione forse no, ma è un bell'uomo, ricco, lei comprende.»

Vivacqua si alzò, fece due passi e si immerse nei suoi pensieri.

«Vuole aggiungere qualcosa?» disse il commissario.

«Vorrei vedere Eugenio, sono preoccupata per lui: che cosa gli succederà?»

«Vedremo: sparare alla polizia e ferire un agente non è come lasciare la macchina in divieto di sosta.»

«Ma è un minorato, non sa quello che fa» rispose commossa la donna. «Poi, vorrei parlare con il giudice, per tornare a casa, non ho fatto nulla, posso parlargli?»

«De minimis non curat praetor» rispose Santandrea.

«Ma non è affatto una cosa di poco conto» replicò Margherita.

Vivacqua resistette alla tentazione di voltarsi e nascose un sorriso.

«Direi che possiamo lasciar andare i domestici, purché si mantengano reperibili» disse Vivacqua. Lanciò un'occhiata a Santandrea e raccolse la documentazione.

*17.20 Sala interrogatori*

Vivacqua girò il cucchiaino nel caffè numero sette della giornata. Gli occhi andavano sulle molliche, sugli appunti, su un'idea che continuava a fare male il suo lavoro: non trovava elementi contrari e allo stesso tempo non saltava fuori la prova definitiva, la pistola fumante.

Il commissario accese la sigaretta e aspirò con delicatezza. Non ne toccava una da circa vent'anni. Sbuffò un filo stentato e socchiuse gli occhi: se hai fumato per metà della vita i polmoni riconoscono la nicotina al primo refolo, anche dopo cento anni, e spediscono al sistema nervoso centrale messaggi contrastanti di meraviglia, voluttà, sensi di colpa e terrore che il signor Philip Morris ti stringa in un abbraccio indissolubile.

Tirò una boccata solida e sentì annebbiarsi la vista, un lieve capogiro e l'ubriacatura dei sensi che applaudivano tutti insieme.

Santandrea entrò e si accomodò di fronte.

«Secondo te la suorina si porta a letto Eugenio?» domandò Vivacqua.

«Difficile da dire.»

«Io penso di sì. Vediamo l'altro.»

Santandrea dette disposizioni e dopo un attimo entrò nella saletta il terzo dei fermati.

Il commissario sfilò gli occhiali da lettura e iniziò con un sorriso enigmatico, incrociò le dita, appoggiò la schiena alla sedia e rise di gusto.

«Lei crede nella reincarnazione?» domandò il commissario.

L'altro non rispose.

«Davanti a me, tra queste carte, ci sono abbastanza prove da farle fare le prossime due vite in carcere.» Si alzò e iniziò a passeggiare con il sorriso stampato sulle labbra. «Il lato umoristico di questa storia marcia è che lei deve sentirsi una specie di genio, ma uno davvero furbo avrebbe tentato di fuggire. Oh, non credo che sarebbe andato lontano, intendiamoci, ma sarebbe stato un gesto comprensibile signor...» si voltò verso Santandrea: «Come lo devo chiamare?».

L'altro non mosse un muscolo.

«Preferisce Chiesa o Palazzi?»

Nessuna risposta.

«Credo sia meglio Palazzi; a parte la sceneggiata che adesso smonteremo, nessuno vorrebbe essere nei panni di un cadavere, perché il vero Luca Chiesa è morto!» Vivacqua scosse la testa e tornò a sedersi. «Ci sono due omicidi in cerca del colpevole, e tutti gli indizi portano a lei. Non ci capita spesso di pizzicare un pluriomicida, e devo riconoscere che lei ci ha fatto girare le palle abbastanza da suscitare in tutti noi il desiderio di chiederle che cosa ha nella testa. È malato? Le è partita una valvola e fino a ora non se n'è accorto? O forse anche in questo momento non si rende conto della situazione? Dica, muoio dalla curiosità di saperlo.»

L'altro accavallò le gambe e iniziò a fissare una mattonella.

«Non vuole rispondere: peccato. Proviamo con qualcosa di

meno remoto. Ho esaminato un discreto numero di documenti, fotografie e sentito persone che la conoscono, per cui posso dire che sono rimasto sbalordito nel notare la straordinaria somiglianza tra Marco Palazzi e Luca Chiesa.»

Santandrea avvicinò le fotografie e per un attimo sembrò trasalire: non si era reso conto della particolarità e si sarebbe dato dello stupido.

«Poteva trarre in inganno qualcuno, specie confrontando fotografie dove Chiesa portava il pizzetto e lei no, dove Chiesa è biondo con i capelli corti e lei ha un taglio diverso. Per nostra fortuna signor Palazzi, lei ha commesso un errore di vanità abbastanza ingenuo: nella sua camera da letto c'è la fotografia di un tennista vittorioso agli Internazionali Juniores di Milano nel 1986. Mi sono documentato: il vincitore non è Chiesa, è Marco Palazzi. Lei potrebbe dire che è una fotografia in ricordo di un amico, ma da quel momento mi sono venuti molti sospetti.»

L'uomo restò imperterrito e Vivacqua riprese.

«Cos'è? Siete gemelli, uno scherzo della natura, marziani, che diavolo siete? Nella stanza accanto c'è una persona che la conosce, vuole fare ciao con la manina verso la telecamera?» Vivacqua interpellò Santandrea: «Sergio, ti dispiace?».

Il vice uscì e rientrò dopo un paio di minuti, lasciò che la dottoressa Carulli si fermasse davanti alla porta, che guardasse l'uomo con attenzione e facesse un sì, prima di scoppiare in lacrime.

«Non ha riconosciuto la sua dentista? Bella donna, bisogna ammetterlo, anche se Luca Chiesa non si è comportato da galantuomo con la signora, e neppure Marco Palazzi. La dottoressa ha confessato di aver avuto una relazione con entrambi, convinta che fosse una sola persona. C'è da non crederle, ma forse al buio, nell'intimità, certi particolari possono sfuggire. Chissà quanto vi siete divertiti e quante volte avete messo in scena lo scambio.»

Silenzio.

«Preferisce non parlare? Allora vado avanti io. Potrei sbagliarmi sulla fotografia, ma siccome le impronte non mentono, lei è Marco Palazzi al di là di ogni ragionevole dubbio. Abbiamo fatto qualche indagine per verificare fatti in apparenza incredibili, fatti che potessero scagionarla. Non tanto per amor suo, quanto per evitare sorprese durante il processo. Per esempio, abbiamo ipotizzato che nel rogo che ha bruciato il capanno in riva al fiume avesse perso la vita, no, usiamo i termini corretti: fosse stato ucciso un terzo soggetto, un barbone, un malato di mente, uno sconosciuto messo lì per fare la parte. Invece le ricerche non hanno dato frutti: non risultano persone scomparse. A questo punto le domando: che fine ha fatto fare all'amico inseparabile Luca Chiesa? Lo ha ammazzato? Perché?»

Santandrea spalancò gli occhi.

Palazzi posò lo sguardo sulle unghie e finse di non aver sentito la domanda.

«Siamo andati indietro e abbiamo scoperto che lei e il suo amico avete vissuto in simbiosi per oltre dieci anni: dove c'è uno c'è l'altro; neppure il matrimonio con Afdera Capitano vi ha separati, anzi, avete continuato con i vostri intrallazzi di donne, lo scambio di persona, la pesca, il tennis, le vacanze. Lei non risulta avere un'occupazione, eppure ha vissuto nel benessere, all'ombra del suo amico che, proprio grazie al matrimonio, ha risolto ogni preoccupazione economica. Le ha permesso di fare la vita del milionario: un amico così bisognerebbe pregare che viva all'infinito, invece lo ha ucciso. Perché?»

Palazzi chiese di fumare, prese una sigaretta, l'accese e smise di fingersi assente.

Vivacqua cominciò a girargli intorno.

«Non mi dica che a un certo punto il suo amico si è stufato e il gioco è finito perché, in effetti, ci sarebbe da ammazzarlo. All'improvviso le tocca cercarsi un lavoro.» Il commissario si voltò verso Santandrea: «No, un soggetto come questo a lavorare non ci va: cerca un'altra mucca da mungere. Magari una signora di bella presenza, amante dei giochi proibiti, una come Jolanda Petrini sarebbe l'ideale. Solo che anche lei ha dei limiti: è generosa nell'intimità, ma non ci sta a farsi spremere, inoltre non concede esclusive. E così, una brutta domenica, bisogna dirle addio. Abbiamo trovato le sue impronte sulla scena del delitto. Signor Palazzi, siamo a due».

Santandrea restò sbigottito.

«Si sbaglia, tutto quello che ha detto è sbagliato, e non può provare nulla» disse Palazzi, calmissimo, senza alzare lo sguardo.

«Come sono andate le cose? Come ha fatto a prendere in giro tutte le persone che aveva intorno, a trasformarsi nel signor Chiesa per oltre un anno?»

L'uomo tornò a chiudersi nel suo silenzio.

«Dice che mi sbaglio» Vivacqua pescò dalla documentazione la propria panoramica dentale e la guardò con sufficienza. «È un peccato che non voglia collaborare, mi costringe a fare tutto da solo. Ci saremmo divertiti di più. Perché la sua è una bella storia: quella di uno straccione che ha talento, una grande fortuna con le donne e nessuna voglia di lavorare. Potrebbe tentare la strada dello sport. Non le mancherebbe nulla: gran fisico, braccia forti, gioca un buon tennis tanto da vincere qualche campionato giovanile. Ma in famiglia pretendono che impari un mestiere: elettricista come il papà. Per qualche anno si adatta a malincuore, poi il lavoro proprio non gli va giù, molla tutto e torna al tennis, qualche buona prestazione, qualche piazzamento nei tornei di livello, ma gli anni fondamentali per diventare un campione se ne sono andati. Può sempre fare il maestro, almeno finché reggono le gambe. Ma le cose si mettono bene, perché *distruzione e sconfitta* sono due impostori capaci di farsi da parte per favorire la nascita di un'autentica sciagura, il sodalizio tra due mascalzoni: Luca Chiesa e Marco Palazzi. I due si conoscono, fanno amicizia, si divertono grazie alla somiglianza incredibile che li rende quasi indistinguibili e coronano l'associazione con il colpo più fortunato che poteva capitare loro: un'ereditiera a portata di ombrellone.»

Palazzi accese un'altra sigaretta e lasciò affiorare un sorriso maligno.

«Probabilmente scommettono su chi dei due riuscirà a portare a casa il trofeo: premio in palio per il vincitore, denaro a fiumi, per lo sconfitto la consolazione che potrà vivere come gregario all'ombra dell'amico. Una consolazione tutto sommato dorata, per certi aspetti migliore del primo premio: resta libero, non deve badare a una moglie ed è sempre meglio che lavorare. Ma, alla lunga, qualcosa smette di funzionare. Dei due amici ne rimane uno solo, l'altro muore.»

Santandrea scriveva appunti frenetici, domande, ogni tanto socchiudeva gli occhi come per rimarcare che qualcosa non tornava.

«Come muore?» fece Vivacqua teatrale. «Gli spaccano la testa, danno fuoco al cadavere e alla baracca dove si rifugiava per coltivare il secondo degli hobby: il primo sono le donne, il secondo è la pesca. Il colpevole?»

Vivacqua si concentrò sulla radiografia, la osservò con calma, poi la fece svolazzare sotto il naso di Palazzi.

«Una parte della risposta è su quel foglio.»

Santandrea si fece attento.

«Marco Palazzi, un secondo dopo aver ucciso l'amico, torna lo straccione che era: *distruzione e sconfitta* hanno rimescolato le carte. Ora per Palazzi sono autentici cazzi amari. Lui lo sa. Non è molto intelligente, ma quando si tratta di tutelare i propri comodi diventa un genio. Il giorno stesso va a trovare una delle amiche più affezionate: Giovanna Carulli, la dentista, oltre che amante. Intorta la dottoressa e riesce a carpire le informazioni che gli servono: ovvero dove sono custodite le schede dei pazienti. A questo punto il gioco è fatto: la pratica imparata con tanto dispiacere da ragazzo adesso torna utile. La notte si intrufola nello studio, scambia la scheda di Luca con la propria, provoca un corto circuito e manda a fuoco altre schede. È il secondo incendio, probabilmente non servirebbe, è una specie di eccesso di prudenza perché Palazzi vuole essere certo che nessuno possa un giorno smascherare lo scambio. Il gioco è fatto: il sosia di Luca è diventato Luca, il cadavere è Marco Palazzi, lo dimostrano le radiografie e la perizia del dentista forense». Vivacqua accese una sigaretta e per un attimo restò a guardare il fumo sottile. «L'omicidio di Chiesa è atipico sotto molti punti di vista, ma la cosa più singolare riguarda le modalità: quale assassino spacca la testa alla vittima e poi gli dà fuoco? Qual è il criminale che va in giro con una tanica di benzina? Un gesto simile si può spiegare in due modi: l'omicida brucia la casa per cancellare le proprie tracce. Oppure è un depistaggio e in realtà vuole inscenare uno scambio di persona. Ed è quello che è avvenuto.» Vivacqua riprese la radiografia e la guardò senza emozioni. «Riconosco che ha avuto una buona idea. Ma non ha funzionato. Lei è l'assassino di Luca Chiesa.»

Santandrea non riuscì a trattenere un sorriso.

Palazzi assunse un'espressione di sfida.

«Smonterò le sue sciocchezze quando sarà opportuno. Io non ho ucciso Luca.»

Vivacqua sorrise beffardo.

«Sarà una lunga serata, signor Palazzi, si prepari. Riconosco che manca qualcosa per completare il quadro: speravo la dicesse lei, ma è più insulso di quanto pensassi. Vediamo un po'. Non è esatto dire che lei stesse buono buono ad aspettare l'eredità dei Capitano, perché tutta la storia si basa su questo: mettere le mani sui soldi di Afdera e liberarsi di Eugenio. Purtroppo, lei non ha facoltà di vendere neanche un vaso di gerani, figuriamoci i beni di famiglia. Sta scritto qui.» Vivacqua mostrò lo statuto delle società immobiliari. «Tuttavia ha chiamato dei consulenti per organizzare la vendita di alcuni beni perché aveva una fretta del diavolo. Si stava preparando a mollare gli ormeggi; forse lo sapeva, che prima o poi la sceneggiata sulla morte di Chiesa sarebbe tornata a galla, e non vedeva l'ora di togliersi di mezzo, prendere un aereo e volare a diecimila chilometri da qui. È tutto documentato.»

«Cazzate» sibilò Palazzi.

Il commissario spense la sigaretta, infilò la giacca e si alzò.

«Le conviene pensare bene a quel che dice o non dice, di qui non uscirà per un lungo, lungo tempo: due omicidi non sono uno scherzo. Un tipetto come lei in galera, se lo immagina l'ambientino? Le lascio qualche minuto per riflettere: se quando torno non troveremo una forma di collaborazione, la consegnerò al giudice e agli arresti in attesa dei dispositivi di legge.»

Vivacqua fece un cenno al vice e insieme uscirono dalla saletta.

*18.15 Ufficio del commissario capo*

Il commissario appoggiò la giacca alla poltroncina, si mise seduto, i polpastrelli appoggiati alle tempie. Santandrea di fronte, con le gambe accavallate, puliva gli occhiali, li sollevava in controluce, osservava il risultato e tornava a pulire. Per il resto, silenzio carico di tensione.

Trascorsero così alcuni minuti finché il vice aprì bocca.

«Salvatore, che cosa volevi ottenere? Speravi in una confessione?» Vivacqua faceva no con la testa, piano, sembrava che lo stress della caccia tutto insieme si fosse abbattuto come una sciagura. Santandrea prese il blocco degli appunti e scorse le ultime osservazioni. «Hai fatto un lavoro gigantesco, dico davvero, mi hai sorpreso ma... non so come dire, c'è qualcosa che...»

«Lo so, manca un particolare.»

«Non solo, tu credi che sia lui il colpevole dell'omicidio di Jolanda Petrini? E don Riccardo? Perché secondo me la storia del bicchiere da una parte e...»

Il cellulare di Vivacqua squillò, era Assunta.

«Ciao» rispose il commissario. «Mi dispiace, farò tardi e...»

«Rosa non è a casa, i suoi la stanno cercando da due ore. Fabrizio e Grazia sono scesi ma non è qua sotto, non sta bene, siamo tutti preoccupati. Dove può essere andata, Totò?»

«Sarà andata in...» si zittì. Imprecò e in un attimo sembrò che le forze tornassero in circolo. «Minchia che deficiente. Ci sentiamo dopo, adesso non posso, scusami.»

Il commissario strappò via la giacca, volò nel corridoio, superò gli uffici di Migliorino e Carbone per spalancare come una furia la porta della stanza dove Marco Palazzi, alias Luca Chiesa, passeggiava silenzioso.

«Da quanto tempo Afdera si trova in Svizzera?»

L'altro si bloccò, negli occhi un'espressione di stupore.

«Da quanto?» ringhiò Vivacqua.

«Non capisco» bofonchiò Palazzi.

Vivacqua si avvicinò e lo scosse come un fuscello.

«Da quanto tempo Afdera Capitano si trova in Svizzera?»

«Non è mai andata in Svizzera.»

*18.30 Villa Capitano*

Nei giardinetti ormai non c'era quasi nessuno: qualche mamma con il passeggino sfilava silenziosa, un gruppo di bambini trotterellava dietro al pallone. La luce era ancora buona. La domenica volgeva al termine, ma la brezza di tramontana cominciava ad alzarsi. Rosa stava sulla panchina di fronte alla residenza dei Capitano, a capo chino. Tra le dita intirizzite un rosario che avanzava al ritmo delle parole biascicate sottovoce. Era da oltre un'ora che pensava cosa sarebbe stato meglio fare, combattuta tra la buona educazione, che non le permetteva di essere invadente, e il desiderio smisurato di vedere la sua bambina.

Rosa alzò lo sguardo e quando vide accendersi le luci del piano superiore si avviò zoppicando.

Il portoncino sulla strada era rimasto aperto, come l'ingresso di casa. Distese il braccio per suonare il campanello quando vide l'uomo scendere in gran fretta, avvicinarsi al garage e manovrare per tirar fuori l'automobile: la riconobbe immediatamente. Quella era la macchina che l'aveva travolta e quasi uccisa.

L'uomo caricò nel bagagliaio uno scatolone, azionò il telecomando per aprire il cancello e, di corsa come era arrivato, tornò all'interno.

Rosa si fece forza, superò il portoncino, salì i gradini, spinse la pesante porta d'ingresso ed entrò.

Nel salone le luci erano spente; dalle finestre entrava il bagliore del tramonto. Da sopra giungeva lo scalpiccio di passi veloci.

Rimase un attimo paralizzata: le sensazioni si affollavano nella mente in una confusione di immagini, ricordi, sentimenti contrastanti di ansia e sgomento. Le gambe sembravano incapaci di muoversi.

«Daffy?»

Al piano superiore il tramestio era frenetico.

«Piccola?» chiamò ancora. «Sono io, dove sei?» Rosa fece alcuni passi nel salone in penombra, prima incerti, poi più saldi e spediti. Dalle scale arrivarono le voci dei due in avvicinamento.

«Sono io, non verrò alla tua festa, sono vecchia per queste cose, mi dispiace. Sono tanti anni che non ci vediamo, ci tenevo a dirtelo di persona.»

Rosa giunse al termine del salone, superò la sala da pranzo, si affacciò alla cucina per guardarsi intorno e sentì un brivido tagliarle la schiena. Un'energia scura saliva come un lamento che penetrava nelle ossa; una voce dentro di lei diceva che era meglio andare via, che forse la sua piccola l'avevano portata davvero in un ospedale lontano, che insistere era un tormento insopportabile per una povera vecchia come lei.

Dalle scale arrivò il rumore di passi in discesa. Rosa tornò indietro, si domandò se non sarebbe stato meglio chiedere ai domestici come poteva fare per vedere la sua piccola. Si sporse appena, tanto da vedere la sagoma dell'uomo correre, superare la vetrata e scaricare due grandi borse vicino all'automobile. L'uomo gridò qualcosa verso il piano superiore, la donna rispose con una calma innaturale.

Rosa decise di seguire l'istinto: tornò in cucina, vide la porta laterale, la aprì e scese, al buio. Le scale seguivano un percorso irregolare che dopo lunghi tratti girava quasi a gomito, poi riprendeva dritto per affacciarsi su un androne mal illuminato. Il neon d'emergenza si accendeva e spegneva a intervalli irregolari.

Rosa non ci fece caso, superò le scaffalature, i mobili coperti dalle lenzuola, attraversò la cantina e andò verso il fondo: da quel punto proveniva il lamento. Non badò alla sensazione di vuoto, all'ambiente spettrale, non sentì alle spalle i passi avvicinarsi: si fermò davanti al congelatore e riconobbe l'origine delle vibrazioni. Impugnò la maniglia e sollevò lo sportello.

Il ghiaccio era diventato una poltiglia granulosa, il contenuto si stava sciogliendo e cedeva consistenza e colore. Rosa passò la mano sulla superficie e la ritrasse all'istante quando sotto il velo di plastica comparve un braccio. La pelle quasi cristallina solcata da strisce blu tanto delicate da sembrare venature sul marmo. Rosa sollevò il telo trasparente e restò a guardare con gli occhi velati di pianto. Il corpo era integro, rannicchiato, voltato verso la parete. I capelli induriti sembravano di corallo bianco; stavano composti trattenuti da un fermaglio. Le ginocchia puntute e scheletriche; una magrezza anoressica lasciava esposta l'ossatura appena coperta dalla pelle diafana. Il viso era rimasto quello di un tempo, solo più asciutto, il naso delicato, gli occhi scavati di chi ha sofferto. Rosa fece un sorriso, le accarezzò una guancia e si commosse.

«Ciao bambina mia, è tanto che non ci vediamo» disse. «Il cuore mi diceva che ti avrei trovato.»

All'improvviso i neon iniziarono a emettere un ronzio sordo, le lampade vibrarono per un attimo e si stabilizzarono su una luce bianca e piatta.

La donna ai margini delle scale guardò verso il fondo e, quando vide Rosa, cacciò un urlo.

Dopo un secondo arrivò l'uomo e anche lui restò impietrito.

«Cosa facciamo?»

«Apri la cassaforte, sbrigati!» rispose Margherita.

Tony attraversò il lungo scantinato a passo veloce; dietro, Margherita arrancava per raggiungerlo. L'uomo si inginocchiò davanti alla cassaforte, iniziò a trafficare con la combinazione mentre con un occhio teneva sotto controllo l'anziana.

«Lo sapevo che 'sta pazza avrebbe portato sfortuna» esclamò. «L'ho capito dalla prima volta che ha suonato il campanello. Tutta colpa di quell'invito, te l'avevo detto.»

«Non perdere tempo» sibilò Margherita.

Tony fece l'ultima rotazione del selettore, aprì lo sportello, tirò fuori a manciate il contenuto e lo rovesciò per terra. Margherita si chinò, raccolse gli oggetti a piene mani per infilarli nello zaino. Tony apriva scatole, controllava sommariamente il contenuto e passava a Margherita.

Rosa si avvicinò, mise una mano sul braccio della donna che urlò una seconda volta.

«Com'è morta la mia piccola.»

Margherita fece un salto all'indietro.

«Tony!» gridò.

Il domestico afferrò Rosa e la scaraventò con violenza contro il muro, prese la rincorsa per scaricare un calcio quando sentì una mano pesante sulla spalla: provò a girarsi e prese il primo ceffone sul muso. Barcollò, provò a voltarsi e Vivacqua lasciò partire il secondo che sollevò l'uomo da terra.

«Tony» uggiolò Margherita.

«Spara, cazzo, spara.»

Rosa avanzò con la prontezza di un'adolescente e il boato del colpo riempì la cantina di un rumore insopportabile.

Al commissario sembrò di vedere al rallentatore la sequenza che nella testa aveva già descritto ogni più piccolo movimento. Una forma di anticipazione che conteneva la logica dello spazio, del tempo, dei corpi in azione: Rosa che si allungava, la fiammata del revolver, l'eco dello sparo, i capelli bianchi dell'anziana fluttuare in aria e ricadere, il foro rosso sul petto. Vide se stesso serrare i denti, il viso deformarsi in una smorfia e volare. Volare. Volare fino a travolgere con tutto il peso la domestica. Vide la donna atterrare sulla schiena, chiudere gli occhi per il dolore e subito puntare la pistola.

Vivacqua tentò di bloccarle il braccio; la colpì nel momento stesso in cui vide i muscoli della donna irrigidirsi, l'indice chiudersi sul grilletto e un secondo boato esplodere a un palmo dall'orecchio.

Il terzo sparo arrivò una frazione di secondo più tardi: il proiettile fischiò per stamparsi contro il muro. Il commissario colpì senza riguardo, al volto, ai fianchi. Tanto forte che la donna iniziò a tossire piegata su se stessa, finché non s'impadronì del revolver.

Tony ondeggiò, incespicò fino a raccogliere lo zaino della complice, fece due passi scomposti e cadde in avanti, di faccia, il sangue iniziò a scorrere sul pavimento.

Margherita annaspava, gli occhi fuori dalle orbite. Vivacqua riordinò le percezioni, mise in tasca la pistola e si voltò verso Rosa. Vide l'anziana svenuta, il foro della pallottola aveva squarciato il cappotto e la maglia. Dovette reprimere l'impulso di scaricare la rabbia sulla domestica: la afferrò per i polsi, la fece piroettare per voltarla di faccia sul pavimento e si precipitò sulla povera anziana.

Tutto era immobile.

«Rosa, perché?»

*19.45 Villa Capitano*

Gli infermieri uscirono da villa Capitano per la seconda volta in ventiquattr'ore con una barella e un ferito da proiettile. Rosa non aveva ripreso conoscenza. Tony era a terra in una pozza di sangue. Margherita stava al piano superiore, su una poltrona del salone, ammanettata; guardava nel vuoto. Un'infermiera le aveva applicato un vistoso cerotto sulla fronte e fasciato il polso destro. Vivacqua camminava su e giù, aveva rifiutato di farsi controllare e continuava a parlare al telefono. La prima chiamata era stata per Assunta, alla quale aveva dato gli aggiornamenti. Il tentativo di restare generico era andato a vuoto: non si era bevuta la versione e stava uscendo per raggiungere la vecchia amica in ospedale.

La seconda telefonata era stata per il questore che aveva preteso un rapporto immediato: danni, feriti, poliziotti coinvolti e, solo dopo aver accertato che nessuno dei suoi aveva usato armi o disatteso le procedure, aveva tirato un respiro di sollievo.

La terza telefonata non era stata necessaria perché Santandrea nel frattempo era arrivato e sbuffava come una giraffa sfinita.

Nello scantinato la Scientifica si era piazzata per i rilievi e dappertutto era un va e vieni di divise, tute bianche e flash.

«Salvatore non imparerai neanche sotto tortura, poi ti sorprendi se i tuoi fanno casino. Sei senza giubbotto, senza pistola, non hai le manette, avresti dovuto avvertire dell'intrusione e non hai fatto una cazzo di telefonata. Sei vivo per grazia divina, ma dico io: cosa cacchio scriviamo sul rapporto?»

«Non fare il noioso.» Si spostò verso il congelatore e restò a osservare quel che restava di Afdera Capitano.

«Avrei dovuto controllare ieri sera. Era spento, mi ha tratto in inganno.»

Il vice ci pensò su un momento.

«Era andata via la corrente, questo è un modello vecchio, non riparte da solo, non potevi immaginare.»

«Avrei dovuto controllare comunque.»

Carbone si avvicinò con lo zainetto che era rimasto impigliato sotto il corpo del domestico.

«Dia un'occhiata dottore.» Rovesciò una parte del contenuto e si fece da parte. «C'è una piccola fortuna.»

«Io vedo solo disgrazie.»

«Erano pronti a fuggire. La cassaforte doveva essere l'ultima tappa. La macchina era già carica, ancora un paio di minuti e si sarebbero dileguati» commentò Carbone.

«Come t'è venuto in mente di venire qui?» domandò Vivacqua a Santandrea.

«Stenterai a crederlo: ci sono arrivato da solo.»

«Hai sentito le microspie» fece il commissario.

«Le microspie le hanno piazzate dappertutto meno che in cantina, come vedi la teoria era buona ma la pratica non molto. C'era un problema di schermatura del segnale, hanno dovuto rinunciare, non c'era il tempo per fare un lavoro di fino. Alle Intercettazioni è venuto il sospetto che qualcosa non tornava, ma i due non hanno detto nulla di compromettente; viene da pensare che sapevano di essere ascoltati.» Santandrea tentò di riordinare le idee, fece segno verso il cadavere di Afdera Capitano e scosse la testa. «Mi domando da quanto tempo è morta 'sta poveretta, e soprattutto...»

«Come è morta?» concluse Vivacqua.

«È quello che stavo per dire. Perché se è stata uccisa si aprono mille domande. Direi che questi ultimi avvenimenti hanno incasinato tutto.»

«Fai funzionare la testa, vedrai che è il contrario.»

Santandrea mise mano alla tasca, dove aveva conservato il pizzino di Vivacqua.

«È scritto sul biglietto?»

«Forse non è precisissimo, ma rende l'idea.»

«Allora perché fai quella faccia?»

«Pensavo a Rosa, se non si fosse buttata in mezzo... Facciamola finita, voglio vedere Palazzi, subito: deve raccontarci un paio di cosette molto interessanti.»

*21.00 Sala interrogatori*

Marco Palazzi era seduto, piantonato da un agente. L'atteggiamento del *me ne fotto*, era evaporato nel clima di concitazione della Omicidi. Le urla nel corridoio e le espressioni dei poliziotti erano quelle di un successo.

Il commissario entrò con il vice e la formazione del precedente interrogatorio si ricompose.

Vivacqua sembrava sfiancato: senza cravatta, la camicia macchiata di sangue, il dorso della mano destra abraso e arrossato, quasi sordo a causa degli spari. Fece un profondo respiro, ordinò le carte davanti a sé e cominciò.

«Dunque, fino a ora ha collezionato un discreto numero di reati certi; vado a memoria e non mi prenda alla lettera: sostituzione di persona in correità, articoli 494, 495, 496 del Codice Penale, dichiarazioni mendaci, resistenza all'arresto e aggravanti come intralcio alle indagini, false informazioni 371, falsa testimonianza articolo 372, omessa denuncia di reato; il magistrato non farà fatica ad appiopparle un'altra mezza dozzina di infrazioni più o meno gravi che fanno sorridere, se pensiamo all'accusa di due omicidi, che potrebbero diventare tre: se n'è aggiunto uno proprio in questi minuti. La fortuna le ha voltato le spalle signor Palazzi.»

L'uomo prese ad agitarsi sulla sedia, guardava Vivacqua poi Santandrea, come se cercasse di scoprire la presa per i fondelli.

«Peccato» riprese il commissario. «Ci era quasi riuscito, è mancato un pelo. La sostituzione di persona funzionava, i carabinieri si erano bevuti la falsa identità, le indagini erano impantanate, in casa nessuno aveva osato mettersi di traverso. Bastava un dettaglio insignificante e poteva fare i bagagli, libero e ricchissimo. Una montagna di denaro. Mi riferisco alla parte non destinata al signor Eugenio Capitano che è sotto tutela. Il momento tanto atteso, quel dettaglio insignificante, ma indispensabile per vincere la partita, si è finalmente verificato.»

Palazzi abbozzò un sorriso ebete.

«Mi riferisco alla signora Afdera. L'abbiamo trovata.»

Palazzi tirò un sospiro.

«Morta! Era nel congelatore in cantina.»

«Cosa?» si alzò di scatto e l'agente lo mise a sedere senza complimenti.

«Non è contento? Le dico subito che per il momento non siamo in grado di stabilire la data e la causa del decesso; di questi particolari verremo a capo nei prossimi giorni. È solo questione di tempo.»

«Non è possibile» gridò Palazzi.

«Oh, è possibilissimo, glielo assicuro. Tornando alla fortuna, se risulterà assassinata, lei è l'indiziato principale, lo capisce senza giri di parole. A questo punto, se non ha niente da dire, le comunico che è formalmente accusato di tre omicidi. Personalmente, credo che non sarà mai più un uomo libero.»

Palazzi prese a guardare per terra, bianco in volto come sull'orlo del collasso. Iniziò a tossire, si contorse e vomitò.

«Toglietemelo dai piedi, la faccenda passa nelle mani del magistrato.»

Palazzi finì di sputare l'anima e alzò una mano.

«Non sono stato io, lo giuro. Mi hanno incastrato, quei due mi hanno rovinato. Ho visto Afdera tre, quattro giorni fa, anche ieri, era viva, lo giuro.»

«Signor Palazzi, da adesso in avanti, le sue dichiarazioni hanno lo stesso effetto che fare una sega a un morto, con tutto il rispetto. Parli solo se può dimostrare ciò che dice: le do due minuti di pazienza straordinaria, al primo accenno di cazzate la spedisco all'inferno.»

Palazzi iniziò a piangere.

«Mi sta facendo perdere tempo» rincarò il commissario.

«Quello che ha detto prima è vero: io e Luca eravamo quasi identici, come due gemelli. Tutti e due cresciuti per strada. Volevamo vivere a modo nostro e divertirci alle spalle di chi nuotava nel lusso. Ha funzionato per anni. Poi, quando Luca si è sposato sono cominciati i problemi. Poco dopo il matrimonio i piccoli disturbi di cui soffriva Afdera si sono aggravati e le cose non sono più state le stesse; lei si è isolata, Eugenio spiava Luca e riferiva ogni pettegolezzo alla sorella. I domestici si servivano di Eugenio per spargere veleno. La situazione era diventata insopportabile. Insieme avevamo progettato di sparire. Luca si sarebbe appropriato del denaro liquido, dei gioielli e del conto in banca. Saremmo andati in Costarica. Avevamo anche ideato una finta morte, c'era venuta l'idea dello scambio di radiografie per simulare la morte di Luca e fare in modo che nessuno ci cercasse. Non facemmo in tempo a realizzare l'idea perché un giorno Eugenio portò alla sorella delle fotografie di Luca con un'altra donna. Afdera ormai era in condizioni terribili, le cure non facevano effetto, passava le giornate nella sua stanza, non voleva vedere nessuno, quasi non parlava. Eugenio, condizionato dai domestici, convinse Afdera che era indispensabile il divorzio perché temeva che con la morte della sorella sarebbe finito in un istituto. Afdera prese la decisione e Luca rifiutò di giungere a un accordo pacifico. Il giorno dopo avevamo appuntamento nel capanno di pesca, dove lui portava qualche amica ogni tanto. Io avevo lasciato la macchina più a valle per fare qualche chilometro di corsa e quando sono arrivato ho visto una macchina ai margini del boschetto. L'ho riconosciuta subito: era quella che Tony usava per le commissioni. Mi sono insospettito perché in teoria nessuno sapeva di quel nascondiglio; sono rimasto nascosto finché non ho visto Tony e Eugenio uscire e fuggire via.»

Palazzi fece una pausa.

Santandrea prendeva appunti, Vivacqua ascoltava e sfogliava la raccolta di molliche con apparente disinteresse.

«Prosegua, la ascolto» disse il commissario.

«Sono entrato nel capanno e l'ho trovato morto.»

«Sicuro?» domandò Santandrea.

«Sì. Aveva la testa rotta, massacrata a sprangate.»

Vivacqua sospirò, prese un appunto e scosse la testa.

Palazzi si coprì il volto con le mani.

«La prima idea era di vendicarmi, di seguirli e fare subito i conti: li avrei ammazzati. Poi ci ho ripensato. Mi è venuto in mente il piano di Luca e, come ha detto lei, ho dato fuoco e sono andato a scambiare le schede da Giovanna. Quella gente va colpita dove soffre di più, nel portafogli, mi sono detto: gli avrei preso tutto senza pietà.»

Vivacqua fece no con la testa.

«Santandrea, secondo te sta in piedi?»

«Non molto.»

«Signor Palazzi, per come la vedo io, sta improvvisando per salvarsi le chiappe; la sua versione è debole, in tribunale una giuria appena equilibrata emetterà il verdetto in mezz'ora: prenderà tre ergastoli.»

«Lo posso dimostrare. Ho filmato tutto. Da quando Eugenio e Tony sono usciti dal capanno a quando ho trovato Luca.»

«Tutto qui?»

«Sì.»

«Il filmato?»

«Ho usato il telefonino, è custodito da un'amica, vi fornirò il nome e l'indirizzo.»

«Lo può buttare. Non dimostra nulla». Palazzi strinse i pugni. «Per come lo ha descritto, il filmato mostra due persone che escono da un capanno e spariscono. Non è sufficiente per accusarli di omicidio. Non è un concetto difficile. Ha altro da dire?»

«Non ho ucciso Luca. Non ho ucciso nessuno.»

«Lo so, lo so» fece Vivacqua sornione. «Dipendesse da me la sbatterei dentro e butterei le chiavi in una fonderia, ma so che non è un assassino. Completi la sua versione.»

«È come ve l'ho appena raccontata.»

«Mancano alcuni particolari. Dopo lo scambio delle impronte dentali, cosa è successo quando si è presentato a casa Capitano fingendo di essere Luca, e non mi dica che non se ne sono accorti.»

«La somiglianza tra me e Luca era notevole, ma ha ragione, non avrei potuto ingannare Eugenio, Margherita, Tony o Afdera. Sono andato a casa di Luca il giorno successivo, stavamo ancora a Pinerolo; ho aperto con le sue chiavi: in quel momento nessuno mi ha visto, sono salito in camera, ho schiarito i capelli, li ho accorciati, mi sono rasato barba e baffi, ho indossato uno dei suoi vestiti e sono sceso. Tony, Margherita e Eugenio erano a tavola: quando mi hanno visto per poco non gli è venuto un infarto.»

«Lo credo bene, continui.»

«C'è voluto poco. Ho detto che avevo filmato tutto, che sarei andato alla polizia e li avrei denunciati, che Afdera sarebbe rimasta sola come un cane, Eugenio in un manicomio, e gli altri due in galera tutta la vita, a meno che...»

«Non accettassero di tacere sullo scambio di persona» completò Vivacqua.

«Sì, è così.»

«Che cosa voleva ottenere?»

Palazzi chinò la testa come improvvisamente consapevole della sua grettezza.

«L'eredità. Afdera non poteva vivere a lungo. Mi bastava aspettare. A funerali avvenuti sarei schizzato via come un tappo di champagne.»

«Non era meglio chiedere del denaro subito?» si inserì Santandrea.

«Perché accontentarsi degli spiccioli?»

«E Afdera? Anche lei accettò le sue condizioni?» domandò Vivacqua.

«Non lo so. Eugenio e Margherita hanno parlato con lei, non so neppure se le hanno detto la verità. Io non sono mai andato nella sua stanza e, a questo punto, non so neppure chi fosse davvero la persona che vedevo alla finestra.»

«Si spieghi meglio» intervenne Santandrea.

«Ho visto Afdera non più tardi di ieri o l'altro ieri.»

«Da che distanza?»

«Dal cortile, dalla mia stanza; era dietro la finestra, ho intravisto la sagoma, stava sulla sedia a rotelle con uno scialle, col foulard, insomma, era lei.»

Il commissario e Santandrea si scambiarono un'occhiata.

«Non le ha mai parlato?» insisté Vivacqua.

«Per dirle cosa? Ormai erano mesi che non usciva dalla sua stanza. Margherita o Tony le portavano da mangiare, ogni tanto passavo davanti alla sua porta e non si sentiva nessun rumore, alle sette di sera nella sua camera era già buio. Sapevo che stava morendo.»

Vivacqua trattenne un moto di repulsione: sentiva lo schifo salire dallo stomaco e graffiare la gola.

«Che bel quadretto» esclamò Vivacqua. Controllò l'orologio e si rivolse a Santandrea: «Fai preparare l'interrogatorio della Santon».

«Salvatore, sto morendo di stanchezza, anche tu devi essere a pezzi, ti hanno pure preso a pistolettate: domani.»

«Adesso. Dica, Palazzi, mettiamo la ciliegina sulla torta, lei sa chi era Jolanda Petrini, vero?»

L'uomo abbassò la testa e assentì.

«Non l'ho uccisa io. Ho letto i giornali, non c'entro niente.»

«Sulla scena del delitto ci sono le sue impronte, come sono finite lì?»

«Io so solo che in quella casa non ho mai messo piede. Jolanda Petrini insieme ad altre due o tre donne erano amiche di Afdera: formavano una specie di club con la puzza sotto al naso. Luca le conosceva, ogni tanto si incontravano e facevano una grande festa, parlavano del passato, invitavano vecchie conoscenze, amici.»

Vivacqua mascherò un sorriso e guardò l'espressione stordita di Santandrea.

«Signor Palazzi, spero che abbia detto la verità, se vuole correggere o aggiungere qualcosa è meglio che lo faccia subito, ho diverse cose da fare e una persona che mi sta molto a cuore a causa sua sta lottando per non morire, quindi...» il volto del commissario s'indurì «... se non mi vuole come nemico, e glielo sconsiglio, è meglio che parli subito.»

Palazzi si asciugò le lacrime.

«Ho detto la verità.»

«Santandrea, fatti dare gli estremi per recuperare il video e manda uno dei nostri a villa Capitano, mi serve un controllo.»

«Maporcoschifo, Totò!»

*23.15 Sala interrogatori*

Vivacqua entrò a passo turistico. Tra le mani alcuni fazzoletti di carta che usò per asciugarsi la faccia. Sul volto i segni della fatica avevano inciso le rughe, scavato gli occhi. La mano destra era gonfia e pulsava, come la testa. Assunta non rispondeva al cellulare, a casa i ragazzi non sapevano niente della madre che doveva essere ancora in ospedale. Si fermò davanti al tavolo e lanciò uno sguardo carico di insofferenza alla donna. Carbone guardò la scena in silenzio, Santandrea era immerso negli appunti, anche lui stravolto da giorni di tensione e insufficiente riposo. Il Doge aveva voluto assistere all'interrogatorio, si perdeva nelle fotografie, nelle congetture che adesso sembravano tanto ovvie da rendere il dramma grottesco, carico di quella stupidità che solo l'assurdo può raggiungere.

Margherita sedeva di traverso, ogni tanto sussultava per il dolore al fianco. Il braccio sinistro aveva una nuova fasciatura ed era appeso al collo con un tutore, la fronte cominciava a transitare dal rosso all'arancione, presto avrebbe preso il tipico colore viola-blu. Non guardava niente e nessuno, se ne stava per i fatti suoi con l'espressione indolente di chi non ha nessun interesse per le cose terrene.

Il commissario la guardò e per un momento rivide il primo sparo, Rosa accartocciarsi, la pistola puntata nella sua direzione e due spari ravvicinati, sentì la rabbia ruggire nello stomaco.

L'ispettore Gargiulo entrò con un fascicolo in mano.

«Che vuoi Gargiu'?»

«Ho finito quel lavoro che mi ha dato.»

«Quale lavoro Gesùssanto?»

«Voleva i dati sui sudamericani, e...»

«Non mi occorrono più.»

«Lo so, ma è meglio se lo guarda» distese il braccio e lasciò i fogli al commissario. «È una cosa in più che ho fatto io.» L'ispettore lasciò la documentazione e uscì.

Vivacqua sbuffò, poi sbirciò tra le pagine e gli sovvenne: la ricerca sul materiale di don Riccardo. Iniziò a sfogliare passando al volo tra fotografie e annotazioni.

«Minchia!» iniziò a leggere le didascalie messe dall'ispettore e ridacchiò. «Quell'uomo è sempre una sorpresa, dai un'occhiata Sergio.» Passò il fascicolo al vice, ordinò a Carbone di far partire la registrazione e iniziò.

«Con questa domenica lei ha raggiunto gli obiettivi che si era prefissati: non ha più problemi economici. Lo Stato penserà a lei per molto, molto tempo» esordì il commissario. «Vuole rendere una dichiarazione? Desidera confessare?»

«Cosa dovrei confessare? Ho sparato per paura, per difendermi, non c'era abbastanza luce, non l'ho riconosciuta, ho visto un estraneo che picchiava Tony in casa nostra e ho reagito per difesa.»

«Di cosa aveva paura?»

«Di tutto. Io e Tony volevamo mettere in salvo i beni di Eugenio, quel poveretto avrà bisogno di assistenza, di aiuto e anche di denaro, non è giusto quello che è successo.»

Tutti si guardarono a vicenda.

«Si spieghi meglio.»

«Ormai avrete capito chi è Marco Palazzi, non vi devo spiegare che è un mostro.»

«Chiariremo questo aspetto.»

L'agente Meloni bussò e lasciò sul tavolo una coppia di bicchieri.

Il commissario li guardò con attenzione.

«Cominciamo da questi: secondo lei sono uguali?»

Margherita fece una smorfia nel cambiare posizione, si avvicinò per osservarli e restò in silenzio.

«Signora Santon, ha sentito la domanda?» incalzò il commissario.

«Non saprei, si somigliano.»

«Non mi dica che non li riconosce.»

«Non li ho mai visti.»

«Strano. Perché provengono da villa Capitano.»

«E con questo? Ce ne saranno più di cento in casa.»

«Se guarda meglio noterà che uno è pulito, l'altro è stato usato, ci sono anche delle impronte.»

«Non capisco» disse dopo un'eternità.

«Le impronte sono del signor Palazzi, saprebbe spiegare come sono finite su quel bicchiere?»

«Lo avrà usato lui.»

«Ma lei di solito pulisce, non è vero?»

«Sì, ma non capisco dove vuole arrivare.»

«Il bicchiere sporco era sulla scena di un delitto, sembra che Palazzi abbia ucciso una donna che lei dovrebbe conoscere.»

«Oddio, chi?»

«Jolanda Petrini, amica d'infanzia della signora Afdera.»

«Oh, sì, adesso che dice il nome lo riconosco, ma io lavoro con i Capitano da poco, non conosco certi particolari, Tony sapeva queste cose, ma purtroppo...»

«Già, purtroppo non potrà dare spiegazioni. Torniamo al bicchiere: lo abbiamo trovato su un tavolo, a terra il cadavere di Jolanda Petrini. Pensi che abitava a meno di un chilometro da villa Capitano: com'è arrivato in quella casa secondo lei?»

«Come faccio a saperlo, scusi.»

«Secondo lei, Palazzi conosceva la signora Petrini?»

«Può darsi, penso di sì, frequentava la famiglia Capitano da dieci anni, forse più, la conosceva di sicuro» fece Margherita.

«Noi sospettiamo che qualcuno che conosceva Jolanda sia andato domenica scorsa a fare una visitina alla signora, e l'abbia uccisa.»

Margherita sollevò le spalle.

«E allora?»

«Ci sono alcuni punti oscuri in questo omicidio: la vittima non era solita aprire a sconosciuti, non risulta avesse appuntamenti, il signor Palazzi non aveva il numero di telefono della Petrini e viceversa, ma soprattutto sulla scena del delitto non ci sono altre impronte di Palazzi. Quindi, qualcuno ha fabbricato una falsa rapina e una falsa prova: un depistaggio molto approssimativo, opera di dilettanti.»

«Non capisco perché me ne parla.»

«Perché l'assassino, o gli assassini, per rendere credibile la simulazione hanno portato sei bicchieri, uno dei quali sporco di impronte, e hanno messo in scena la finzione.»

«Chiedete a Palazzi.»

«Lo chiedo a lei, perché se Palazzi avesse portato i bicchieri, di certo non li avrebbe sporcati con le proprie impronte, quindi, siccome quei bicchieri provengono da villa Capitano, è stato qualcuno di voi.»

«Non so di cosa parla.»

«Parlo di lei, del signor Delprà e di Eugenio; siete andati in visita con una scusa, magari con un finto regalo che Afdera voleva lasciare all'amica, forse proprio i bicchieri; la Petrini non ha sospettato nulla, ha riconosciuto Eugenio, vi ha aperto, l'avete uccisa e avete inscenato la rapina.»

«Ricordo una signora che abitava vicino a noi, che non si faceva vedere perché aveva il terrore dell'amica in fin di vita, forse Tony le aveva parlato al telefono mesi prima, ma non so nient'altro. Domenica, inoltre, siamo stati tutto il giorno in casa. Lo giuro.»

«E i bicchieri?»

«Non saremo certo i soli ad avere quel modello» fece segno verso il tavolo. «O forse Palazzi è più furbo di voi, è un demonio, dovreste chiederle a lui certe spiegazioni.»

«Dice? A me sembra che qualcuno voglia sbatterlo in galera a tutti i costi. Perché, quando sono venuto alla villa con quella povera donna alla quale ha sparato…»

Margherita nascose il volto tra le mani.

«Mi dispiace, avevo paura, non so usare le armi, ho sbagliato, spero tanto che se la cavi.»

«Perché Tony ha detto che Afdera non si trovava in casa? Che era in Svizzera.»

Il Doge si fece attento.

«È quello che ci ha detto il signor Palazzi, l'ha portata da un luminare, l'ultimo tentativo.»

«Mi sta dicendo che Palazzi, che non vede l'ora di ereditare tutto, prende una donna della quale non aspetta altro che muoia, e la porta in Svizzera per curarla?»

«Me lo ha detto Tony. Lo giuro. Abbiamo pensato a uno slancio di umanità.»

«E non chiama un'ambulanza, non si fa aiutare? Nessuno l'ha visto mentre la portava via? Spostare una donna in fin di vita non è come riempire il borsone del tennis: ci vuole tempo, organizzazione, bagagli specifici, ore di preparazione. Lei continua a mentire.»

«Io non dico mai bugie. Forse lo avrà aiutato Eugenio, o Tony. Io non ne sapevo nulla. Non contavo molto in quella casa, l'ho già detto. Facevo la schiava, correvo a destra e sinistra, lavavo, cucinavo; la casa è grande, non avevo il tempo per queste cose.»

«Tony, sempre Tony. E perché la stanza di Afdera era usata in sua assenza, il letto disfatto, il vassoio con la cena sul comodino?»

«Eugenio delle volte, per sentire la vicinanza della sorella, usava quella stanza. Povero ragazzo, quanto ha sofferto.»

«Le risulta che qualcuno prendesse i panni di Afdera?»

«No, non mi pare, cioè, Eugenio lo ha fatto una volta o due. Non so spiegare la ragione, ma non ci sta molto con la testa, lo avrete capito.»

«E usava la carrozzella?»

Margherita ebbe un moto di stizza.

«Ma insomma, sto dicendo la verità, perché mi trattate così?»

«Perché lei e il suo egregio collega, nonché complice, volevate far credere a Palazzi che Afdera fosse viva. Ne avevate bisogno come l'aria per respirare, altrimenti Palazzi avrebbe ereditato tutto e per voi sarebbe stata la fine. Perché vorrei che mi spiegasse come è morta quella donna, quando e chi è la belva che l'ha messa in un congelatore in fondo alla cantina. Io credo che le risposte siano chiare, adesso non rimane altro da stabilire se lei è il braccio o la mente. L'utile idiota o l'ideatore di questo capolavoro?»

«Non so di quale capolavoro parla, sono solo una domestica.»

«Che conosce il latino.»

«Non sarà mica una colpa!»

Il questore cominciò ad agitarsi.

«Mi parli di don Riccardo.»

Margherita impallidì.

«Non so chi sia.»

Vivacqua trattenne l'istinto di prenderla a ceffoni.

«Don Costantino ricorda di aver visto una donna e non era una delle fedeli conosciute; stava china e pregava in latino, sono certo che la riconoscerà immediatamente: perché quella donna era lei, Margherita. E anche don Riccardo lo dovrebbe ricordare, perché una delle sprangate che lo ha ucciso, è sua.»

La domestica alzò le spalle indifferente.

«Le ripeto che non capisco di cosa parla.»

Vivacqua prese il fascicolo preparato da Gargiulo.

«Davvero? Dia un'occhiata.»

Margherita strinse le mani una nell'altra per fermare il tremore; dopo un attimo prese il fascicolo e lo sfogliò.

«Cosa sono queste costruzioni?» domandò.

«Una è la Madonna della Serra, una chiesa antica. L'altra è una Torre Saracena, si chiama Torre Sant'Emiliano» disse Santandrea. «Distano pochissimo l'una dall'altra e sono ai confini con una tenuta agricola, la Masseria di proprietà della famiglia Capitano in Salento, vicino a Porto Badisco; guarda caso, gestita da quella donna alla quale ha sparato.»

«Non vedo come potrei sapere queste cose, e non capisco cosa mi chiedete.»

«Lo vede il prete?» insisté Santandrea. «Quello è don Riccardo e i signori con lui sono i genitori di Afdera: il commendatore e la moglie; queste foto arrivano dai ricordi di don Riccardo. Mentre nelle fotografie successive vedrà un gruppo di ragazze dove, oltre al prete e Afdera, ci sono Jolanda Petrini, Rosa Marangio e altre amiche.»

Il Doge nascose un sorriso sotto i baffi.

«E a me cosa interessa?» scattò Margherita.

«Le interessa eccome» disse Vivacqua. «Dimostra che Afdera e tutte le sue conoscenze, cioè quelle che dovevano partecipare alla festa, sono morte assassinate nel giro di una decina di giorni: un massacro.»

«La festa era stata rinviata.»

«Da chi?»

«Da Tony, credo, era lui che si interessava di queste cose. La signora non era nelle condizioni di ricevere ospiti.»

«Sì, penso anch'io che non fosse nelle condizioni, perché era morta. E lei lo sapeva.»

Nella saletta calò un silenzio pesante.

Margherita cambiò espressione.

«Eugenio lo sapeva? E Palazzi? Anche lui sapeva?» contrattaccò. «E Tony? Lo sapevano tutti oppure solo io? La verità è che non sapete quello che dite, state parlando a caso per vedere come reagisco: un modo crudele di approfittarvi della vostra posizione.»

«Bella sceneggiata, ma inutile. Torniamo per un momento al signor Palazzi.»

Margherita scattò rabbiosa. «Si è impadronito della casa dopo aver ucciso il signor Luca. Ci ha minacciati, spesso picchiava Eugenio, voleva arraffare tutto e vivere alle spalle della famiglia Capitano come ha sempre fatto.»

«E perché non lo avete denunciato?»

«Diceva di avere un filmino fatto con il cellulare, secondo lui dimostrava che noi abbiamo ucciso Chiesa. Diceva che lo avrebbe dato ai carabinieri, che Afdera sarebbe rimasta senza cure, Eugenio in un manicomio. Io e Tony eravamo terrorizzati, allora Tony ha suggerito di fingere di accettare il ricatto, era l'unico modo per aiutare quel povero ragazzo e la sorella; noi speravamo che l'indagine avrebbe dimostrato la verità: lui ha ucciso il suo amico. È un uomo capace di tutto, anche di mentire davanti a Dio» Margherita fece il segno della croce.

Il Doge tossicchiò.

«In questo filmino, che arriverà a minuti,» Vivacqua lanciò un'occhiataccia a Santandrea che subito prese il cellulare «si dovrebbero vedere Eugenio e Tony mentre escono dal capanno di pesca e fuggono con l'auto di famiglia. Perché erano andati in un bosco sperduto?»

Margherita abbassò gli occhi. «Il signor Luca era uno schifoso come il suo amico. La moglie agonizzava in un letto e lui si divertiva con le donnine. Un giorno un uomo ha fermato Tony e gli ha detto che Luca se la faceva con sua moglie; aveva delle fotografie, diceva che voleva far scoppiare uno scandalo. È stato quell'uomo a dire dove si incontravano. Il giorno dopo, cioè quando è morto il signor Chiesa, quell'uomo ha telefonato: se Tony fosse vivo ve lo direbbe lui» iniziò a piangere. «Ha detto che i due avevano appuntamento quel pomeriggio, che se volevamo informare la moglie avrebbe avuto le prove del tradimento. Allora, Tony e Eugenio sono andati al capanno con una macchina fotografica. Avremmo dovuto incaricare qualcuno esperto in queste cose, loro non sapevano come fare, avevano paura della reazione del signor Luca, di sbagliare il momento. Comunque dopo un po' hanno deciso di entrare. E hanno visto.»

«Che cosa?»

«Che il signor Luca era morto, gli avevano spaccato la testa, non c'era nessuna donna.»

«E hanno fatto la fotografia?»

«Si sono spaventati e sono scappati.»

«Ma pensa che iella. Come fa a dire che è stato Palazzi a uccidere Chiesa?»

«Perché era lì, sul posto, sennò come avrebbe fatto il filmino?»

«C'è un particolare che mi sfugge: perché Palazzi avrebbe ucciso l'amico e poi, invece di fuggire, è rimasto lì a fare il filmino?»

«Semplice: doveva procurarsi la benzina. Prima lo ha ucciso e poi gli ha dato fuoco.»

«Una logica demenziale, tanto che mi domando: perché non lo avete detto ai carabinieri?»

Margherita si soffiò il naso e assunse un'aria sconsolata.

«Noi siamo degli ignoranti, non abbiamo studiato, non abbiamo queste malizie: però l'ho sempre detto a Tony» si commosse ancora. «La verità è l'unica vera strada, ma lui ha insistito, ha detto che non potevamo provare la colpevolezza di Marco.»

Vivacqua scattò in piedi.

«Questa è la prova della vostra colpevolezza: bastava dire ai carabinieri di prendere le impronte a Palazzi, avrebbero impiegato un'ora a scoprire lo scambio di persona. La recita sarebbe finita: voi liberi, lui in prigione. Non lo avete fatto perché eravate terrorizzati dal filmino: siete voi gli assassini di Luca Chiesa.»

«Scacco matto» sussurrò Santandrea.

Margherita sbiancò.

«Non mi sento bene. Non so di cosa parlate; forse Tony non mi ha detto la verità» scoppiò in un pianto senza lacrime proprio quando l'ispettore Carbone entrò e andò a parlare con il commissario. Gli parlava nell'orecchio, ogni tanto alzava lo sguardo su Margherita e sorrideva. La domestica capì che stavano parlando di lei e si ricompose.

«Non è possibile» esclamò Vivacqua. «Ho visto con i miei occhi. Da dove arriva la notizia?»

«Dall'ospedale. Un minuto fa» rispose ad alta voce.

«È attendibile?»

«Ho parlato con il primario» confermò Carbone e se ne andò.

«Questo cambia tutto. Ho una notizia bellissima, sono certo che le farà piacere signora Santon.»

Margherita si asciugò le lacrime.

«Che notizia?»

«Tony è vivo, un caso da antologia della medicina. Ha dell'incredibile: adesso sarà molto più facile per lei, non crede? Potrà dimostrare tutte le coglionate che ci ha raccontato» fece Vivacqua.

La domestica si accasciò sul tavolo e pianse, questa volta lacrime vere.

«Caro Sergio, adesso se vuoi puoi prendere il pizzino.»

Santandrea mise la mano in tasca, srotolò il biglietto e lesse:

*«Un solo colpevole per tutti gli omicidi.»*

«La accuso dell'omicidio di don Riccardo, di Jolanda Petrini, di Luca Chiesa, del tentato omicidio del suo complice Tony Delprà, della signora Marangio e del sottoscritto.»

Margherita rantolava, singhiozzava e imprecava.

«È tutta colpa di Tony. È tutta colpa sua, che sia maledetto. Lo sapevo che sarebbe finita male, me lo sentivo.»

«La legge non potrà stabilire se siete più stupidi o più disumani, non potrà neppure impedire che in futuro un branco di sciacalli si accanisca su gente indifesa al solo scopo di rubargli il denaro, perché tutto si riduce a questo: un furto; ma possiamo impedire che lei lo faccia ancora.»

«Noi volevamo solo continuare la nostra vita semplice» urlò Margherita con la bocca impastata. «Ci spettava di diritto una ricompensa. Afdera sarebbe morta comunque, io avrei badato a Eugenio e non sarebbe successo nulla.»

«E avreste vissuto alle spalle di un handicappato. Ma si è messo di mezzo un imprevisto: un'altra belva affamata con la vostra identica idea» proseguì Vivacqua. «Avete ammazzato Chiesa per avere le mani libere. Morto il marito, Eugenio sarebbe stato l'unico erede di tutto il patrimonio. Lei lo aveva plagiato a dovere, si è persino concessa a lui per legarlo in modo indissolubile. Lei e il suo complice avreste commesso qualsiasi atrocità per difendere il vostro tesoro.»

«Io, ho pulito il vomito, la merda, lavato uno scheletro, cucinato per tutti i parassiti che giravano per casa. Mi alzavo di notte per fare una camomilla, spostare un cuscino, portare una morta a pisciare. Io, ho fatto i calli per servirli, mi spettava e nessuno ne aveva diritto più di me» gridò.

«Invece, un brutto mattino si presenta il sosia e vi spiattella che avete fatto i conti senza di lui, che ha le prove del vostro omicidio. Dovevate scegliere: in galera, o schiavi fino alla morte di Afdera. Avete piegato la testa, ma per poco. A chi è venuta l'idea?»

Margherita tacque.

«L'idea è sua signora Santon, ne sono convinto. Un'idea semplice e folle: avreste fatto a Palazzi quello che lui ha minacciato di fare a voi. Occhio per occhio dente per dente. Un'idea talmente spaventosa che sembra incredibile. A far scattare la decisione è intervenuta la morte di Afdera: Palazzi avrebbe ereditato tutto. Così avete deciso che era necessario un rimedio radicale. Nessuno doveva scoprire la morte della signora. Il corpo nel congelatore, i finti pasti in camera, le medicine, la visibilità indispensabile per dimostrare che non era successo nulla. Afdera, o meglio, lei nei panni della signora, sulla carrozzella davanti alla finestra. Ma c'era un problema insormontabile: l'invito al raduno delle amiche e degli amici. Mancavano pochi giorni: don Riccardo, Jolanda Petrini e Rosa Marangio non dovevano assolutamente presentarsi. Forse avete mandato una disdetta, ma non eravate sicuri che l'avessero ricevuta, e forse aver detto che era in pessime condizioni di salute è stato peggio. Qualcuno chiamava per confermare che sarebbe venuto per un saluto. Rosa Marangio si presentava tutti i giorni, Don

Riccardo addirittura si offre per l'estrema unzione, per i funerali. Un disastro ma, a guardar bene, con un po' d'astuzia l'invito poteva essere una via d'uscita. L'ispirazione è venuta a lei, Margherita, lettrice di Simenon.»

La domestica ascoltava con gli occhi socchiusi, le labbra tirate in una smorfia d'odio.

«C'è un vecchio romanzo di Simenon nella sua libreria, si intitola *I fantasmi del cappellaio.* Il protagonista ha ucciso la moglie e per non andare in galera fa credere a tutti che sia ancora viva; nel frattempo uccide coloro che tentano di incontrarla.»

Margherita fece per alzarsi e il Doge la costrinse sulla sedia.

«Con qualche piccola variazione» proseguì il commissario. «L'idea del romanzo si poteva adattare al vostro caso: sarebbe bastato eliminare gli invitati e far ricadere la colpa su Palazzi. Lei e Tony avete usato Eugenio come un burattino, lo avete circuito e fatto partecipare alle vostre spedizioni per uccidere quattro persone. Se il nipote di Rosa non si fosse gettato davanti all'auto, sarebbe morta anche lei. Avete commesso una strage!»

Margherita coprì il volto e iniziò a ringhiare e a singhiozzare isterica. Si sollevò e scaraventò giù dal tavolo le carte, le fotografie, i fascicoli. Santandrea si alzò e la immobilizzò.

«Ma ha sottovalutato il finale del romanzo: il colpevole sarà catturato ormai impazzito, i fantasmi avranno la loro giustizia.»

# Lunedì 19 marzo

*01.50 Ufficio del commissario capo*

Vivacqua e Santandrea sembravano due naufraghi. Nessuno dei due parlava. Nell'ufficio del commissario entrambi tentavano di mettersi in ordine per tornare alle proprie famiglie. Era stata una settimana infernale, vissuta a rotta di collo con l'incubo di non trovare la soluzione, presi a inseguire fantasmi che Simenon non aveva considerato. Tre collaboratori sospesi, uno in ospedale, l'umiliazione dell'indagine interna. L'ipotesi, non ancora caduta, di un rapporto al ministero per gravi infrazioni alle procedure, la squadra smantellata, la minaccia di un trasferimento.

Nessuno dei due sentiva il bisogno di tornare sull'argomento, ma il peso della fatica e delle preoccupazioni aleggiava nella stanza.

Il Doge arrivò senza far rumore, sporse la testa nell'ufficio, intercettò i pensieri e si rabbuiò.

«So a cosa state pensando: quando sarà ora ne parleremo, ma prima voglio farvi una domanda.»

Vivacqua e Santandrea si scambiarono un'occhiata. Sapevano cosa stava per dire.

«Avete giocato pulito?» disse Renier.

I due non aprirono bocca, Vivacqua terminò di srotolare le maniche della camicia, Santandrea spolverava la giacca. Se avessero dato retta all'istinto avrebbero semplicemente girato le spalle, spento la luce e tanti saluti.

Vivacqua puntò gli occhi sul questore e decise che, se doveva essere l'ultimo atto, se davvero volevano la sua pelle, allora il mondo girava al contrario e opporsi era un ridicolo esercizio di stile: che andassero tutti a farsi fottere.

Il commissario rivolse uno sguardo a Santandrea che ricambiò con fierezza.

«Che cosa vuole sapere esattamente?» replicò asciutto Vivacqua.

«Voglio sapere se quel Tony è sopravvissuto alla sparatoria. È vivo o no?»

«Naturalmente» rispose il commissario.

«Naturalmente sì, o naturalmente no!» ringhiò il questore.

Vivacqua infilò la giacca con indifferenza.

«Naturalmente, no» disse.

I tre poliziotti si guardarono per un momento. Il questore si avvicinò e puntò gli occhi ora sull'uno ora sull'altro. I volti tesi, i muscoli del viso contratti. Tutti fermi, quasi pronti a scattare. Immobili. Seri.

Restarono così per un tempo che sembrò infinito.

Il Doge trattenne lo sbuffo tra le guance.

Anche Vivacqua.

Anche Santandrea.

Gli occhi presero a illuminarsi, il viso a distendersi, la bocca si aprì.

E risero.

All'inizio con dignità, poi piegati, con le mani sulla pancia, le lacrime agli occhi.

Non era cinismo, e neppure burla. Solo empatia. Solo soddisfazione.

Il questore impiegò un pezzo a riprendersi. Quando si ricompose, asciugò gli occhi, prese il telefono, digitò una serie di numeri e mise il vivavoce.

«Ah, eccellenza, spero di non disturbare» celò un sorriso. «So che voleva aggiornamenti sulla Omicidi a qualsiasi ora» dall'altra parte arrivò un grugnito. «Mi sente signor prefetto o preferisce un aggiornamento più tardi, con comodo?»

«Spero che sia una comunicazione importante» farfugliò.

«Giudichi lei, dottore. Vivacqua e Santandrea sono qui accanto, mi sono permesso di metterla in vivavoce per comunicarle la situazione: qualche minuto fa è stato risolto l'omicidio della signora Jolanda Petrini e del parroco don Riccardo.»

«Mmm, non sta esagerando?»

«Affatto. Sarà lieto di sapere che nel corso delle indagini, contemporaneamente, si è trovato il colpevole dell'omicidio di Luca Chiesa. Il caso era nelle mani dei carabinieri di Pinerolo. Un'operazione a dir poco brillante.»

«Certo, certo. Ha fatto bene a chiamarmi. Penserò io a informare monsignor Acutis per la parte riguardante don Riccardo. Dica, siamo sicuri del colpevole? Non vorrei complicazioni con... lei capisce la delicatezza.»

«Intende con la Curia? Le passo il dottor Vivacqua, lui conosce meglio i dettagli.»

«Non ce n'è bis...»

«Buona sera eccellenza. A proposito della Curia, è giusto sottolineare che a causa della mancata registrazione degli ospiti del dormitorio, nella parrocchia si era organizzata una pericolosa banda di clandestini...»

«Direi che sono dettagli da inserire in un contesto più ampio, i rischi dell'ospitalità cristiana, Vivacqua.»

«... che nel corso delle indagini abbiamo sgominato una banda di spacciatori che si era annidata nella parrocchia.»

«Cosa?»

«Che la parrocchia era diventata a tutti gli effetti una centrale di reclutamento e spaccio di stupefacenti.»

«Vivacqua, insomma! Dove vuole arrivare?»

«Il dottor Catapane sta completando le operazioni: arriveranno molti arresti.»

«Mmm, vedremo i risultati a operazione conclusa.»

«... che il boss a capo di tutta l'organizzazione è il proprietario del People, e il fratello era il responsabile della centrale allestita presso la parrocchia.»

«Ah!»

«Quindi, le accuse verso i nostri agenti sono false. La causa contro di noi la perderanno. Gli avvocati volevano distrarre la nostra attenzione, creare il caos e prendere tempo per mettere al sicuro i capi.»

«Ehm, sono novità inaspettate, cambiano molto lo scenario, lo riconosco.»

«Infine, se la Curia avesse collaborato quando lo abbiamo chiesto, saremmo arrivati prima a capire la situazione e forse avremmo evitato problemi gravi, come il ferimento dei nostri agenti e stupide incomprensioni.»

Silenzio gelido e buio come alle due del mattino.

Vivacqua restò in attesa, gli occhi andarono sul Doge e su Santandrea; la risposta che tutti volevano sentire non arrivava.

«C'è altro?» domandò il prefetto sospettoso.

«Sì, queste informazioni intende darle lei alla conferenza stampa di domani?»

«Crede che alla gente interessino queste informazioni?» tentò di minimizzare il prefetto.

«Se preferisce le darò io.»

Vivacqua non aggiunse altro. Tutti restarono con il fiato sospeso.

Sull'orologio a parete le lancette sembravano fare una fatica insopportabile ad avanzare.

«Cosa sta cercando di farmi dire commissario?»

«Che la partita finisce qui!»

Silenzio. Trascorse il tempo doloroso che occorre per sapere, volando giù da un burrone, se sul fondo c'è un materasso abbastanza spesso e morbido da passarla liscia.

«Finisce qui» sussurrò il prefetto.

Tutti ripresero a respirare.

«Da domani gli ispettori Migliorino, Calabresi e l'agente Patanè rientrano in servizio a tutti gli effetti. È d'accordo?»

«Ehm, l'indagine è nelle mani del questore, spetta a lui il giudizio.»

Il commissario alzò gli occhi per incontrare quelli sorridenti del Doge.

«Il questore è d'accordo. Se per lei va bene, i ragazzi riavranno la loro posizione, domani.»

«Sia.»

«Buona notte eccellenza.»

Vivacqua chiuse il telefono, si incamminò per uscire e salutò il questore.

«Vossabenedica dottore!»

### *2.40 Ospedale Le Molinette*

Vivacqua svoltò l'angolo del reparto di chirurgia con il cuore in gola. Assunta non rispondeva al telefono, i nipoti di Rosa neppure. La paura che fosse successo il peggio si aggiunse alla stanchezza. Nella sala d'attesa, di fronte al televisore spento, il commissario intravide un giovane sulla sedia a rotelle, stava con la testa appoggiata alla spalla, dormiva agitato; accanto, una donna di mezza età sosteneva la fronte con una mano.

Vivacqua avanzò lungo il corridoio e accelerò sbirciando al volo nelle stanze. Per un momento gli venne il dubbio di aver frainteso i riferimenti, o forse di aver sbagliato piano, quando, appena superata la penultima stanza, si sentì tirare la giacca alle spalle.

«Totò» bisbigliò Assunta. «A quest'ora?»

«Sai che quando gioco a carte mi dimentico tutto. Assu', che domande.»

La moglie tentò di avvicinarsi per un bacio e si ritrasse.

«Hai fumato!»

«Io? Quando mai.»

«Hai finito di raccogliere molliche?»

«Finito. Tutto finito. Dimmi di Rosa.»

«Una brutta ferita, domani mattina, anzi, questa mattina la operano.»

«Ma cosa dicono?»

«Il proiettile ha sfiorato un polmone, lo ha preso da distanza ravvicinata, la pallottola è uscita; il medico dice che per fortuna la pistola era di piccolo calibro; ha perforato il tessuto ma i danni sono circoscritti, altrimenti non avrebbe avuto scampo. Tu che sei pratico di pallottole dovresti sapere come funziona.»

«Ce la farà?»

«Sì, ha anche ripreso conoscenza, ha parlato per un momento poi ha pianto. Adesso si è calmata, dorme: ha un'aria misteriosa. Che cosa è successo?»

«Che a forza di mettere il naso dove non doveva è venuta fuori un'ira di Dio, ma per fortuna il danno non è irreversibile.»

«Il danno non è irreversibile» imitò pomposa. «Io ti conosco sai? Quando fai l'evasivo hai la coscienza sporca, non mi freghi. Voglio sapere come sono andate le cose.»

Vivacqua sbuffò.

«Rosa ha commesso un'imprudenza molto grave. Anzi, direi incomprensibile. È andata a cercare la sua amica nel momento in cui i malviventi stavano ultimando i preparativi per la fuga. Quando sono arrivato era troppo tardi per risolvere in modo pacifico. C'è stata una sparatoria e...»

Dalla stanza arrivarono i lamenti di Rosa. Assunta corse all'interno seguita da Vivacqua.

L'anziana si era svegliata, il commissario si avvicinò.

«Rosa» la salutò Vivacqua. «Come state? Mi dispiace tanto per Afdera.»

L'anziana fece sì con la testa, un sorriso lieve sulle labbra. Tentò di schiarirsi la voce e pronunciò alcune parole con tanta debolezza che si dispersero.

«Come?»

«Lo sapevo.» Allungò la mano per stringere quella del commissario. Assunta guardava con gli occhi lucidi.

«Lo sapevate? E allora perché, santa donna.»

Rosa indicò la ferita e Assunta scoppiò in lacrime: adesso ricordava.

«Perché dovevo prendere una cosa, *molto importante*, al posto vostro.»

# Ringraziamenti

La pubblicazione di questo romanzo porta con sé, inevitabilmente, l'obbligo di una contabilità dalla quale risaltano i debiti contratti nella scrittura e nella sopportazione di chi mi è stato vicino come consulente, amico, o lettore. Spero che i gravi limiti della mia memoria non procurino danni irreparabili. In ordine sparso, voglio ricordare per l'incoraggiamento e i suggerimenti Giovanna De Angelis (che non ha fatto in tempo a vedere il lavoro finito), grazie Giò. A Cristiana e Luca, dentista paziente (nel senso che ha pazienza, perché il vero paziente sono io) e consulente specifico. A Dada e Fabio (scrittore sopraffino) cervelli in fuga nella Londra dei naufraghi. Alle sorelle Anna e Giuliana, a Paola (detta Lapis) sequestratrice materna e Bruno (consulente di logica, video, e fornitore ufficiale di polpette). A Catia e Sergio. Al giro dei king: Valentina e Roberto, Ermanno, Ermanna, Sandra e Viola. A mio fratello Raimondo (alias Dino) per la consulenza giuridica e legale. A Beppe libraio entusiasta. Come dimenticare Annina e sister Laura, lettrici troppo tifose per essere del tutto credibili. A Donatella (obviously), e al suo team che sprizza entusiasmo.

Alla banda di westegg.it (Francesca, Fabrizio e Christian) che ha fatto i salti mortali per me. Alla Polizia di Stato per avermi risparmiato qualche strafalcione. Un abbraccio, a tutti.

*Nella stessa collana*

Brossura - pp. 160 - euro 6,90

Margherita Capitò

# Il delitto della via Accattapane

Un'auto incendiata lungo la via Accattapane, nel mezzo della campagna, tra vigne e oliveti; accanto, il corpo di un uomo, per metà carbonizzato. Una scena a cui la polizia non pensava certo di dover assistere nella tranquilla località turistica di Donoratico, in Toscana. Il caso vuole che in quegli stessi giorni un nuovo commissario sia approdato nella cittadina: è Sonia Castelbarco, appena arrivata dal Nord Italia. Nonostante la giovane età, Sonia è una donna lontana dagli stereotipi: ama cenare da sola al ristorante, fare lunghe nuotate per schiarirsi le idee, e una squadra tutta al maschile non le fa per niente paura... anzi. Con l'aiuto dell'ispettore Giampiccolo, napoletano dalla battuta sempre pronta e tutt'altro che immune al suo fascino, si getta a capofitto nella sua prima indagine, complicata dall'arresto di Maurizio Venturini, un figlio di papà arrogante e viziato, coinvolto in un giro di cocaina. Ben presto, però, quello che sembrava un banale delitto di droga assume i connotati di un intrigo mafioso internazionale, in cui si nasconde il peggior malaffare intrecciato alla politica.
Un perfetto giallo di provincia, condito di humour, colore locale ed emozione.

Brossura - pp. 240 - euro 6,90

Antonio Fusco

# Ogni giorno ha il suo male

La sonnacchiosa provincia toscana di Valdenza è improvvisamente scossa dall'omicidio di una donna, ritrovata in casa in una posizione innaturale e con una fascetta stringicavo attorno al collo. Si pensa subito al movente passionale, ma all'occhio esperto del commissario Casabona qualcosa fin da subito non quadra: troppi elementi contrastanti sulla scena del crimine. Schivo, ma con una forte carica umana, reso cinico da troppi anni di mestiere alle spalle, Casabona capisce ben presto che l'omicidio è solo l'inizio di un vortice di morte: un gioco pericoloso in cui le regole sono quelle stringenti e folli di un serial killer. E Casabona non può che accettare la sfida. «Chiediti perché e troverai il movente e se troverai il movente sarai vicino all'assassino»: seguendo questa frase come un mantra e con l'aiuto dell'affascinante collega Cristina Belisario, Casabona cercherà di venirne a capo e per farlo sarà obbligato a una profonda riflessione sull'impotenza dell'essere umano rispetto alle conseguenze delle proprie azioni. Un romanzo imperdibile. Un commissario che non si dimentica.

NOIR
ANTONIO FUSCO
La pietà dell'acqua
Una nuova indagine del commissario Casabona
tascabili
GIUNTI

Antonio Fusco

# La pietà dell'acqua

È un ferragosto rovente e sulle colline toscane viene trovato il corpo di un uomo, ucciso con una revolverata alla nuca, sotto quello che in paese tutti chiamano "il castagno dell'impiccato". Una vera e propria esecuzione, come risulta subito evidente all'occhio esperto del commissario Casabona. Il caso, però, gli viene subito sottratto dalla direzione antimafia. Strano, molto strano. Come l'atmosfera di quei luoghi: dopo lo svuotamento della diga costruita nel dopoguerra, dalle acque del lago è riemerso il vecchio borgo fantasma di Torre Ghibellina, con le sue casupole di pietra, l'antico campanile e il piccolo cimitero. E fra le centinaia di turisti accorsi per l'evento, Casabona si imbatte in Monique, un'affascinante giornalista francese. O almeno, questo è ciò che dice di essere. Perché in realtà la donna sta indagando su un misterioso dossier che denuncia una strage nazista avvenuta proprio nel paesino sommerso. Un dossier scottante, passato di mano in mano come una sentenza di morte, portandosi dietro un'inspiegabile catena di omicidi. Che cosa nascondono da decenni le acque torbide del lago di Bali? Qual è il prezzo della verità?

MISTO
Carta da fonti gestite in maniera responsabile
FSC® C023419
FSC www.fsc.org

Stampato presso Lego S.p.A.
Stabilimento di Lavis